편지를 쓰는 마음

일러두기

1. 본서 『편지를 쓰는 마음』은 저자가 2014년 1월 9일부터 2016년 9월 28일까지 손자인 이현수 군(미국 캘리포니아 주洲 어바인Irvine 거주)에게 보낸 131통의 편지글 가운데 71편을 골라 편집한 것이다.
2. 각 편지글에는 제목이 없었으나 편집자가 제목을 붙이고 세 가지의 주제(1장, '살아보니, 잘살아 간다는 것은', 2장 '책읽기, 글쓰기, 배움은 모두가 한 몸이다', 3장 '삶에는 나름의 기술이 필요한 거란다')별로 분류하였다. 편지글이어서 내용을 제목에 한정되지는 않으나 그 대체를 따랐다.
3. 131통의 편지에 손자의 답장은 280쪽에 실었고, 가족사진은 279쪽에 실었다.

편지를 쓰는 마음

손자에게 전하는 마음의 글

이연재 지음

안티쿠스
ANTIQUUS

편지를 쓰는 마음

발행일 | 초판 1쇄 2022년 5월 20일
지은이 | 이연재
펴낸이 | 김종만·고진숙
펴낸곳 | 안티쿠스
책임편집 | 김종만
북디자인 | 디노디자인
제작진행 | 피오디북
CTP출력·인쇄 | 천일문화사
제본 | 영글문화
물류 | 문화유통북스
출판등록 | 제300-2010-58호(2010년 4월 21일)
주소 | 03021 서울시 종로구 자하문로 41길 6, 가동 102호
전화 | 02-379-8883
팩스 | 02-379-8874
이메일 | mbook2004@naver.com

값은 뒤표지에 있습니다.

ISBN 978-89-92801-47-8 03810

서문

편지는 인류가 문자를 쓴 이래 가장 오래된 미디어다. 이제는 낡은 매체로 인터넷 이메일, SNS 등으로 거의 자취를 감추었다. 편지 이후에 한동안 엽서가 유행하기도 했었지만, 요즘 편지지에 글을 써서 발송하는 이가 있기는 할까.

지금으로부터 450여 년 전, 퇴계 이황(李滉, 1501~1570) 선생이 손자 안도에게 보낸 편지글이 있었다. 나는 미국(캘리포니아주 어바인)에 거주하는 손자와 함께 살고 싶었다. 수만 리나 떨어진, 그래서 정감을 나누기 힘든 사정을 편지로나마 손자 현수와 꾸준히 사랑을 나누고 싶었다. 지난 2014년부터 2년 넘게 서신을 띄웠다. 무려 131편의 글을.

이제 와서 다시 읽어보니 무심히 지나간 세월은 아니었다는 생각이었다. 가려뽑아 한 권의 책으로 엮어보는 것도 나름 의미가 있겠다 싶었다. 하여 추린 글이 71편이었다. 단지 60여 년의 연배 차이가 나는 할아버지의 손자에 대한 정감만을 털어놓은 글은 아니었기에 일반 독자들에게 내놓을까 하는 생각도 하게 되었다.

지금은 코로나19로 가족과의 대화가 많이 줄었고, 비대면이 일상화되었다. 그런 가운데 손자와의 정감은 자식과의 그것과는 아주 달랐다. 그 웅숭깊은 생각들은 한 마디로, 간단하게 드러낼 수 없는 일이었다. 그래서 편지라는 방식으로나마 소통을 하고자 했다. 나의 131통의 편지에 손자는 딱 한 번 답장을 보내왔다. 사랑은 역시 내리사랑인 것이다. 내가 이 세상에 없어도 이 책은 남아 있을 것이므로 그 섭섭함을 달랠 수 있게 되었다.

약 2년여간 쓴 편지글을 지난 2월 초에 『태교신기』(사주당 이씨 지음)의 번역서를 재출간해준 안티쿠스 출판사에 제안하여 3개월 만에 빛을 보게 되었다. 출판사 김종만 대표와 오랜 제자 고진숙 씨에게 감사의 말씀을 드린다.

2022년 4월 하순에

여촌 이연재가 삼가 쓴다.

1장

살아보니, 잘살아 간다는 것은

삶의 즐거움

"동창이 밝았느냐 노고지리 우지진다. 소치는 아이는 상기 아니 일었느냐. 재 넘어 사래 긴 밭을 언제 갈려 하느뇨?"

열세 살 때 외던 고시조다.[1] 그 땐 집집마다 새벽닭이 연쇄적으로 울었다. 새벽닭 울음소리가 어쩜 그리도 크던지. 새벽 눈이 번쩍 번쩍 뜨였다. 하지만 농사꾼은 그 시간에 몸이 천만근이나 무거웠을 게다. 농사일이 그 만큼 뼈 빠지도록 힘들었던 때문이다.

그땐 애, 어른 가리지 않고 온 힘을 다 쏟아 부어도 일손은 늘 모자랐다. 밭이건 논이건, 지금은 잔일들을 제외하고는 거의 다 기계로 해간다. 그러나 예전엔 모두 다 온몸으로 때웠다. 사실 그땐 먹(食)심, 소(牛)심밖엔 믿을 게 없었다. 그 시절 논밭 일에 비하면 요즘 농사는 마치 놀며 거저먹는 신선놀음 같다는 생각이다.

1) 약천 남구만(藥泉 南九萬, 1629~1711)의 고시조.

할아버지는 농사일엔 문외한門外漢이다. 특히나 벼농사, 밭농사를 짓는다는 건 엄두도 못 낼 일이다. 귀촌 5년째다. 할 수 있는 일이라곤 겨우 울안에 상추, 쑥갓, 고추, 치커리, 애호박, 방울토마토, 국거리 배추 몇 폭씩, 그냥 재미삼아 붙여먹는 정도다. 조금 많이 심는 건 김장배추, 서리태콩 두 종류뿐이다. 귀촌생활을 이토록 어리어리하게 꾸려 가면 다들 할아버지를 되게 어리석고 게으른 사람으로 수군거릴 거다.

어쩔 수 없다. 게다가 요즘은 홀로 생활할 때도 많다. 할머니가 부득불 네 고모네 집에 가서 애기(찬서 네 살, 동윤 한 살)를 돌봐줘야 하기 때문이다. 보통 이 주일, 아니면 세 주일씩 걸러 집에 온다. 할아버지가 꼭 필요로 하는 밥반찬은 그때에 마련된다. 내 손으로 만드는 건 고작 된장국, 계란, 참치, 꽁치, 애호박, 두부 찜 그리고 삼겹살구이 정도다. 아직은 배추, 열무김치 같은 걸 맛있게 담그지 못하는 게 걱정이다. 곧 배울 생각이다.

역시, 나이 들수록 배우지 않으면 뭐든 걱정이 많아질밖에 없다. 어찌 밥반찬뿐이겠냐? 조금만 부지런 떨면 그까짓 김치 담그는 방법쯤이야 익히지 못 할까? 혹시나, '다 사다가 먹으면 되지 뭔 걱정일까?' 하고 돈 가지고 여유를 부릴 수도 있다. 하지만 내 성격으론 그 같은 여유는 절대 용납할 수 없다. 왜냐고? '근검勤儉'이 바로 내 생활철학이기 때문이다. 낭비浪費는 방탕放蕩의 시작이다. 게으르고 방탕하면 절대로 근검한 생활을 할 수 없다.

다산 정약용茶山 丁若鏞(1762~1836, 실학의 대가) 선생이 강진에서 18년 동안 유배 생활할 때, 자손들에게 직접 가르침을 편지에 써 유산으로 내려준 게 있다. "내가 오랫동안 귀양살이 하면서 너희에게 유산으로 남겨줄 재산은 아무 것도 없다. 다만 두 글자를, 너희에게 유산으로 남겨

주고자 한다. 하나는 '근勤' 자, 하나는 '검儉' 자다. 이 '근검' 두 글자를 제대로 실천만 하면 논 100마지기 200마지기를 지닌 것보다도 훨씬 더 값지다. '근검' 않는 사람은 절약節約할 수 없다. 분수에 맞춰, 씀씀이를 줄이면 비록 수입은 적다고 해도 살림살이가 넉넉해지겠지만 분수를 잊고 씀씀이를 늘이면 아무리 수입이 많다고 해도 늘 살림살이가 쪼들리게 마련이다. 개인 살림이 그럴진대, 나라 살림임들 더 말해 뭣 하겠니?"

다산 선생의 가르침을 떠올린 까닭은 조선조 말엽 사정이 우리의 지금 사정과 크게 다를 바가 없기 때문이다. 나라 안으로는 각종 비리와 부패, 빈부 갈등, 양극화, 개인 및 국가 부채 급증, 경기 침체, 젊은이들의 실업, 노조파업 등, 그리고 나라 밖으로는 북한의 핵실험, 국제정세의 불안 등이 복잡 미묘하게 얽히고설켜 돌아가고 있기 때문이다.

얼마 전, 우리나라 '가구조사' 결과가 발표됐다. 총 1,911만 5,000가구. 그 중 1인 가구가 27.2퍼센트, 2인 가구가 26.1퍼센트, 3인 가구가 21.5퍼센트, 4인 가구가 18.8퍼센트, 5인 이상 가구가 6.4퍼센트로 나타났다. 놀라운 건 1인 가구가 다른 가구들보다도 제일로 높다는 사실이다. 1인 가구가 2인 가구를 제쳤다는 건 매우 중대 문제다.

우리나라 100살 이상 노인이 3,159명에 이르렀다. 2010년 1,835명에 비해 72.2퍼센트 증가한 숫자다. 산업화, 생활수준, 의료서비스 향상, 평균수명 연장 등으로 100세 노인이 크게 증가한 셈이다. 이젠 복지정책 면에서, 유소년(0~14세) 인구 감소도 큰 문제지만 노령 인구의 빠른 증가 역시 큰 문제가 아닐 수 없다. 그 만큼 나라 사정도 꽤나 어려워질 게 뻔하다.

1인 가구 증가를 보면, 이젠 누구보다도 나 역시 홀로의 생활에 대한 고민이 커지지 않을 수 없다. 홀로의 삶은 그만큼 더 복잡한 계획을 필요로 하기 때문이다. 그날그날 생활계획과 근검절약은 노후생활의 필수 조건이다. 계획을 실천하다 보면 나름대로의 노후老後생활프레임이 마련되지 싶다. 운동, 건강, 책 읽기, 글쓰기, 취미생활 등의 몰입沒入을 통해 스스로 나아짐은 북돋고 뒤처짐을 보완하면 삶의 즐거움 또한 크지 않겠는가? 나이와는 관계없이 늘 배움에 몰입하지 않으면 안 되는 까닭이 여기에 있다.

삶의 가치 공유

여름이다. 해 뜨는 시각이 참 빨라진다. 아침 다섯 시 반 이전에 집을 나선다. 동구 밖을 벗어나면 벌써 붉은 해가 동녘 하늘을 밝혀 나를 반긴다. 가슴이 뛴다. 낮이 가장 길다는 '하지夏至'가 되려면 아직 열흘 이상 남았다. 헌데 한낮 길이는 이미 길어질 대로 길어진 느낌이다. 태양의 뜨거운 열기. 머지않아 녹음도 한껏 짙어지겠지. 볏논을 어슬렁거리는 오리, 해오라기들이 한유閑遊를 즐긴다. 자적하는 저들이 부럽구나. 공평무사公平無私하기 때문이다. 다툼이 없다. 조화調和는 역시 자연미自然美의 극치極致가 아니던가.

요즘은 견디기 힘든 뉴스들이 꽤나 자주 등장한다. 크고 작은 사고들이 여기저기서 터진다. 그 때문일까? 삶의 질이 지난해보다도 후퇴한 것으로 나타난다. 취업, 공동체의식, 교육, 환경, 참여의식, 건강, 삶의 만족도, 안전, 일과 삶의 균형 등등에서 순위가 뚝 떨어졌다는 소식이다(2016년도 OECD 발표 38개국 중 28위).

여기 맛있는 케이크가 있다. 욕심 많은 형제들이 나누자고 대든다. 가장 공평하게 나눌 기지機智는 뭘까? 형이 자르고 동생들한테 선택권選擇權을 먼저 준다면 형은 최대한 바르게 자를 거다. 반대로 동생이 자르고 형들한테 선택권을 먼저 준다면 동생 역시 최대한 바르게 자를 거다. 가정이건 사회건 인권존중人權尊重, 상호협력相互協力, 상호합의相互合議, 동등同等한 권리행사權利行使 등이 전제된다면 우리 생활 질서도 바르게 확립될 수 있지 않겠는가? 법 철학자 존 롤스(John Bordley Rawls, 1921~2002)의 설명이다.

살기 좋은 세상을 바라는 마음은 다들 간절懇切하다. 그런데 사람들 인심人心은 점점 더 각박刻薄해져만 가는 느낌이다. 특히나 무질서無秩序 의식意識은 가장 큰 문제다. 너무나들 제멋대로이기 때문이다. 인권人權, 협력協力, 합의合議 같은 건 생활 질서 확립의 기본 요건들이다. 질서의식은 지켜져야 할 생활 속의 엄중한 잣대다. 사회가 더 공평해지기를 바라는 마음도 질서 확립의 차원 때문이다. 그런데 모두들 마치 저만 잘살면 된다는 듯, 욕심들을 부리는 것 같아 큰 걱정이다.

독일을 통일시킨 비스마르크(Otto Eduard Leopold Fürst von Bismarck-Schönhausen, 1815~1898)의 일화가 생각난다. 어느 날, 친구와 사냥을 떠난다. 그런데 갑작스럽게도 사냥하던 친구가 실족해, 그만 깊은 늪에 빠진다. 몸에 지닌 도구는 오직 총밖에 없다. 팔을 뻗어 총 끝을 내밀었지만 친구가 잡기에는 턱없이 멀다. 순간 비스마르크는 친구에게 총구銃口를 겨눈 채, 비장하게 나무란다.

"자넨 늪에 빠져, 이젠 숨 막히는 고통 속에서 죽어갈 수밖에 없네. 어차피 스스로 헤엄쳐 나올 용기가 없다면 결국 죽고 말겠지? 그렇다면 그 끔찍한 고통을 겪으며 죽어가는 자네를 이 두 눈으로 안 보는 게 내 도리일 것 같네. 자, 내가 겨눈 이 총구를 보게. 자네를 쏴서 끔찍한 고통을 덜어주지." 비스마르크가 겨눈 총구를 보자 늪에 빠진 친구는 엄청난 분노에 치를 떤다. 허우적거려, 이미 지칠 대로 지쳤건만 비스마르크의 배신 만큼은 죽어서도 용서할 수 없다는 듯 극도의 복수심復讐心에 불탄다. 그 결과, 친구는 초인간적超人間的인 힘을 발휘해 총알까지 피해가며 구사일생九死一生, 결국은 늪에서 살아나온다. 그리고는 자신에게 총구를 겨눴던 비스마르크에게 복수하겠노라고 눈을 부라리며 달려든다. 그때, 비스마르크는 숙연히 친구를 위로慰勞한다.

"내가 만약 자네에게 총구를 겨누지 않았다면 자네는 결국 늪에 빠져 죽고 시체도 찾지 못했을 것이네. 내가 총구를 겨눈 건, 실은 자네를 맞추기 위해서가 아니라 목숨을 포기하려는 바로 자네의 그 '나약함'을 없애주기 위해서였네."

비스마르크의 순간적인 결단이 놀랍다. 막다른 길목에서도 극한 상황을 이겨내는 초인적 행동은 오직 자신만의 강인한 의지에 달려 있다는 이성적 판단理性的判斷이 앞섰기 때문이다. 돕겠다고 물속으로 뛰어 들었다면 함께 죽었을 거다. 그렇다고 뻔히 바라만 보면서 소리쳐 봤자 그 친구는 살아나올 가망可望이 없다. 결국 '나약함'은 누가 살려주겠지 하는 그 의존심 때문 아니겠는가?

책을 가까이 하며 공부해야 하는 까닭이 여기에 있다. 가정생활도 그렇다. 다섯 식구든, 열 식구든 각자 할 일을 스스로 책임지면 그보다 더 합리적인 삶의 질서가 어디 있겠는가? 가족들의 경제적인 자립문제도 매한가지다. 서로가 근검절약勤儉節約하지 않는다면 어떻게 넉넉한 생활을 할 수 있겠는가? 매월 일정한 수입收入으로 살아가는 직장인이 단돈 얼마라도 늘 저축貯蓄하는 것보다 더 큰 돈벌이가 또 어디 있을까?

자식 잘 가르치는 건 '양육養育', 부모 잘 모시는 건 '봉양奉養'이다. 예전엔 양육과 봉양이 생활 질서였다. '자식 사랑' '부모 효도'가 삶의 보람이기도 했다. 그런데 요즘은 사람 사는 보람이 꽤나 흔들리고 있다. 양육 문제만 봐도 그렇다. 대학졸업까지? 결혼까지? 살림집 마련까지? 생활비까지? 머릿속 계산들이 참 복잡하다. 효도 문제도 그렇다. 부모와 함께 살기? 아니면 따로 살기? 노후 돌봄 문제? 역시 생각들이 복잡하다.

현실적으로는 부모, 자식이 독립해서 건강하게 잘 사는 게 제일이다. 하지만 깊이 새겨야 할 것이 있다. 그건 바로 우리가 멀리 떨어져 산다 해도 반드시 함께 사랑하고 행복해야 할 이유를 공유共有해야 한다는 점이다. 왜일까? 역시 사랑과 행복幸福이 우리가 함께 추구해야 할 삶의 가치이기 때문이다.

삶은 자기의 꿈과 목표를 이뤄가는 험난한 과정, 그러나 꿈과 목표는 저절로 이뤄지지 않는다

현수야, 방학 때라 그런지, 네가 더 보고 싶구나. 주로 뭘 하고 지내니? 너야, 말할 것도 없이 나름대로 재주도 있고 능력도 있는(多才多能) 편이니까 신나게 운동하고 신나게 책 읽으며 재밌게 지내겠지? 그리 여기니, 더 같이 있고 싶어지는구나. 재밌게 할 일 하면 하루하루가 금방금방 지나간다. 일주일, 한 달, 일 년이 후딱 간다. 한 달 남짓 있으면 넌, 5학년 학생이 되잖니? 그렇다면, 이젠 상급학생上級學生이 되는 거다. 아무렴, 안 봐도 잘 커가는 모습이 눈에 선하다.

학년이 높아갈수록 공부할 게 많다는 걸, 넌 잘 알지? 조용히 한번 생각해 보렴. 공부할 게 많을수록 더 노력해야 하고 더 노력할수록 알고 깨달을 게 많아진다는 걸 말이다. 누구라도 무식無識한 사람이 된다는 건 생각만 해도 끔찍할 거다. '박식博識한 손자!' 너를 생각하면서, 그런 손자를 떠올리면 금방이라도 훨훨 날 듯, 기쁨이 솟구치는 까닭은 왜일까? 할아버지의 속마음을 현수 넌 대충 짐작하리라 믿는다.

예전에 유명인사들 전기를 읽을 때, 감명感銘 깊었던 위인偉人이 떠오른다. 혹시 너도 알 만한 사람일 듯싶다. 바로 '벤저민 프랭클린(Benjamin Franklin, 1706~1790)'이다. 미국 갔을 적에 네 아빠로부터 100달러짜리 여러 장을 용돈으로 받아 넣고 다녔다. 그 달러에 찍힌 인물로도 새겨져 있더구나. 나라마다 자기네들이 존경하는 인물을 그려 넣은 것처럼 말이다.

잘 알겠지만 위인들에겐 대개 그들 나름대로의 뚜렷한 업적이 있단다. 프랭클린도 과학자, 발명가, 사업가, 문필가, 정치가 등으로 그의 명성을 세계에 떨쳤던 인물이다. 하지만, 오늘 너에게 주려는 건 '업적 위주의 위대성'을 찬양하려는 게 아니다. 얘기의 키포인트는 그의 '투철한 노력 위주의 인간성'을 들려주고 싶어서다. 다섯 가지 정도를 살펴봤다.

첫 번째 노력은 소년시절 독학열기獨學熱氣다. 형제 17명 중, 열다섯째로 태어난 그는 9살에 학교 들어가 11살에 학업을 중단한다. 집안이 가난해, 공부보다는 기술을 익혀야 한다는 아버지의 생각 때문이었다. 그때부터 프랭클린은 틈틈이 아버지의 양초공장을 도우면서도 온통 책 읽는 독서광 재미에 푹 빠져 생활한다. 무서운 독서 열정이었다.

두 번째 노력은 청년시절의 독립생활獨立生活이다. 생활 수단은 20대 후반 인쇄소 운영이다. 형의 인쇄소와 영국 런던 인쇄소에서 경영을 익힌 뒤, 영향력 있는 신문 발행과 삶의 지혜와 교훈 내용을 정기 시리즈series로 발간해 성공을 거듭한다.

세 번째 노력은 중년시절 전반기 선행사업善行事業이다. 활동의 핵심은 도서관과 학교 설립이다. 인쇄소 경영으로 성공한 그는 그 대가代價를 주민을 위해 공헌한다. 박물관 건물을 확장해 미국 제1호 공공도서관을 건립한다. 학교를 2년밖에 다니지 못한 그는 '필라델피아 아카데미'를 설립한다. 이 학교가 바로 미국 최고 명문대학 중 하나인 펜실베이니아 대학이다.

네 번째 노력은 중년시절 후반기 구학열정求學熱情이다. 학문의 길을 택하게 된 열정은 바로 남다른 학구열學究熱 때문이다. 연구와 발명에 탁월한 재능을 발휘한다. 전기의 성질, 번개의 비밀, 태양의 흑점, 자석, 파도, 해류 등 자연현상을 연구하고 난로, 사다리 의자, 이중 초점 안경, 신형 양초 등을 발명한다.

다섯 번째 노력은 노년시절 애국활동愛國活動이다. 애국활동의 핵심은 미국 독립을 위한 중요역할들이다. 미국 독립선언서 작성, 영국과의 평화조약 체결, 헌법제정 참여, 독립 헌법탄생 등에 기여한다. 이 같은 애국활동 때문에 대통령을 지낸 '존 애덤스', '토머스 제퍼슨' 등과 함께 '미국 건국의 아버지'로 불린다.

누구에게나 꿈과 목표는 있다. 작든, 크든 꿈과 목표는 소중하다. 인생 삶은 자기의 꿈과 목표를 이뤄가는 험난한 과정이 아닐까? 그러나 꿈과 목표는 저절로 이뤄지지 않는다. 남다른 노력과 부지런함을 필요로 한다. '벤저민 프랭클린!' 학교 교육도 제대로 받지 못한 그의 인생 역정이 눈물겹다. 꿈과 목표를 이루기 위한 그의 남다른 노력, 남다른 부지런함에 감동하지 않을 수 없다.

현수야, 그날그날 감동은 그날그날 즐거움이요, 보람이다. 오늘, 편지 받은 즐거움과 보람을 엄마, 아빠와 함께 재잘거려 보렴. 그러면 내일 할 일이 더 재미있어질 거다. 오늘은 이만 줄인다.

잘 있어라. 현수야, 안녕!

가치 있는 삶을 살기 원하는 사람들은 '어떻게 하면 보다 착한 삶을 살 수 있을까?' 하고 고민한다

겨울은 해가 짧다. 밤이 참 길다. 저녁 다섯 시만 되면 벌써 어두워진다. 아침엔 일곱 시가 돼도 환해지질 않는다. 이렇게 밤 긴 달이 음력으론 동지冬至달이다. 밤이 길 땐 뭘 해야 좋을까? 잠? TV? 스마트폰? 인터넷 게임? 결국 시간이 아깝다. 그렇다면? 아무래도 겨울철은 책읽기가 가장 좋다는 생각이다.

현수야, 할아버지가 너만 했을 때, 할아버지의 할머니로부터 들었던 얘기 하나 들려줄까. 옛날 옛적 어느 깊은 산골, 마음씨 착한 숯장수가 살았다. 하루는 시장에서 숯을 팔고 돌아오다, 어떤 산마루터기에서 아주 불쌍한 거지노인을 만난다. 추운 날씨에 제대로 입지도, 먹지도 못해, 덜덜 떨고 있는 노인이 너무 안쓰러워 자기가 가진 보리쌀과 생선을 나눠주고 겉옷까지 벗어 준다. 이 얼마나 고마운 일인가.

거지노인은 너무 감격해 뜨거운 눈물까지 흘리면서, 그 보답으로 숯장수에게 자기만 간직했던 세 가지 비밀 얘기를 일러준다. "첫 번째, 바람 불면 타지 마라. 두 번째, 무섭거든 춤을 춰라. 세 번째, 반갑거든 설설 기어라." 물론 알쏭달쏭한 수수께끼만 같아 선뜻 이해가 잘 되질 않았지만, 그래도 숯장수는 그 얘기를 마음 속 깊이 새겨뒀단다.

얼마 후, 숯장수는 나루터에 이른다. 배를 타고 강을 건너야만 집에 갈 수 있다. 떠나려는 배를 급히 타려고 막 뛰어가는데, 바로 그때 큰 회오리바람이 휭 하고 불어 닥치지 뭐냐. 순간, 숯장수 머릿속엔 퍼뜩 거지노인의 말이 떠올랐다. '바람 불면 타지마라' 옳거니, 하고는 배를 타지 않았다. 결국 그 배는 나루터를 떠나 얼마 못 가, 거센 회오리바람에 뒤집혀버리고 말았다.

날이 저물자, 숯장수는 산속 동굴에서 하룻밤을 묵기로 했다. 그런데 하필이면 그 동굴이 도깨비굴이었단다. 무서움에 덜덜 떨던 숯장수는 거지노인의 두 번째 말이 퍼뜩 생각 나, 그 노인 말대로 덩실덩실 춤을 췄지 뭐냐. 그걸 본 도깨비들은 기분 좋아서, 함께 춤추며 숯장수 덕분에 참 잘 놀았다고 '금은' 보화까지 한 자루 선물했단다.

선물자루까지 짊어지고 도착한 숯장수는 가족들을 만나자 기쁘기 한량없었다. 그때마침 거지노인의 얘기가 또 떠올랐다. 그는 반가운 가족들 앞에서 갑자기 바보처럼 넙죽 엎드려 설설 기기 시작했다. 기면서 아래쪽을 보니, 툇마루 밑에 시커먼 뭔가가 보이는 게 아닌가. 그 뭔가는 바로 보물을 훔치러 온 도둑이었단다. 숯장수에게 들킨 도둑은 깜짝 놀라, '아이쿠 나 살려라' 하고 삼십육계 줄행랑을 쳤다지 뭐냐.

현수야, 재미있니? 도깨비 얘기가 나올 정도니, 참 오랜 옛날 얘기다. 등잔불 심지 돋우고 화롯불 쬐며 할머니들한테서 얘기도 듣고 또 할머니들께 책 읽어드리던 추억들이 어제처럼 떠오르는구나. 그땐 할아버지가 너같이 천천히, 또박또박 책을 구성지게 읽어드리면 마을 할머니들이 얼마나 신나서 좋아하셨던지 모른다.

옛날 얘기는 거의가 다 착한 사람은 복福받고 나쁜 사람은 벌罰받는다는 내용이다. 그래서 얘기들 요지要旨는 대부분 교훈敎訓적일 수밖에 없다. 숯장수가 좋은 일을 했기 때문에 복 받는 것처럼 말이다. 현수야, 이해가 잘 되겠지? 하지만 얘기 구조가 너무 좀 억지 같지 않냐? 회오리바람이 닥친 것도 그렇고 도깨비 동굴도 그렇고 툇마루 밑 도둑도 그렇다.

그 때문에 '옛날 옛적 얘기'라는 거다. 하지만, 옛날엔 그런 얘기라도 그대로 믿고 재미있어 했다. 왜냐고? 까닭은, 얘기를 쓴 사람이나 읽는 사람 사이에 약속이라도 돼 있듯, 바뀌기 어려운 공감적 정서를 함께 지니고 있었기 때문이다. '공감적 정서'가 뭐냐고? 그게 바로 '착한 일 하면 복받는다'는 거란다. 옛날엔, 그만큼 '권선징악勸善懲惡'이라는 도덕적 가치나 보람을 마음속 깊이 서로 공유하면서 들 살았다. 그래서 아이들에겐 너나 할 것 없이 '착하게 살고 착한 사람 되라'고 무조건 타일렀다. 거기엔 어떤 예외가 있을 수 없었다.

왜일까? 선善한 삶의 가치나 보람은 옛날이나 지금이나 조금도 다를 게 없다. 요즘 중요한 문제는 바로, 착하게 살지 않는 사람들 때문에 사회가 혼란스럽고 뒤숭숭하다는 거다. 그래서 우리는, 평생 '어떻게 살아야 잘 사는 걸까?' 고민하지 않을 수 없다. 가치 있는 삶을 살기 원하는 사람들은 모두가 이 문제를 갖고 평생 고민한단다. "어떻게 하면 보다 착한 삶을 살 수 있을까?" 하고 말이다.

할아버지도 늘 이 문제를 고민한다. 나, 가족, 이웃, 세계와의 관계 속에서 함께 살아가야 하니까. 사람으로 태어나서 악하게 살 수는 없잖니? 그렇기 때문에, 우리는 평생 공부를 많이 할 수밖에 없단다.

현수야, 오늘은 여기서 줄인다. 잘 있어라. 안녕!

자기가 하고 싶은 일을 즐기면서 사는 것이 훨씬 더 값진 삶이다

간밤에 비가 내렸다. 해갈이 됐다. 아침 식사를 끝내고 커피타임을 가진 뒤, 창고 문을 따고 삽, 호미, 곡괭이를 잡았다. 정원 오른 쪽 텃밭을 일구기 위해서다. 다섯 두럭을 계량해 삽질했다. 우선 호미로 잡풀을 가려낸 뒤, 음식물 퇴비를 파다가 골고루 뿌린다. 다음엔 곡괭이로, 뿌린 퇴비에다 흙을 끌어 덮고 훌훌 섞는다. 다 섞고는 다시 삽으로 푹푹 파 뒤집는다. 뒤집어 거름 섞인 흙으로 다섯 두럭을 완성시킨다.

땀이 흐른다. 무척 덥다. 이마에도 흐르고 등에도 흐른다. 삽질, 호미질을 하면 무조건 땀이 난다. 덥고 땀나는 일이 '육체적 노동'이다. 땀을 많이 흘릴수록 노동이 힘들다. 힘들수록 '휴식'의 즐거움은 몇 배로 달콤하다. 육체적 노동뿐만이 아니다. 정신적 노동도 힘들기는 한가지다. 힘들기 때문에 더 달고 보람찬 거다. 알랭의 말이 실감 난다. '일하는 행복!' '노동의 기쁨'은 역시 땀 흘린 자의 몫일 수밖에 없지 않나 싶다.

오늘 심을 야채 모는 고추, 상추, 쑥갓, 치커리, 애호박, 방울토마토다. 구입량은 방울토마토 다섯 폭, 애호박 세 폭, 그 나머지는 모두 열다섯 폭씩이다. 기록한 메모지를 주머니 속에 넣고 핸들을 잡는다. 십여 분도 채 안 걸려, 농협구판장에 도착한다. 메모지에 적힌 대로 야채 모를 챙겨 박스에 담는다. 값은 9천 원이다. 음료수도 한 잔 대접 받곤, 후딱 집으로 와 정성들여 심는다. 조리로 물까지 주고 나니, 일 시작한 지 대략 세 시간 좀 넘게 걸렸다. 찬물로 샤워하고 점심상을 받는다. 밥맛이 꿀맛이라더니, 정말 점심 맛이 그렇게 좋을 수가 없구나.

오후엔 컴퓨터 앞에 자리를 잡는다. 워드를 치고 책을 뒤적이고 메모를 하고 스크랩을 살핀다. 바쁠 게 없으니 늘, 쉬엄쉬엄 하는 일들이다. 일과를 끝내기 전, 한 시간 이상은 붓을 잡는다. 되도록이면 손끝에 힘주어 글씨를 쓴다. 까닭은 마음의 평정平靜과 붓놀림의 유연성柔軟性을 잃지 않기 위해서다. 낮잠은 금기禁忌사항이다. 게으름의 발단發端은 낮잠이든 뭐든 애초부터 도려내는 게 상책이다.

동·서양을 막론하고 요즘은 근로시간을 지키자고 들 아우성이다. 사실 '노동절' 취지를 보면 하루 8시간 노동은 상당히 합리적이라는 생각이다. "8시간 일하고 8시간 놀고 8시간 잠자자." 영국의 사회운동가, 로버트 오웬(Robert Owen, 1771~1858)의 주장이다. '노동시간을 줄일 수 있다면' '좀 더 인간다운 삶을 누릴 수 있다면' 하는 요구는 각처에서 계속 목소리를 높여가고 있는 실정이다.

현수야, 자문自問해 보렴. 근로시간을 줄였으면 하는 목소리를 이해할 수 있을까? 너도 어려선 놀고 싶을 때가 많았지? 심지어는 아빠가 회사에 출근했다 빨리 와서, 너하고 실컷 놀아 주면 얼마나 좋을까 하는 생각도 많이 했을 테니까. 그렇다. 어버이 마음인들 왜 안 그렇겠니? 자식들과 더 많이 놀지 못하는 게 얼마나 안타까우면 근로시간까지 단축시키자고 할까? 언젠가는 너도 '근로시간' 단축이 왜 그토록 지켜져야 좋은가를 알게 되리라 믿는다.

실은 일을 않고 잘살 수 있는 비결은 없다. 잘살려면 뭔 일이든 해야 한다. 공부를 안 하면, 그 학생이 커서 더 인간다운 삶을 추구할 수 있을까? 어른도 마찬가지다. 게으름만 피운다면 가족들과 인간다운 삶을 더, 잘 누릴 수 있을까? 왜 우리는 그토록 게으름을 피우면 안 될까? '땀' 즉 노동의 중요성은 삼척동자三尺童子라도 잘 알 거다. 역시 일하지 않고는 인간다운 삶을 누리기 어려운 까닭이 여기에 있지 싶다.

일은 종류도 많고 해야 할 이유도 각양각색各樣各色이다. 어떤 일을 어떤 까닭으로 하던지 간에 일 자체는 각자의 몫이다. 중요한 건 자기가 하고 싶지 않은 일을 하면서 사는 것보다는 자기가 하고 싶은 일을 즐기면서 사는 것이 훨씬 더 값진 삶이 아니겠는가 하는 것이다. 혹여나 뜬구름 잡듯, 굳이 허망한 탐욕만을 고집한다면 그보다 헛된 삶이 또 어디 있을까?

이를테면 소중한 삶을 망각한 채, 헛된 꿈만 좇는다면 낭패는 불 보듯 뻔하다. 육체적 노동뿐 아니라 정신적 노동도 마찬가지다. 올바른 가치관에 의해 삶의 성공은 좌우되니까. 따라서 좀 더 인간다운 삶을 누리기 위한 '땀'을 신성시 한다면 적어도 헛된 꿈의 노예로서는 살 수 없으리라 확신한다.

현수야, 넌 앞으로 어떤 일을 하며 살고 싶을까? 할아버지 생각은 그렇다. 네 자신이 삶의 보람을 느끼며 기꺼이 몰두할 수 있는 일(배움)이라면 뭔 일이든 좋다고 본다. 자기가 하고 싶은 분야를 찾아 땀 흘리면서 소중한 삶을 즐길 수 있다면 얼마나 좋을까? 앞으로 의연毅然히 힘쓸 일이다. 다른 이에게 도움도 주고 우리가 사는 세상을 좀 더 즐겁고 따뜻하게 만드는 일이라면 더 없이 좋을 거다.

'가정의 달'이다. 엄마, 아빠와 신나게 토론해 보렴. 현수야 오늘은 여기서 줄인다. 잘 있어라. 안녕!

삶에도 품위가 있고 교양이 있듯이 삶의 질은 문화수준이다

현수야, 편지 쓰다 보면 어렸을 때 생각이 더 난다. 지금은 문명이 참 눈부시게 발달했다. 할아버진 너만 했을 때, 스포츠는 달리기와 축구밖에 몰랐다. 축구공? 공도 옛날엔 묵직한 가죽공이다. 똥 볼로 차도 멀리 안 나갔다. 여북하면 돼지오줌통이나 가느다란 새끼를 공처럼 둥글게 말아서 연습하고 놀았을까. 그러다가 고무공을 찼다.

그 때엔 부락 대항, 면 대항, 군 대항 선수 되는 게 목표였다. 할아버진 달리기를 잘했으니까 면 대항 선수까지는 쉬웠다. 어떤 땐 합숙훈련까지 했다. 물론 합숙훈련이라야 말이 합숙이지, 오히려 안 하느니 만도 못했다. 그래도 어린 마음으론 남들이 부러워 할 정도로 되게 폼도 잡았었다.

지금 생각하면 정말 웃음도 안 나올 얘기다. 연습도, 대회도 너무나 초라했다. 그러니까 그 땐, 체계적으로 훈련한다는 건 상상도 못할 일이었다. 지금이야 스포츠가 얼마나 멋지게 생활화하고 있니? 생활체육의 저변 확대가 잘 이뤄져가고 보니, 요즘은 스포츠에 대한 인식이 '경쟁이다' '대표선수다'가 아니라 점점 건강과 미용 중심으로까지 정착돼 가고 있지 싶다.

할아버진 이제 운동이 전적으로 건강 중심이다. 젊었을 땐 등산이나 테니스를 취미삼아 즐겼다. 주말엔 테니스를 주로 즐겼고 방학 땐 높은 산에도 많이 올랐다. 산도 코스가 다양하니까 갔던 산을 몇 번씩 오르내렸다. 땀은 흘릴수록 좋다. 건강 유지엔 땀 흘리는 게 최고다. 테니스 선수 중에 나달을 나는 제일 좋아한다. 땀을 가장 많이 흘리기 때문이다. 참 부지런하고 우직한 선수다.

흔히 온종일 들어앉아 소일하게 되니까 때론 운동 부족을 느끼게 된다. 나이 많으면 뼈가 굳어진다는 말이 맞는 것 같다. 특히 아침이면 허리가 결릴 때도 있다. 그래서 자고나면 20분 이상 스트레칭을 한다. 그리고 최소한, 한 시간 정도는 걷는다. 서울에선 학교운동장 가를 따라 걸었다. 시골에선 농로를 따라 걷는다. 러닝running, 조깅jogging, 조킹joking, 워킹walking이 뛰고 걷는 방식이다. 조킹은 조깅과 워킹의 합성어合成語다. 요즘은 주로 워킹을 한다.

현수 넌, 다행히 스포츠를 폭넓게 소화하고 즐기는 편이다. 물론 네 엄마, 아빠의 배려가 크고 세심하다는 걸 무척 고맙게 여긴다. 어디 체능體能뿐이겠냐? 예능藝能쪽도 배려가 많은 편이잖니? 사실 예체능 분야는 범위도 넓고 종목도 많다. 이것저것 다 하려든다면 무리일 수도 있다. 취미 삼아 몇 가지 잘 해서 여가餘暇로 즐길 수 있게 준비하면 더 없이 좋을 거다. 할아버진 서예를 즐기는데, 사군자(四君子: 매화, 난초, 국화, 대나무)를 칠 줄 모르는 게 정말 후회막급이다.

망중한忙中閑이란 말이 있다. 바쁜 생활 속, 한가한 때를 가리킨다. 그러니까 바쁘게 공부(일)하다, 잠시 여유로운 마음으로 쉬는 시간을 느긋이 즐기는 게 '망중한'이다. 한가한 시간과 취미생활을 접목시켜 봐라. 한가한 시간을 자기가 좋아하는 취미로 즐길 수 있다면 그 얼마나 멋진 삶이겠냐? 봄이 오면 매화를, 여름이 오면 난초를, 가을이 깊어 오면 국화를, 겨울이 닥쳐오면 대나무를 치는 멋을 상상해보렴. 아이들은 여가 시간을 너무 헛되이 보내지 않나 크게 반성할 일이다.

우리나라 사람들은 뭘 해도 죽도록 열심히 한다. 공부도 죽도록 하고 일도 죽도록 한다. 운동도 죽도록 하고 싸움도 죽도록 한다. 하다못해 관광버스 속에서도 죽도록 뛰고 죽도록 열창한다. 차모는 것 봐라. 체면이고 예의고 따질 것 없이 막 몰아댄다. 에너지가 넘치는 건 좋다. 그러나 우린 너무 피곤하다. 왜 그럴까? 멋을 모르기 때문이다. 악만 쓸 줄 알지 레크리에이션을 모른다. 역시 우리는 문화나 취미 수준이 아직도 너무 낮지 싶다.

할아버지가 고향으로 와 시골에서 몇 해째 생활하고 있다. 그런데 고향 친구들을 보면 취미와는 거리가 너무 멀다. 그렇다고 뭘 한 가지라도 배우려는 마음을 가지면 좋은데 배운다는 건 아예 죽어라 하고 담 쌓고들 산다. 정말 멋없이 살고들 있지 싶다. 삶에도 품위가 있고 교양이 있지 않겠니? 삶의 질이라는 게 무엇이겠냐? 말할 것도 없이 척도는 문화생활이다.

현수야, 네 앞을 멀리 내다봐라. 공부할 게 많다. 너도 그리 느끼지? 그리고 글로 써서 남겨야 할 것도 참 많다. 앞으로 남들에게 도움 줄 일이 뭔가를 생각하면서 늘 공부하자꾸나. 부지런해야 한다. 그리고 망중한의 여유도 잘 가꿀 줄 알아야 한다. 꾸준하고 인내하면 못 할 일이 뭐 있겠니? 오늘은 여기서 줄인다.

현수야, 잘 있어라. 안녕!

교양 있는 사람으로 커가는 데에는 예술에 대한 소양과 취미의식은 필수적이다

한낮엔 잠이 쏟아진다. 졸음에 못 이겨 머리가 끄떡인다. 나도 모르게 껌뻑 단잠에 빠져들기도 한다. 브라질 월드컵 축구 때문이다. 새벽 한 시부터 아침 아홉 시까지 세 경기가 벌어진다. 요즘은 저녁에 눈 감아 한잠 자고 나면 보통 새벽 한두 시가 된다. 우리나라 경기뿐만 아니라 관심 있는 경기를 두루 보자니, 잠을 설칠 수밖에 없다. 브라질과 낮밤이 뒤바뀐 나라의 열렬 팬이라면 어찌 나뿐이겠냐?

공은 둥글다. 이변異變이 많다. 결과를 예측하기가 어렵다. 이변 때문에 승패를 예측하는 재미가 스포츠의 매력이지 싶다. 이변이 없는 경기라면 재미가 적을 수밖에 없겠지. 그러나 재미가 적어도 관중은 있게 마련이다. 그 까닭은 예측할 수 없는 승부욕 때문이다. 골문을 통과하는 둥근 공의 마력이 결국 전 세계 열광팬들을 축제 열기 속으로 몰아넣는 셈이다.

4년 전, 남아공 월드컵 때 챔피언은 '스페인'이었다. 그땐 무적함대로까지 불렸다. 이번 브라질 월드컵에선 우승국으로 주최국이 꼽혔지만 스페인, 아르헨티나, 잉글랜드, 독일, 이탈리아까지도 점쳐졌다. 그러나 놀랍게도 축구공이 어디로 튈지 모른다는 걸 입증이라도 하듯, 16강을 향한 조별 리그는 엄청나게도 엉뚱한 결과를 빚어내고 있다.

브라질과 멕시코의 경기는 무승부다. 무적함대라던 스페인은 오렌지 군단 네덜란드에게 5대1로 무참히 깨진다. 거기다가 칠레에게까지도 참패해 16강 진출이 무산된다. 잉글랜드도 이탈리아, 우루과이한테 무너져 16강 진출에 실패한다. 이탈리아 역시 잉글랜드를 물리쳐 쉽게 갈 줄 알았는데 웬걸, 코스타리카한테 깨져 16강 진출이 좌절된다. 독일은 미국한테 깨진 가나와 무승부를 기록한다. 4강까지 장담하던 일본 역시 코트디부아르, 콜롬비아에게 대패해 꿈이 무산된다. 이변에 이변이 속출되는 재미가 쏠쏠하다.

우리나라 축구는 어떤가. FIFA 랭킹은 57위다.2) 같은 조에선 러시아, 벨기에, 알제리 랭킹을 다 합친 숫자보다도 더 낮은 순위다. 그래도 애들처럼 신나게 16강 진출을 열망하고 있다. 지나친 욕망일까? 응원 역시 그 어느 나라보다도 세다. 2002년 월드컵 4강 신화 못지않게 열광적이다.

그러나 4강 신화 때와는 달리 이번 월드컵 리그결과는 절망 상태로까지 빗나갔다. 러시아와 비기더니, 승리를 자신했던 알제리에게도 초반부터 내리 세 골을 내줬다. 후반에 들어서도 또 한 골을 허용했다. 그 뒤, 두 골을 겨우 만회하긴 했지만 열망했던 16강 진출은 결국 불투명해지

2) 2014년 기준. 2022년 2월 10일 FIFA가 발표한 세계 랭킹에서 1,522.85점으로 29위에 랭크됐다.

고 말았다. 어찌 우리의 희망이 이토록 절망으로 뒤집힐 수 있을까. 왜 우리에겐 이변이 따르지 않는가.

스포츠는 승부가 치열하다. 한 쪽이 이기면 다른 한 쪽은 반드시 진다. 그것이 필연必然이다. 물론 공이 둥글기 때문에 결과 예측은 흥미롭다지만 승부가 결정되고 나면 패배의 절망을 둥근 공 탓으로만 감당해내기는 버겁다. 그래서 승부에 집착하는 선수와 관중이 많아진다. 승부에 집착할수록 패배는 절망絶望이요, 비극悲劇이다. 그렇다고 언제까지나 절망적인 비극에만 사로잡혀 있을 수만은 없는 노릇 아닌가. 이젠, 선수나 관중도 이성적인 냉정冷情과 감성적인 열정熱情으로 패배의 쓴맛을 추스를 수 있는 마음가짐이 요구된다.

스포츠도 많은 발전을 거듭했다. 관중들의 수준도 그만큼 높아졌다. 스포츠 발전의 예시로, 체력, 기술력, 조직력 등의 과학화와 묘기, 패스, 득점, 응원 등의 예술성들을 거론한다. 이성적인 냉정冷情의 관점으로 본다면 팀 간의 체력, 기술력, 조직력 등의 차이는 금방 드러난다. 감성적인 열정熱情의 관점으로 본다면 그라운드에서 펼쳐지는 선수의 묘기, 패스, 득점 장면들을 통한 스포츠의 열기는 금방 타오르게 된다.

이젠, 스포츠도 과학화나 예술성을 발휘할 수밖에 없는 드라마가 다 된 셈이다. 정해진 시간 동안, 감독의 시나리오에 맞춰 선수들이 각자가 맡은 포지션을 얼마나 잘 소화시켜 연출하느냐에 따라 멋진 승패勝敗는 물론 축제 열기마저 절정으로 치닫게 되니 말이다. 그라운드에서 얻는 탄성은 동動적이다. 영화, 음악, 미술에서 얻는 탄성은 정靜적이다. 감탄 열기는 다를 바가 없다. 예술성의 본질은 한 가지이기 때문이다. 그런 만큼 모든 예술을 통한 대리만족은 이제 현대인의 생활에선 필요불가결한 요소가 아닐 수 없다.

현수야, 교양 있는 남성으로 커가는 덴, 동적이든 정적이든, 예술에 대한 소양素養과 취미의식趣味意識은 필수적이다. 그렇다고 지나치게 빠질 일은 아니다. 되도록이면 취미삼아 폭넓게 이해할 수 있는 수준으로 즐겼으면 좋겠다. 할아버지처럼 밤잠을 설칠 정도로만 좋아하면 어떻겠니? 밤잠 설치는 것이 한 가지 병이라면, 그 같은 병은 월드컵이 끝나면 금방 나을 테니까 말이다.

현수야, 잠은 깊이 잘 수 있도록 해라. 네가 하는 운동도 즐기는 마음으로 해내면 건강에 아주 좋다. 잘 있어라. 현수야, 안녕!

인품의 근본은 인사성이다

십 년이면 강산이 변한다는 말 들어봤을까? 할아버지가 너하고 얘기를 나누다보면 '현수가 많이 컸구나.' 하는 생각이 절로 든다. 열 살이 되더니만 말하는 것도 행동하는 것도 많이 어른스러워지는 듯하다. 큰다는 건 애기처럼 응석받이 노릇할 때가 지난다는 뜻이다. 어린애 노릇할 땐 앞뒤 할 일도 모르고 좋고 나쁜 일도 구별 못하는데 이젠 자기가 알아서 제방 청소도 할 줄 알고 바깥 계단도 쓸 줄 안다니 참 대견하구나.

누가 시켜서 하는 것보다도 저 스스로 알아서 처신하는 게 제일 바람직하다. 배우는 일 모두가 그렇다. 앞뒤 할 일, 좋고 나쁜 일을 분별해서 처신하는 버릇을 길러 가면 더 바랄 것 없이 잘 크는 거다. 생각이 바르면 태도도 번듯하다. 태도가 번듯하면 버릇도 좋아진다. 버릇이 좋아지면 인격도 높아진다. 인격이 높아지면 인생도 성공적이다.

할아버지도 어렸을 때 배운 '치가의 노래'가 생생하다. "집안 정리 잘하고 안팎 뜰 마당 깨끗이 쓸 줄 알아야 한다. 그리고 어른들께 인사 잘

해야 똑똑한 사람이다"라고. 이를테면 예절교육이다. 예전엔 큰절 올리는 게 '인사'였다. 할아버지 어렸을 땐, 네 증조할아버지 찾는 손님이 많았다. 사랑채에 외부손님이 오시면 늘 불러서 큰절을 올리라고 하셨다. 지금은 시대가 많이 달라져 인사법도 간편해졌다만 그래도 예절의 기본적 의미는 잘 지켜지는 게 좋다.

사람이 의당 해야 할 일을 '사람 인人' '일 사事' 자를 써서 '인사人事'라고 한다. 그러니까 인사는 공손한 마음으로 처신하는 안팎 언행예절言行禮節이다. "인사 잘하는 얼굴에 침 못 뱉는다."는 속담도 있다. 대표적인 안팎 언행예절은 부모 말씀 잘 듣는 일, 의롭게 행동하는 일, 부부 서로 아껴주는 일, 웃어른 공손히 대하는 일, 어진 친구 속이지 않는 일들이다. 이들 다섯 가지 언행예절을 '오륜五倫'이라고도 부른다.

옛 스승들은 인품人品의 근본을 바로 '인사성'에다 두었다. 모든 공부도 인품 즉, 사람 됨됨이를 최우선으로 꼽았다. 먼저 사람다운 사람이 된 뒤라야 공부도 제대로 할 수 있다고 본 것이다. 그러나 요즘은 먼저 사람다운 사람이 되어야 한다는 걸 깊이 새기는 사람이 많지 않다. 왜 그럴까? 이상하게도 요즘 아이들, 어른들께 인사 잘 안 한다. 똑똑해서 그럴까? 아니다. 가장 큰 원인은 가정교육 부재不在 탓이다. 자기보다 똑똑한 사람 싫어들 한다. 도시이건, 시골이건 이해하기 어려운 일들이 참 많다.

인사 않고 살아도 행복할 수 있을까? 감사하지 않고도 행복할 수 있을까? 결코 행복할 수 없다. 까닭은 말할 것도 없이 마음이 편할 수 없기 때문이다. 양심을 저버리고 자신을 속이면 다 마음이 떳떳치 못하게 된다. 간혹 돈만 따져서 인사하는 사람, 지위만 따져서 인사하는 사람도 있다. 자기보다 돈 적은 사람, 지위 낮은 사람을 무시하는 처사다. 참으로 어리석기 짝 없는 짓이다. 결국 욕심은 더 큰 독선과 아집을 불러들여 파멸만 초래할 뿐이다. 이를테면 끝없는 물욕物慾, 권욕權慾으로 가족, 친지, 이웃과도 정이 멀어지고 만남도 소원疏遠해진다. 결과적으론 누려야 할 양심, 행복, 편안함마저 스스로 포기하는 꼴이 되고 만다. 참으로 불쌍한 인품人品들이다.

이젠 예전과는 달리 먹을 것도 풍족하고 주거환경도 편안하다. 그렇다면 어떻게 사는 것이 잘 사는 삶일까? 어떻게 사는 것이 행복한 삶일까? 끊임없이 고민해야 할 문제다. 모든 사람들이 가족, 친지, 이웃 심지어는 낯선 사람들과도 유대紐帶를 돈독敦篤히 하면서 좀 더 따뜻한 삶을 누릴 수는 없을까. 풍족하고 편리해지면 그만큼 오히려 더 고마워하고 감사하는 마음으로 살아야 되지 않겠는가.

현수야, 사람 됨됨이, 즉 인품에 대한 관심은 평생 가져야 한다. 배움의 분야가 참 넓지만 그 모든 분야들이 따지고 보면 다 사람들로 하여금 사람답게 살아가도록 하기 위한 내용들이다. 사회, 자연, 인문 분야가 다 그렇고 음악, 미술, 체육도 다 그렇다. 전부가 다, 세상 사람들이 서로서로 행복하게 살아가도록 하기 위한 공부들이다. 네가 앞으로 평생 할 공부나 일들도 모두 같은 뜻으로 해내야 하는 것이다. 지구상의 갖가지 직업도 다 그렇다. 모두가 다 자기 삶뿐만 아니라 다른 사람 삶도 돕기 위한 직업이라는 걸 깨닫게 될 것이다.

현수야, 할아버지는 너를 믿는다. 집에서나 학교에서나 사회에서나 사람답게 잘 처신하리라는 걸. 공손한 마음으로 부지런히 공부하면 시야도 넓어지고 생각도 깊어지고 마음도 즐거워진다. 늘 겸손하고 부지런해라.

오늘은 이만 줄인다. 씩씩하게 커라. 현수야, 안녕!

감사할 줄 아는 사람 1

오늘 날씨도 기록을 깰 모양이다. 며칠째 5월 달 최고기온 기록이 바뀌어가고 있다. 원래 5월은 봄 계절에 해당하건만 7월 말 삼복三伏 더위처럼 기온이 올라가니, 모두들 걱정이 이만저만 아니다. 더구나 크고 작은 안전사고까지 자주 일어나다 보니 마치 태양과 지구가 크게 노한 게 아닌가 싶어 더없이 착잡하다.

환경, 생태계 파괴가 가져오는 재앙은 과학자 아닌 어린 학생들도 다 아는 일이다. 하늘 길, 땅 길, 바닷길에서 터지는 각종 재앙들이 인간의 끝없는 탐욕 때문에 빚어지는 비극이지 하고 생각하면 마음이 더 서글플 수밖에 없다. 이젠 하늘과 땅이 내리는 죗값을 인간이 굳이 치러야만 한다면 환경과 생태계 파괴에 대한 경각심부터 우리가 다잡아야 할 일이다.

우리는 자연으로부터 받는 혜택을 너무도 고마워할 줄 모르는 게 큰 문제다. 허기야 햇빛, 산소만 하더라도 힘들이지 않고 혜택 받을 수 있으니, 고마워할 사람 몇몇이나 있겠는가? 그렇지만 햇빛, 산소들은 이 세상에서 그 어떤 보물보다도 가장 값진 요소들이 아니던가. 생명을 지탱시키는 의衣, 식食, 주住 모두가 다 흙에서 얻어지니, 땅이 어찌 고맙지 아니한가.

옛사람들은 하늘(태양)을 아버지처럼, 땅(지구)을 어머니처럼 모셨다. 하늘을 우러러 두 손 모아 빌고 땅에 몸 굽혀 큰절을 올리기도 했다. 왜일까? 대자연에 대한 은혜와 고마움 때문이다. 대자연은 우리의 경건한 존경의 대상이다. 우리가 저지르는 나쁜 마음, 고약한 짓을 누가 아느냐고? 하늘이 알고 땅이 알고 네가 알고 내가 아는데 어떻게 아무도 모른다고 할 수 있겠는가?

'죄 짓고는 못 산다'는 게 괜한 말이 아니다. 자연을 본받고 타고난 양심良心이 있단다. 그래서 옛날부터 훌륭한 분들은 늘 자연을 본 받고 배워 나쁜 마음먹지 마라. 못된 짓 하지 마라. 부디 착하게 살아라. 신신당부하듯 타이르지 않았나? 하늘에 순응하는 자는 복 받고(흥興) 거역하는 자는 벌 받는다(망亡)고도 했다. 그렇다면 탐욕과 물질만능은 결국 벌 받을 수밖에 없지 않는가. 진정 착하게 사는 삶이야말로 가장 잘사는 삶이다.

자연은 진리의 보고寶庫다. 정신적, 물질적 혜택 모두가 자연으로부터 얻은 결과물들 아닌가. 사람은 자연으로부터 배우고 느끼고 본받는다. 우리가 배우고 느끼고 본받기 때문에 대자연은 우리의 위대한 스승이기도 하다. 자연은 은혜를 베푸는 존재다. 사람은 자연의 혜택을 본받는 존재다. 그러니, 자연에 감사하고 보답할 줄 아는 마음가짐이라야 삶이 편안하지 않겠는가. 마음이 편해야 만사가 뜻대로 잘 이뤄진다(만사형통萬事亨通). 하늘과 땅의 고마움을 알고 감사하는 마음으로 살아갈 때 우리는 더 인간답게 행복한 삶을 살 수 있지 싶다.

시골집 정원 빈터에 몇 가지 야채를 심었다. 상추 열다섯 폭, 쑥갓 열 폭, 치커리 열다섯 폭, 고추 여덟 폭, 국거리 배추 사십 폭, 마디호박 두 폭이 전부다. 물론 이미 심겨져 있는 부추, 취나물도 있다. 마디호박을 제외하곤 두 번째 수확했다. 상추, 쑥갓, 치커리는 냉장고 안에 그득하다. 국거리 배추는 두 번째 뽑아 된장국을 끓였다. 고추는 새끼손까락만 한 걸 세 개째 땄다. 아침저녁 때 맞춰, 조리로 물을 주니까 야채들이 부쩍부쩍 자란다. 과분할 정도로 푸짐하다. 넉넉한 마음이다. 부자란 어떤 개념일까? 바로 그렇게 욕심 없이 가꿔가며 푸짐함, 넉넉함을 즐기는 마음의 소유자가 아닐는지.

사람들은 돈 주고 사 먹길 좋아한다. 편하게 여긴다. 어떤 사람은 얻어먹길 좋아한다. 돈도 힘도 안 들이니 좋단다. 어떤 사람은 손수 땀 흘려 심고 가꿔 먹는다. 손수 길러 먹으니 보람 있어 좋단다. 돈이 많으면 많을수록 값비싼 야채에다가 돈 자랑도 아우르니 좋을 수 있다. 얻어먹는 건 횟수가 잦아질수록 부담스러울 수도 있다. 울안 땅 놀리기 아까워 손수 길러먹는 건 남 눈에 궁색스러워 보일 수도 있다.

현수야, 은혜를 알고 고맙게 느낀다는 건 참으로 중요한 문제이다. 감사할 줄 아는 사람은 감사할 줄 모르는 사람보다 훨씬 더 당당하고 떳떳한 일을 해낼 수 있게 된다. 넌 어려서 잘 모르겠지만 앞으로 커가면서 차차 알게 될 거다. 훌륭한 일을 한다는 건 사람들이 다 자기가 받은 은혜를 고맙게 깨닫고 보답할 의지를 크게 실천한 결과라는 걸 말이다. 상상의 나래는 펼칠수록 마음이 즐거워지는구나.

현수야, 오늘은 여기까지 얘기하자. 잘 있어라. 안녕!

감사할 줄 아는 사람 2

자연은 진리의 보고寶庫요, 위대한 스승이라고 했다. 그렇지만 사람들이 모두 다 그렇게 생각할까? 정말 자연을 진리의 보고로, 위대한 스승으로 여길까? 그렇게 여긴다면 아마도 자연 혜택에 대한 고마움을 한시도 잊거나 소홀히 대할 수가 없을 것이다. 고마움을 느낀다는 게 얼마나 멋진 일인가? 따지고 보면 느끼지 못하는 것 자체가 병病일지도 모른다.

사실 감사할 줄 모르는 병은 이만저만 큰 병이 아니다. 불가佛家 얘기를 빌자면 스스로를 괴롭히는 번뇌일 수밖에 없다. 욕심내고 집착하는 탐욕貪慾, 성내고 분노하는 진에瞋恚, 어리석고 못난 우치愚痴가 무서운 번뇌煩惱들이다. 고마움을 느끼지 못하는 병에 걸리면 삶의 진정한 기쁨, 보람, 행복을 챙기기가 어렵다. 왜냐하면 번뇌는 탐욕, 진에, 우치만을 불러들이기 때문이다. 고마움을 알고 느낀다면 고마움의 대상이 어찌 자연뿐이겠는가? 인간만사人間萬事 모두가 고마움의 대상이지.

옛날 훌륭한 분들 기록을 보면 그분들이야말로 위대한 자연을 위대한 스승으로 삼아 가장 잘 본받고 가장 잘 깨달은 분들이 아니었던가 생각된다. 이를테면 노자老子의 무위자연無爲自然이 그렇고 공자孔子의 조화자연調和自然이 그렇다. 전자는 상호간에 그 어떤 해침도 주고받지 않고 있는 그대로의 자연이요, 후자는 대립이나 제재 없이 서로서로 어울려 살아가는 일체감의 자연이다.

훌륭한 일을 한다는 건 자연관계나 인간관계에서 자기가 받는 혜택을 고맙게 깨닫고 보답할 의지를 크게 실천한 결과라고 할 수 있다. 노자는 '무위無爲'에다 주안점을 두고 사람도 그 어떤 해침 없이(무위) 자연처럼 절대 자유를 추구하는 것이 삶의 도리라는 걸 깨달았다. 공자는 '유위有爲'에다 주안점을 두고 저 세상(피안彼岸)이 아닌 이 세상(차안此岸)에서 재질과 능력을 발휘하되(유위有爲) 자연처럼 조화롭고 착善하게 사는 것이 도리라는 걸 깨달았다.

이렇듯, 노자 장자로 이어지는 도가사상道家思想이나 공자 맹자孟子로 이어지는 유가사상儒家思想이 현재 우리들 정신 속에도 면면히 전승되고 있음을 상기한다면 자연관계나 인간관계로부터 받은 혜택에 대한 그분들의 보답이 얼마나 위대한가는 익히 알고도 남을 것이다. 인간을 만물의 영장이라 일컫는다. 하지만 가장 연약한 존재이기도 하다. 자연재해(천재天災)나 인간재해(인재人災) 앞에선 인간이 얼마나 무기력한 존재인가는 쉽게 분별된다. 그 때문에 이젠 자연무위나 자연조화 보존이 얼마나 중요한가를 자각하고 실천할 때이다.

공자, 노자, 석가釋迦도 자연과 인간관계 혜택에 보답코자 구도求道의 길을 끝없이 걸었다. 공자는 조화자애慈愛를 바탕으로 '인仁'의 길을, 노자는 무위무애無爲無碍를 바탕으로 선仙의 길을, 석가는 보리해탈菩提解脫을 바탕으로 '자비慈悲'의 길을 걸었다. 인, 선, 자비의 뿌리 역시 다

'사랑'이 아닌가. 어떤 시인이 "아무도 가지 않은 길을 택했다" 고 노래했듯이 공자, 노자, 석가도 '사랑'을 찾아 아무도 가지 않는 자기만의 길을 걸어 구도한 셈이다.

구도의 길은 험난할 수밖에 없다. 험난하다고 포기하는 사람은 남들이 가지 않는 길을 갈 수 없다. 포기하는 사람은 감사하고 보답할 줄 모르는 사람이다. 감사하고 보답할 줄 아는 마음은 정말 고결하고 고상한 마음이다. 관대하고 우아한 마음이다. 공자 노자 석가의 '사랑'도 결국 혜택에 대한 감사로부터 우러나온 보답이 아니었던가. 그러나 '사랑'의 개념이 하도 포괄적이고 추상적이라서 우리는 평소 별로 의식하지 않고 사는 편이다. 어떻게 보면 사랑이란 말이 평생 입만 가지고 떠벌이는 말인지도 모른다.

'현수야, 사랑한다.' '사랑하는 현수야!' '사랑하는 손자야, 고맙다.' '고맙다. 손자야, 잘 있어라. 안녕!' '현수니? 잘 있었냐?' '저녁 먹었니? 아픈 덴 없었지?' '너, 아프면 안 돼!' '씩씩하게 커야 한다.' '네가 아프면 할아버지 한잠도 못자는 거 알지?' '와! 현수가 먼저 전화했네? 사랑하는 손자 전화 받으니, 되게 기쁘다.' '엄마, 아빠도 아픈데 없지?' '무리하면 안 된다. 알았지?'

할아버지가 빼놓지 않고 늘 너에게 감사한 마음으로 하는 인사말들이다. 현수야, 할아버지 인사말에서 사랑이 느껴질까? 고마움이 느껴질까? 정말 할아버지가 입만 가지고 빈말로만 떠벌이는 인사말일까? 사랑과 고마움은 나뉠 수 없는 관계다. 마치 사랑하는 손자와 할아버지가 나뉠 수 없듯이. 그렇다면 자연과 인간도 결코 나뉠 수 없는 관계가 아닌가. 자연과 인간관계의 혜택에 대해 고마움을 느낄 줄 모르는 사람이 과연 자연과 인간을 사랑하며 자연답게, 인간답게 살 수 있을까?

물음이 이어질수록 자꾸 재밌어진다. 생각을 키워가는 데, 글쓰기보다 더 좋은 것이 없다는 게 맞는 말인 듯싶다.

현수야, 다음 주에 계속 얘기하자. 잘 있어라. 안녕!

사랑과 고마움을 느끼는 삶이 중요하다

어릴 적 생각이 울컥 난다. 엄마 모습이 간절하다. 왜일까? 엄마 사랑 때문이다. 돌아가신 지, 벌써 이십사 년 됐다. 바쁘게 생활할 땐 엄마 얼굴조차도 떠올리질 못한다. 그런데 이 시를 읽다보니, 옛날 엄마 사랑이 불현듯 떠오른다. 나이 든 탓일까? 그만큼 나이 탓, 세월 탓으로만 돌리고 있으니, 자식으로서 죄스럽기 짝이 없다.

현수야! 너 할아버지와 함께 몇 번 목욕탕에 갔었지? 세 번쯤 갔던 걸로 기억난다. 첫 번째 가선 머리 감길 때 네가 울어서, 눈 감고 뜨지 말라고 당부했다. 두 번째 갈 땐 춥다고 칭얼대서, 할아버지 등에다 손과 얼굴을 꼭 묻으라고 타일렀다. 세 번째 갈 땐 날씨가 따듯해 아주 씩씩하게 다녀왔다. 지하 이층 사우나 기억나지? 큰 목욕탕이었다. 아마 집에서 걸어가는데 한 십오 분쯤 걸렸을까. 그래도 넌 그 때 잘도 따라 다녔다. 네 조그마한 손으로 할아버지 등 밀어줄 땐 얼마나 간질간질했던지 지금도 웃음이 절로 난다.

편지 쓸 땐 할아버지 마음이 무척 즐겁다. 왜일까? 사랑 때문이다. 그래서 할아버진 행복하다. 편지 쓰는 과정이 그토록 행복하다는 거다. 사실 따지고 보면, 편안하고 즐거워야만 편지도 쓸 수 있다. 혹시라도 싫다든가, 화가 난다든가, 급하다든가, 짜증난다든가 하는 부정적인 감정으로는 어떤 글도 쓸 수 없다. 어디 글 쓰는 것뿐이겠냐? 매사每事가 다 그렇다.

학교 공부인 들 왜 안 그렇겠니? 그 까닭이 뭘까? 까닭을 알면 훨씬 의욕이 커질 거다. 먼저 엄마, 아빠 사랑을 생각해 봐라. 늘 보살피고 배려하고 걱정하고 타이르고 가르쳐주고 하는 그 고마움을 곰곰 새겨볼 일이다. 할머니, 할아버지 사랑도 마찬 가지고 형이나 동생들 사랑도 마찬가지다. 그런 고마움을 눈곱만치라도 느낄 수만 있다면, 아마 공부뿐 아니라 하는 일들이 모두 다 더 재밌어 질 거다.

그 때문에 매사엔 사랑과 고마움에 대한 긍정적인 마음이 중요하다. 실은 공부하는데도 쉬운 것도 많지만 어려운 것도 많다. 특히 아이들에겐 공부 잘한다는 게 꼭 쉬운 일이라곤 할 수 없지 싶다. 그런데도 힘든 공부를 무조건 열심히 하라고만 매질한다 해서 다 잘해낼 수 있을까? 아니다. 중요한 건 아이들 스스로가 마음 내켜서 해야 될 일이다. 스스로 마음 내키지 않는다면 억지로는 안 된다.

그래서 늘 사랑과 고마움을 느끼는 삶이 중요하다는 거다. 엄마? 아빠? 선생님? 친구? 자연? 모두가 서로 사랑하고 고마워하는 관계 때문에 더 힘든 일도 힘껏 해낼 수 있게 된다. 이를테면 일기, 편지 쓰는 것도 마찬가지다. 결국 사랑, 고마움이 뒷받침 되지 않다면 쓸 수 없다. 사랑과 고마움을 깨닫고 스스로 내켜서 쓸 수만 있다면 그거야 말로 정말 값진 삶일 거다.

흔히 사람들은 힘들여 애쓰는 과정은 생각지 않고 그 결과만 가지고 행복하다고들, 떠든다. 그러나 할아버진 생각이 다르다. 까닭은 결과 그 자체보다는 그 결과를 일궈내는 과정이 더 보람 있고 행복하다 여겨지기 때문이다. 먼저 도전이 즐겁고 몰입의 보람이 있어야 열정도 쏟아 부을 수 있지 않겠니? 스포츠도 그렇고 각종 예술이나 연구 활동도 그렇다. 도전과 몰입과정이 행복해야 열정도 쏟을 수 있고 그에 대한 성공도 거둘 수 있다는 얘기다.

삶의 보루堡壘는 행복이다. 그 때문에 의미, 가치 있는 일에 열정을 쏟지 않을 수 없다. 나이가 적으면 적은 대로, 많으면 많은 대로의 도전과 몰입이 필요하다. 키가 작으면 작은 대로, 크면 큰 대로의 열정을 쏟을 수 있어야 한다. 모르면 모르는 대로, 알면 아는 대로의 도전과 몰입과 열정은 필수적必須的이다. 결국 도전, 몰입, 열정은 각자의 몫이다. 그 때문에 자기의 몫을 책임지고 수행하는 것이 현명한 사람의 처신이다.

현수야! 일 년 넘게, 너에게 편지를 쓰다보니까 이상하게도 이젠 네가 많이 컸겠지 하는 쪽으로 자꾸 착각을 하지 싶다. 그래선지 나도 모르게 편지를 종종 어려운 방향으로 끌고 가게 되는 듯싶구나. 미안하기 짝이 없다. 어려운 방향으로 쓴다는 게 뭘 뜻하겠냐? 결국 너에게 주고자 하는 '주제'가 너무 무겁다는 뜻 아니겠니? 그렇다. 할아버진 아직도 글을 쉽게 써가질 못하고 있구나. 후회막급이다. 피나는 노력을 기울여야 할 일이다.

글 쓰는 어려움까지 손자에게 털어 놓고 보니 더 재미있다. 그토록 쓰지 않고는 견디지 못하는 할아버지 마음을 알아줬으면 좋겠구나. 오늘은 여기서 줄인다.

잘 있어라. 현수야, 안녕!

겸손과 열정이 필요하다

요즘 혹한, 폭풍, 폭설로 세계 곳곳이 몸살을 앓고 있다. 원인은 북극에서 발생하는 영하 50도 이하의 혹한 때문이란다. 교통이 마비되고 수도, 전기가 끊기고 인명 피해도 속출한다. 그렇다 보니, 피해지역 주민들 삶이 얼마나 힘들겠니?

워싱턴 DC, 뉴욕을 포함한 대서양 연안도 최악의 폭풍, 폭설로 신음呻吟한다는구나. 1미터가 넘는 기록적인 적설량에다 폭설이 몰아칠 땐 가시거리가 30미터도 안 된단다. 여북하면 '화이트 아웃(white out)'뿐만 아니라 눈(snow)과 종말(armageddon)의 합성어인 '스노마겟돈'이라는 말까지 등장했다지 뭐냐.

우리나라 울릉도에도 눈 폭탄이 터졌다. 지난 19일부터 엿새 동안 쏟아진 130센티미터 이상의 폭설로 섬 전체가 완전 뒤덮였다. 울릉도 육로교통은 말할 것도 없고 해상교통도 일주일째 마비된 상태다. 섬 주민들 생필품까지 동나 온통 난리다. 거기뿐이 아니다. 제주 공항도 심각하다. 제주 항공이 이틀째나 운항을 계속 중단한 건 지금까지 처음 있는 일이란다.

천재天災지변은 각종 자연현상 이변의 통칭이다. 기상이변을 포함해 지진, 홍수, 해일 등등이 모두 포함된다. 천재지변뿐만 아니라 인재人災지변 역시도 예측할 수 없는 재앙들이다. 그 때문에 늘 천재나 인재에 대한 대비가 절실하다. 천재, 인재를 대비하는 마음가짐의 기본은 역시 '겸손'과 '열정'이다.

너희가 어떻게 살고 있는지 궁금히 여기는 것도 바로 겸손한 마음으로부터의 보고 싶어 하는 열정 때문이다. 그러니, 매주 목소리를 듣지 않고서야 어찌 마음 편히 지낼 수 있겠니? 고향 마을 학생들에게도 겸손한 마음으로 열정적인 충고를 줄 때가 있다. "공부 열심히들 해라!" 하고 말이다. 그런데 어디 충고가 재밌게 먹혀들겠냐? 내게 돌아오는 학생들 표정은 꽤나 건방지다. 너무 이해타산만 따지려는 자세이기 때문이다. 다들 참 엉뚱한 답변 태도들이다.

그들의 뜻밖의 이해타산에 할아버진 놀랄 뿐이다. 할아버지가 전화로 매주 너희와 얘기를 나누고 싶어 하는 마음을 너희들은 이해가 잘 안 가겠지? 물론 고향 마을 학생들 답변 때문에 놀란 할아버지가 너희들에게서도 설마 그 같은 엉뚱한 답변이 돌아올 수 있지 않을까 하고 걱정돼서 하는 말은 아니다. 하지만 늘 비슷한 통화 내용들이니까 혹시라도 "비싼 국제통화료 문제 때문에 매주 꼭 전화를 안 하셔도 괜찮지 않겠나?" 하고 생각할 수도 있을 거다. 그러나 이국 멀리 떨어져 살면서, 매주 전화할 필요가 없다고 여긴다면 그건 바로 너희에 대한 할아버지의 깊은 사랑이 국제통화료보다도 값싼 헐값 사랑으로 전락돼가는 꼴 아니겠니? 만에 하나, 할아버지 전화가 통화료 때문에 그토록 헐값 사랑으로 매도

된다면 그건 우리가 살아가면서 누려야 할 삶의 참뜻과는 달리, 오히려 물욕적物慾的인 몰인정沒人情의 세태世態 속에서 너무나 각박刻薄하고 무의미無意味하게 살아가려는 것 같아 도리어 부끄럽고 서글퍼지는 느낌마저 들게 되는구나.

요즘, 호주 멜버른 테니스 경기가 흥미진진하다. 너희가 테니스를 좋아하기 때문에 더욱 그렇다. 밤잠을 설치면서까지 시청한다. 가장 흥미를 끄는 관전 포인트는 세 가지다. 첫 번째는 "상위 랭커들이 자신들의 실력을 얼마나 잘 발휘해 갈까?" 두 번째는 "하위 랭커들이 어떻게 상위 랭커들을 추월해 갈까?" 세 번째는 "랭킹과는 상관없이 어느 선수가 스포츠맨십을 가장 멋지게 보여줄까?"이다.

우선 슬로건slogan이 마음에 든다. "Your world Your way"다. "my world my way"로 바꿔 생각하니 할아버지도 힘이 솟는다. 남자 상위 랭커인 조코비치, 머래이, 나달, 페더러 등과 여자 상위 랭커인 서리나윌리엄, 커버, 무구루자, 할랩 등 랭킹 10위권 선수들의 경기를 꼼꼼히 따져본다. 상위권일수록 각자 결점들에 대한 보강이 돋보인다. 상위 랭커들은 정신적 육체적 자세의 흔들림이 비교적 적은 편이다. 그러니 최선을 다할 수밖에 없다. 최고 기록은 언젠가는 깨지게 돼 있다. 그런데 하위 랭커들은 강한 승부욕 때문인지 서브, 리시브, 스매시, 퍼 앤드 백핸드, 네트플레이, 커트, 쇼트, 드라이브샷 등에서 잦은 에러와 빨리 지치는 체력의 열세를 보여주는 느낌이다.

성장成長과 발전發展은 누구나 자기 자신의 부족함을 끊임없이 보완한 노력의 대가代價다. 16강부터 결승까지는 매 경기가 더 치열하게 느껴진다. 풀세트 경기가 거의 대부분이다. 남자 선수는 다섯 시간, 여자 선수는 세 시간 전후의 경기가 태반이다. 지칠 대로 지치는 모습들이다.

마음을 졸이며 찬사를 보낸다. 치열한 스포츠맨십을 통해 선수들의 피나는 열정과 겸손한 자세를 깊이 공감하게 되니까 더 더욱 가슴을 죌 수밖에.

'겸손과 열정!' 그 같은 요구가 어찌 스포츠뿐이랴? "Your world Your way"를 봐라. 우리 모두의 겸손과 열정의 대상 아니겠는가? 지식이나 진리를 탐구하는 것도, 정의로운 삶을 추구하는 것도, 행복에 대한 희망을 공유하는 것도 겸손과 열정적인 태도가 절대적으로 요구되는 사항들이다. 평생 명심할 덕목들이다.

최선의 교우 관계는 서로가 덕을 나누는 것이다

올 설날은 다음 주週 2월 8일이다. 설날은 떡국을 준비해 차례를 지낸다. 할아버지 어린 시절엔, 설날에만 떡국을 먹었다. 그래서 떡국을 먹어야만 한 살 더 먹는 줄로 알았었다. 그때는 가족들이 모여 차례를 지내고 세배를 드린 뒤, 주로 덕담德談을 들었다. 요즘은 세뱃돈으로 덕담을 대신한다. 안타깝다. 올해도 미취학생, 초등학생, 중·고등학생, 대학생별로 나눠 세뱃돈을 줄 생각이다. 너에게 줄 세뱃돈은 별도로 모아뒀다가 훗날 만나면 지급할 거다. 어쩔 수 없지 않니? 할아버지도 그때 가서야, 너의 세배를 받게 될 것이니까. 올 설날도 꾹 참을 수밖에 별 도리가 없지 싶다.

모두들 만나면 얘기들이 많아질 거다. 할아버진, 무릎 위에 손자들을 앉히고 재밌는 동화를 들려주는 게 제일 좋다는 생각이다. 그래서 오늘은 너에게도 '우정'에 관한 덕담 한 가지를 들려주련다. 옛날 옛적, 어린 늑대와 어린 토끼가 남달리 서로 좋은 친구가 된 얘기다.

아기 토끼는 한 번도 아기 늑대를 본 적이 없다. 아기 늑대 역시 한 번도 아기 토끼를 본 적이 없다. 어느 날, 아기 늑대가 친구 늑대와 사냥을 나갔다. 그런데 갑작스런 사고로 친구 늑대를 잃게 됐다. "아, 이 일을 어쩐담?" 아기 늑대가 그만 깊은 고민에 빠졌다. 그때 마침 근처 땅굴에서 웬 기이한 소리가 들려왔다. 소리 나는 곳을 찾아가, 가만가만 머리를 디밀고 들여다봤다. 그런데 놀랍게도 아기 토끼 한 마리가 침대에 누워 재밌게 글을 읽고 있는 게 아닌가. 아기 늑대가 황급히 사정사정하며 아기 토끼에게 도움을 청했다.

친구 늑대를 산속에 묻어주기 위해 함께 바삐 걸었다. 아기 늑대가 물었다. "네가 토끼니?" 토끼가 고개를 끄덕였다. 이름은 '톰'이라고 했다. 톰이 물었다. '네가 늑대니?' 늑대도 고개를 끄덕였다. 그런데 이름은 없다고 했다. 그러자, 톰은 아기 늑대에게 '샴'이라고 이름을 불러줬다. 그러고는 샴에게 조심스레 물었다. "늑대가 정말 토끼도 잡아먹니?" 샴이 대답했다. "난 그런 거 몰라. 한 번도 토끼를 잡아본 적이 없으니까." 그 뒤론, 톰은 샴이 하나도 무섭지 않았다.

속마음을 터놓은 톰과 샴은 아주 금방 친해졌다. 몇 날, 몇 달이고 함께 지냈다. 톰은 샴에게 구슬치기, 숫자 세기, 낚시 방법, 글 읽기 등도 일러줬다. 샴은 톰에게 더 빨리 달릴 수 있도록 가르쳐 줬다. 그러던 어느 날, 샴은 톰에게 무서운 경우가 어떤 땐지를 알려주겠다며 '늑대 겁내기' 놀이를 보여줬다. 그러자, 갑자기 톰은 까무러칠 정도로 무서워져서 토끼 굴속으로 도망쳐 문을 잠그고는 꼼짝도 하지 않았다. 샴은 당황했다. 자기는 그 무엇도 절대 잡아먹지 않는다고 맹세까지 했다. 그리고 또, 샴은 "톰, 너는 나에게 이 세상에서 가장 소중한 친구야!"라고 힘줘 말했다.

그러나 소용없었다. 도저히 믿을 수 없었기 때문이다. 토끼굴 앞에서 며칠을 기다리던 샴은 너무너무 슬펐다. 할 수 없이 토끼굴을 떠나 숲속으로 발길을 돌렸다. 거기는 늑대들이 우글거리는 깊은 산골이었다. 늑대들은 낯선 샴을 만나자마자 마구 공격해 왔다. 왈칵 겁이 났다. 샴은 까무러칠 정도로 두려웠다. 허겁지겁 줄행랑치면서 톰을 생각했다. '늑대 겁내기'가 어떤 것인지, 톰이 얼마나 무서워했을지를 이젠 깊이 헤아리게 됐다.

죽을 고비를 넘긴 샴은 톰을 찾아가 진심으로 사과했다. 지난밤에 겪었던 일들을 솔직히 털어놓고는 두 발을 모아 싹싹 빌었다. 그리고 다시는 '늑대 겁내기'를 하지 않겠노라고 단단히 다짐했다. 톰은 거듭거듭 새겨듣고는 샴의 속마음을 알아차린 후, 샴의 다짐을 받아들였다. 잠시 뒤, 톰은 드디어 토끼 굴에서 나와 늑대를 포근히 감싸 안았다. 그러고 나서, 톰과 샴은 둘도 없는 아주 좋은 친구가 되었다.

우리 역시 톰과 샴처럼 애초부터 좋은 친구로 만나기는 그리 쉽지 않다. 왜일까? 서로가 생각도 능력도, 취향도, 취미도, 성격도 다 다르기 때문이다. 그 때문에 오히려 좋아하다가도 틀어질 경우가 많고 반갑다가도 미워질 경우가 많다. 톰과 샴과의 관계를 깊이 생각해 볼 일이다. 사람들은 말한다. "서로가 평생 서로를 알아주는 친구를 한 사람만이라도 얻을 수 있다면 그보다 더 큰 행복은 없을 것이다"라고.

그렇다. 이젠 소중한 친구에 대해 공부할 때도 됐다. 친구와 잘 지내고 싶다면 때론 그 친구의 입장도 헤아릴 줄 알아야 하고 때론 그 친구에게 저지른 잘못이 무엇인가도 깨달을 수 있어야 한다. 학생들은 흔히들 세계적으로 유명하다는 학교엘 다니고 싶어 한다. 그 까닭이 뭘까? 그건 바로 좋은 친구들을 만나기 위해서라는 걸 머지않아 터득하게 될 거다.

'지기지우知己之友'란 말이 있다. 서로 믿고 허물없이 '우정友情'을 나눌 수 있는 친한 친구를 뜻한다. 어디서나 그런 친구를 만난다는 건 진정 고마운 일이 아닐 수 없다. 얼굴이 예쁘다고? 힘이 세다고? 돈이 많다고? 재능이 뛰어나다고? 그렇다고 모두가 다 좋은 친구 노릇 하는 건 아니다. 맹자가 말했다. "최선의 교우交友 관계는 바로 친구 서로가 덕德을 나누는 것이다"라고. 좋은 친구와 평생 덕을 나눠야 하는 까닭이 여기에 있다.

남을 돕고 산다는 건 영광스럽고 훌륭한 삶이다

12월 첫째 주말이 되면 문득 미국 Reunion Irvine 생활이 떠오른다. 재작년 너희들을 만났을 때, 내 손자가 참 멀리도 와 살고 있고나 하고 생각 많이 했었다. 귀국한 뒤론 보고 싶어서 매주 편지를 띄운다. 다녀온 지가 벌써 두 해가 흘러갔구나. 비행기 타고 17시간도 더 넘게 걸리는 아주 먼 거리지? 그래도 너를 만났을 땐 조금도 피곤한 줄 몰랐었다. 이튿날 아침부터 Quail hill, Ridge, meadow, Alder wood Elementary School 길을 익히면서 되도록이면 너의 소년 시절 발자취들을 빨리 각인시키려고 애썼었다.

지금도 생생하다. 그때 여행을 참 잘했다. 여행도 그렇지만 공부도 다 때가 있으니 어쩌겠냐? 지금 생각해 보면 꿈만 같다는 생각이다. 어린 나이로 네가 엄마, 아빠 따라 그 멀리까지 가서 공부하리라는 걸 누군들 상상할 수 있었겠니? 참 믿기 어려운 일이기도 하다. 그러나 엄연嚴然한 현실現實이다. 사람들은 자기 마음먹은 대로 살아갈 수 있기를 다들 바란다. 하지만 그게 어디 그리 쉬운 일이더냐? 어쨌든 운명으로 생각하고 최선을 다해 노력할 일이다.

어디서 어떻게 살든, 중요한 건 자기가 자신의 '꿈'을 잘 키워가는 거다. '꿈'은 사람마다 다양하다. 하지만 공통적인 꿈은 비슷하다는 생각이다. 실은 어떻게 하면 좋은 일들을 많이 하면서 살 수 있는가가 문제다. 물론 각자의 '희망' 사항이다. 이를테면 무엇을 공부하든, 세계 인류문화 발전에 크게 한 번 이바지해 봐야지 하는 것이 좋은 예다. 그런 사회공헌社會貢獻의 꿈은 사실상 의도적일 수도 있다. 그렇다고 굳이 꼭 이루고야 말겠다는 절대 절명의 꿈은 아니다. 공부하다 보면 언제든지 바뀔 수가 있기 때문이다. 그래도 막연한 꿈일지언정 그런 꿈을 간직하고 공부할 수만 있다면 그런 꿈 하나 없이 공부하는 사람보다는 훨씬 노력하는 의미가 크지 않겠는가 하는 얘기다.

새삼스럽게도, 어린이들이 그런 꿈을 키우면서 공부할 수 있는 좋은 나라는 바로 '미국'이 아닌가도 생각하게 된다. 그 동안 보도된 그들의 '아낌없는 기부문화' 소식들을 보면 그렇다. 온갖 종족들이 다 모여 사는 나라인데도 유독 '지금보다 더 나은 세상'을 만들어야 한다고 너도나도 경쟁하듯 펼쳐내는 거액의 기부 행렬을 보면 참으로 놀랍고 부럽지 않을 수 없다.

"아낌없는 기부, 미美창업 거부巨富들의 아름다운 불문율" 너무나 충격적이고 신선한 기사 타이틀이다. 페이스북 최고경영자(CEO) 마크 저커버그(31세)가 아내 프리실라 챈(30세)과 함께 첫딸 '맥스'의 출생을 축하하며 페이스북 지분 99퍼센트(450억 달러=약 52조 원)를 기부하기로 약정했다. 그들 부부는 딸에게 주는 영상편지에다 "다른 모든 부모와 마찬가지로 우리 역시 네가 지금보다 더 나은 세상에서 자라기를 간절히 바란다. 너와 다른 어린이 모두에게 더 좋은 세상을 물려줘야 할 무거운 책임을 느낀다."라고 썼다.

사회공헌 협의체와 경제조사 기관들이 펴낸, '숫자로 본 2015년 기업들의 사회공헌'은 조사 대상 기업 176곳 중 56퍼센트가 참여해 출연한 기부 총액이 2012~2014년 사회공헌에 투입한 총액보다도 훨씬 더 증가했다는 보도다. '대기업사회공헌 협의체(CECP)'는 "미국에선 세계적 대기업일수록 사회공헌에 힘을 쏟는 경향이 크다"고 분석 자료를 냈다.

이런 분석은 순위로도 잘 나타나고 있다. 미국의 비영리 재단 분석 기관인 파운데이션 센터가 자산 규모 1위부터 100위까지 순위를 매겼다. 그 결과 성공한 창업가들이 최상위권에 주로 포진돼 있다는 얘기다. 마이크로소프트(MS) 창업자인 빌 게이츠(William Henry "Bill" Gates Ⅲ)와 아내 멀린다 앤 게이츠(melinda Anne Gates) 부부가 '빌 게이츠 재단'을 만들어 413억 달러(48조 979억 원)를 기부했다. '자동차 왕 헨리 포드재단' 에스델이 122억 달러 출연, 세계 벤처기업 컴퓨터회사 '윌리엄-플로라 재단이 101억 달러 출연, 데이비드-패커드 재단이 69억 달러 출연 등, 이런 재단들이 약속이나 한 듯, 아프리카·중동·동남아시아·남미 등, 세계의 빈곤지역으로 활동 영역을 넓혀 좋은 일들을 펴가고 있는 현실이다.

할아버지가 너만 했을 땐 우리나라도 최빈국最貧國으로 원조援助를 받아 연명延命하곤 했었다. 그러나 지금은 그때와는 정반대로 오히려 우리가 경제적으로 가난한 나라들을 활발히 돕고 있다. 경제적인 문제뿐만 아니다. 60여 년 전 우리에게 의술을 가르쳐줬던 미국 미네소타 대학이 이젠 한국으로 의술을 배우러 오는 선순환의 역사가 이뤄지고 있다. 우리가 이제 앞으로는 제2의 미네소타 대학이 되어 저개발 국가의사들에게 우리의 선진 의술을 원조해야 한다고 할 정도가 됐다.

남을 돕고 산다는 게 얼마나 영광스럽고 값진 삶이냐? '훌륭한 삶'이란? 훌륭한 사람의 삶을 뜻한다. 훌륭한 삶은 좋은 꿈을 펼치는 사람들만의 몫이다. 올해도 자선냄비에 모여드는 불우이웃돕기 성금이 천이백억 원을 넘는다니 금년 역시 새로운 기록이다. '통일 나눔 펀드'도 날로 불길을 더해가고 있다. 우리의 소원은 통일, 꿈에도 소원은 통일이다. 통일 소원의 불길이 활활 타오르고 있다.

할아버지 꿈인들 다를 게 뭐 있겠니? 할아버지도 우리 현수가 지금보다도 더 좋은 세상에서 꿈을 펼칠 수 있기를 간절히 바라는 마음이다. 할아버지가 기부하는 돈이야 비록 보잘 것 없다 하겠지만 그러나 그 마음은 하나도 다르지 않다는 걸 네게만은 떳떳하게 얘기하고 싶구나.

오늘은 여기서 줄인다. 잘 있어라. 현수야, 안녕!

편안하고 고요한 마음으로 하고자 하는 일들을 열심히 해내겠다는 마음가짐

한 해가 저물고 있다. 새해의 꿈을 설계할 때다. '새해의 꿈'은 "새해에 하고 싶거나 이루고 싶은 일들의 계획"을 뜻한다. 할아버지의 내년 삶의 화두(말머리)는 '염정자수恬靜自守'다. 편안하고 고요한 마음으로 하고자 하는 일들을 열심히 해내겠다는 의미로 택한 말이다. 할아버진 올해 해왔던 것처럼 내년에도 계속 열심히 공부할 거다. 그러면서 할아버지처럼 나이 든 노인대학생들을 좀 더 성실하게 만날 예정이다.

교양서적도, 일간신문도 깊게 읽고 그들 내용에 대한 요약(Summary)도 열심히 정리하고 싶구나. 노인들은 착하디착하면서도 예상과는 달리 완고한 편이다. 고집들이 세다. 상대방의 좋은 얘기를 귀 기울여 들으려고도 하지 않는다. 따라서 잘 듣도록 전달하는 방법도 신경 쓸 일이다. 좀 더 진지하게 정리하고 준비해 할아버지 나름대로의 보람을 찾을 생각이다.

현수야, 너도 새해의 꿈을 설계했으리라 믿는다. 어떤 꿈일까? 가깝게는, 지금까지 해오던 일들을 한 단계 더 높은 수준으로 끌어올린다든가 아니면 중학교에 들어가 계획적으로 더, 어떻게 노력하겠다든가 또는 해오던 스포츠를 계속 더 땀 흘리며 즐기겠다든가 하는 꿈들 말이다. 멀게는 의사? 대학교수? 정치인? 외교관? 스포츠맨? 음악가? 미술가? 연예인? 등을 꿈꿀 수도 있을 것이다.

다 좋은 꿈들이다. 그러나 혹시라도 훌륭한 농구 선수가 되고 싶어 열심히 노력했건만 결국 힘이 달려 못하게 되면 어쩌지? 아니면 훌륭한 피아니스트가 되고 싶건만 역시 그만한 재능이 부족하다고 느끼게 되면 어쩌지? 실망이 클 수 있다. 그렇다면 완전, 그런 꿈들에 대한 노력과 즐거움을 접어야 하는 걸까? 사실, 누구라도 자기가 어떤 일을 해보겠다는 꿈이 구체적이었다면 그럴수록 그 꿈을 이루기 위해 쏟아 붓는 열의는 불을 보듯 대단했을 텐데 말이다.

어른들은 아이들에게 흔히 묻는다. "넌 커서 뭐가 될래? 꿈이 뭐냐?"고. 물론 장래 꿈이 모두 실현되리라 믿고 하는 물음은 아니다. 생각해봐라. 아무리 최고의 농구선수가 되고 싶어 한들, 아무리 최고의 피아니스트가 되고 싶어 한들, 농구계의 일인자나 피아노의 일인자를 꿈꾼 아이들이 다 농구나 피아노의 최고가 될 수 있을까? 올림픽 금메달을 꿈꿨다 한들, 실제로 금메달 따는 선수는 극소수이지 않는가?

그렇다고 그 어떤 꿈도 꾸지 말아야 옳을까? 대답은 단연코 '그렇지 않다' 이다. 왜일까? 그 까닭은 역시 행복한 삶이란 누구나 노력한 보람과 즐거움의 대가代價가 평등하기 때문이다. 바꿔 말하면 각자의 행복은 각자 마음먹기에 달려있다는 얘기다. 사실 금메달리스트보다도 은메달리스가 더 행복할 수도 있고 아니면 금·은메달리스트보다 동메달리스트가 더 행복할 수도 있다는 논리다.

언젠가 하버드대 학생들의 삶의 가치에 대한 토론 얘기가 주목을 끈 적이 있다. 하버드대학에서는 학생들 전공이 뭔지, 장래 직업이 뭔지를 따지기 이전에 교육지표로서 '삶의 가치를 어디에다 둘 것인가?'를 더 중시하고 있었다. 말하자면 각 분야의 전공학생들이 문학, 역사, 철학, 사회, 과학 등 교양서적들을 폭넓게 읽고 논의하며 '삶의 가치로서의 행복감'을 이상적 기치旗幟로 내세우고 있었다는 얘기다.

역시 행복의 첫째 보루가 폭넓은 '교양敎養'이라는 점에 주목하게 된다. '교양'의 사전적 의미는 가정, 학교, 사회생활을 바탕으로 이루어지는 인성, 품행, 폭넓은 지식들을 통칭한다. 하버드대 학생들의 그 같은 교양 중시 안목은 놀랍게도 2500여 년 전 공자孔子의 가르침과도 직접 연관된다는 점에서 시사하는 바가 매우 크다. 관련 맥락은 '군자불기君子不器'다. '군자불기'는 '훌륭한 사람(군자)'은 한 가지 용도로만 쓰이는 그릇과는 전연 합당치 않다'는 말이다. 그러니까 하버드대 학생들의 교양 중시는 공자의 '군자불기' 즉, 일정한 그릇의 용도처럼 직업이나 직책에 한정돼 있는 게 아니고 모든 사람을 위해 언제 어디서나 일하며 서로 돕고 사랑하고 풍요롭게 사는 세상을 만들겠다는 폭넓은 꿈과 연관돼 있음을 알 수 있다.

공자는 옛날 유명한 교육자요, 사상가요, 정치가다. 자신의 꿈을 실현시키고자 오랜 기간 동안 제자들과 함께 철환천하轍環天下했다. 그러나 기어코 정치적인 꿈을 이루지는 못했다. 그렇다고 공자가 자기의 꿈을 망쳤다고 여겼을까? 결코 아니다. 그가 꾼 꿈은 직업이나 직책 즉 일정한 그릇의 한정된 쓰임이 아니었다. 여러 사람과 더불어 사는 행복한 세계를 꿈꿨었던 것이다. 그러고 보면, 공자나 하버드대는 결국 '군자불기'

나 '교양 중시'의 의도처럼, 일정한 직업이나 직책에 국한시켜 꿈을 펼쳤다기보다는 어떤 대의적인 명분에 더 큰 가치를 두고 열심히 노력했었다는 것을 읽을 수 있다.

현수야, 학교생활은 정말 즐거워야 좋다. 즐거움이 곧 행복이다. 행복을 위해 필요한 것은 폭넓은 교양이다. 책을 좋아하지 않을 수 없는 까닭이 거기에 있다. 경쟁, 과시, 가식을 떨쳐버리고 편안하고 고요한 마음으로 하고자 하는 일들을 열심히 즐기는 것이다. 그러다 보면 모든 순간들이 다 행복해지리라 믿는다. 새로운 마음으로 새해를 설계하자꾸나. 오늘은 여기서 줄인다.

현수야, 잘 있어라. 안녕!

근검절약은 내 생활신조다

현수야, 내일모레면 네 아빠 생일을 맞고 그 뒤 며칠 지나면 설날을 맞는다. 설 연휴 끝나면 바로 네 생일이다. 한 살씩 더 먹는 생일이다. 할아버지 할머니는 70대 중반이고 네 엄마 아빠는 40대 초반, 중반이다. 그리고 이제 넌 10대 초반이다. 십년 전, 네 돌 때가 생각나는구나. 상암동 월드컵경기장 옆, 예식 뷔페 건물에서 네 돌잔치가 벌어졌다.

돌잔치 때, 제일 관심 끄는 이벤트는 뭐니 뭐니 해도 여러 가지 장난감 가운데서 호기심 많은 현수가 뭘 잡느냐는 거였다. 순간 연필을 집어 드니까, 다들 큰 박수소리가 터지더구나. 왜였을까? 그 까닭을 생각해보렴. 너만 박수갈채를 받은 게 아니다. 네 엄마 아빠도 너처럼 돌잔치 땐 큰 박수를 받았을 게다. 네 나이 십대 초반이 됐으니까 박수갈채를 크게 받는 까닭을 이젠 눈치 챌 수 있을 거다.

너, 학교생활이 몇 년 째냐? 유치원 공부까지 합치면 벌써 6년이 훨씬 넘겠지? 돌이켜 보렴. 얘깃거리가 많겠지? 아니면 얘깃거리가 없을까?

없다면 말이 안 되지. 미국 얘기가 많을까. 한국 얘기가 많을까. 엄마 아빠랑 얘깃거리를 찾아보렴. 찾아보면 아마 웃음 터져 나올 얘기도 꽤나 많을 것 같은데, 안 그럴까? 동화책 읽을 때처럼 배꼽 잡을 얘기가 많다면 참으로 뱃속이 다 후련해질 거다.

선진국 사람들은 생활 얘기들이 많은 편이지 싶다. 우리말로 하면 '수다'를 잘 떤다는 얘기다. 수다 떠는 게 생활화돼 있다고나 할까. 그들의 수다는 어찌 보면 '생활의 기쁨'과도 꽤나 직결돼 있다는 느낌이다. 특히나 예술과의 관계 속에서는 더더욱 그렇다. 문학뿐만 아니라 역사, 음악, 미술, 스포츠 등을 통한 그들의 수준 높은 기쁨들이 부럽다.

손자가 피아노 치고 첼로 켜며 노래 부를 때, 할아버지도 가곡을 불러 분위기를 돋운다고 생각해 보자꾸나. 그러면 손자와 할아버지 사이의 화음과 표정이 어떨까? 수준 높은 생활이란 곧 기쁨과 직결되지 않겠니? 어디 음악뿐이겠냐? 미술도 그렇고 스포츠도 그렇다. 할아버지가 친구들과 술을 즐길 때가 있다. 그때엔, 할아버지가 늘 좋은 '문구文句'나 '시구詩句' '코멘트'로 분위기를 띄운다. 말하자면 술맛을 새롭게 해 기쁜 자리를 만들도록 하자는 의도에서다.

기쁨은 정신적 풍요를 이끄는 생활의 윤활유다. 옛 어른들은 '수양修養'이란 말로 의미를 격상시켜 생활의 기쁨을 누렸다. 왜냐하면 평생공부 목표가 곧 '수양'이었기 때문이다. 물론 물질적 풍요도 중요하다. 그렇다고 정신적 풍요를 멀리 하면서 물질적 풍요만을 정당화시키려는 요즘 삶은 너무나 지나친 욕심 때문에 오히려 안쓰럽기까지 하다.

할아버진 물질적인 풍요를 별로 염두에 두지 않는다. 전에 읽은 글들 중, 절실히 생각나는 게 있다. 청나라 진홍모(陳弘謀, 1696~1771)에 말에 "빈천貧賤은 근검勤儉을 낳고 근검은 부귀富貴를 낳는다. 부귀는 교만驕

慢, 사치奢侈를 낳고 교만, 사치는 음란淫亂을 낳으며 음란은 다시 빈천을 낳는다." 또 이런 얘기도 있다. "훌륭한 집안은 조상의 근검으로 말미암아 이루어지지 않음이 없고 자손의 둔함, 경솔함, 사치함, 오만함으로 말미암아 엎어지지 않음이 없다(당나라, 유빈劉玭)."

근검절약은 내 생활신조다. 평생 노력해야 할 삶의 신조를 곧 '돈만 많이 벌면 된다.'는 것으로 환치시켜, 쫓고 쫓기는 삶을 오히려 정당화시키려는 사람들이 많다. 혹여나, 그런 의도意圖라면 정말로 그 정당화가 얼마나 허무맹랑한 삶일까, 안타깝기 그지없다. 왜냐하면 정신적 풍요가 물질적 풍요보다 훨씬 더 소중하기 때문이다. 내가 공부를 게을리 하지 않는 까닭이 여기에 있다.

삶의 기쁨은 중요하다. 지나친 욕심에 흔들리지 않으면 된다. 양심을 지켜 넉넉함을 느낄 수 있으면 삶은 즐겁고 기쁘다. 사람들은 흔히 자기가 느낄 수 있는 기쁨보다는 남이 부러워하고 칭찬해주는 얄팍한 그런 기쁨을 더 바란다. 남이 부러워하고 칭찬한다 해서 내 자신이 진정 기쁜 걸까? 아니다. 기쁨의 가치는 진정 스스로 느낄 수 있어야 한다. 부러워하고 칭찬하는 기쁨은 늘 부러워하고 칭찬하는 그 사람의 몫이기 때문이다.

생일이나 설날에 온 가족이 한자리에 모일 수 있다면 그 기쁨은 갑절로 불어날 거다. 물론 너희의 개별적인 기쁨도 중요하다. 하지만 온가족의 기쁨이 개별적인 기쁨보다 더 중요하다는 걸 알아야 한다. 우리 가족이 한자리에 모여 수다 떠는 기쁨을 떠올려보렴. 인생, 예술, 문학, 역사를 아우르는 수준 높은 문화가족의 수다를 함께 누릴 수 있는 자리가 왠지, 오늘 따라 더욱 아쉬워지는구나. 그 까닭은 뭣 때문일까? 늘 질문하면서 살 일이다.

오늘은 여기서 줄인다. 설, 생일 때 전화하기로 하자. 현수야, 잘 있어라. 안녕!

낭비는 절대 금물이다

할아버지는 요즘 버스나 지하철을 많이 이용한다. 예전보다 조급한 마음이 그만큼, 사라졌기 때문이지 싶다. 어쨌든 서두르는 마음보다는 느긋하고 조심하는 마음가짐이 훨씬 더 넉넉하고 즐거워지는 편이다. 그래서일까? 운동하고 책 읽고 글 쓰고 서예 하는 시간들이 그토록 좋은 줄은 예전엔 미처 몰랐을 정도로 여유로움을 느낀다.

얼마 전, 충격적인 신문기사를 읽은 적이 있다. "어린 학생들이 주로 스마트폰만 갖고 놀면 집중력이 33퍼센트나 떨어진다."는 내용이다. 기사의 핵심 내용은 "스마트폰을 비롯한 디지털 기기를 지나치게 쓰면 쓸수록 뇌기능이 대폭 저하된다."는 것이다. 뇌파측정 결과도 덧붙였다. "스마트폰이 널리 쓰이기 전인 2000년대에는 아이들 집중력이 평균 12초 동안 지속되었는데 2013년에는 3분의 1이나 줄어든 8초밖에 지속되지 않더라는 것"이다.

애플 창업자인 스티브 잡스(Steven Paul "Steve" Jobs, 1955~2011)의 자

녀 교육이 흥미롭다. 잡스조차도 자녀들에 디지털기기 사용을 적극 제한했다는 얘기다. 그는 평소 집에서 저녁이면 식탁 옆에 둘러 앉아 책을 읽거나 역사에 관한 얘기를 주로 즐겨 나눈단다. 스마트폰 속에 다양한 기능을 처음으로 접목시켜 '스마트폰의 아버지'라고까지 불렸던 그가 어떻게 그럴 수 있을까? 깊이 새겨들을 만한 얘기다.

요즘은 집, 버스, 전철, 혹은 비행기 어디서건 빠른 손놀림으로 스마트폰에 정신 쏟는 아이들을 많이 본다. 폰 팝업창엔 게임, 광고, 연예인 등에 관련된 실시간 검색어들이 쉴 새 없이 뜬다. 그로 인해, 미처 생각지 못했던 호기심好奇心들에 정신을 팔다 보면 원래 읽으려던 글에 대한 집중력은 결국 이리저리 흩어질 수밖에 없지 않겠는가?

'팝콘브레인popcorn brain'이란 말이 있다. 팝콘처럼 불어나는 디지털기기의 자극에 익숙하다 보면 뇌가 현실감각에 아주 둔해진다는 뜻이다. 사실, 책이나 신문 같은 매체에 비해 디지털기기는 시각과 청각을 강하게 자극하는 매체다. 그 때문에 디지털기기에 중독된 아이들은 현실감각이 무뎌지게 되고 자극적인 매체에만 익숙해져 자연히 지속되는 집중력마저 떨어질 수밖에 없다는 논리다.

더욱이 스마트폰에 나오는 읽을거리는 활자活字 책보다 내용이 아주 짧은 게 큰 문제다. 본래 학습學習에 필요한 독해력은 긴 문장들을 읽고 문맥을 이해理解하고 줄거리를 파악하는 과정들인데, 스마트폰의 짧은 글들만 가지고는 독해력讀解力에 대한 집중력集中力을 늘리기가 매우 어렵다는 거다. 거기다가 집중력, 사고력思考力을 좌우하는 뇌 전두엽 기능까지 약화시킨다는 연구결과까지 있고 보면 사실은 치명적인 논리에 가깝다는 생각이다.

이런 결과들이 기억력 실험으로 쉽게 드러나고 있다. 이를테면 사람

이름이나 전화번호를 암기시킬 때 아이들이 외려고 집중하지 못하는 현상이 바로 그것이다. 사람 이름이나 전화번호가 검색 즉시, 팝업창에 바로 뜨기 때문이다. 그 때문에 디지털기기를 잘 다루는 아이라면 기억력 집중이 갈수록 약화되고 그 집중력 저하로 인한 뇌의 전반적인 기능조차도 점차 떨어지게 될 건 자명自明한 일이다. 물론 반론反論이 따른다. 디지털기기 애용자들 반론은 그렇다. 즉 "여러 가지 일들을 한꺼번에 처리할 수 있는 '멀티태스킹Multitasking'의 효과效果가 있기 때문에 잘 이용만 하면 도리어 더 좋지 않으냐?"고 말이다. 이 같은 반론(?) 때문에 아이들 역시 함께 모여서도 서로 어울릴 생각은 하지 않고 각자 자기의 스마트폰만 들여다보는지도 모른다.

그러나 디지털기기의 지나친 사용이 아이들의 집중력, 기억력, 독해력, 사회성 등을 약화시킨다는 건 과학적으로도 이미 입증된 사실이다. 그 결과, 두 살짜리 미만 유아는 영상매체를 되도록이면 멀리 하라고까지 강력히 권고勸告한다. 설사 중·고생들일지라도 디지털기기를 다루는 시간이 하루 두 시간을 넘지 않도록 하는 게 뇌 발달을 위해서는 매우 중요하다는 지적이다.

디지털기술 종사자 대부분도 자기 아이들만큼은 거의 다 디지털기기의 조기 교육을 받지 않게 하는 것으로 알려져 있다. 왜일까? 까닭은 바로 '창의력創意力' '사고력思考力'이 소통疏通과 건강健康 그리고 왕성旺盛한 독서력讀書力을 통해서 나온다는 걸 누구보다도 잘 알고 있기 때문이다. 어린 시절 독서, 스포츠, 취미, 대인관계, 책임감, 성취감 등의 즐거움을 알게 된 아이들은 커서도 디지털 미디어에 중독되는 일이 거의 없다는 게 연구결과다. 너도 알겠지만 요즘엔 한시도 스마트폰을 놓지 않는 아이들이 참 많다. TV 만화프로도 역시 그 대상이다. 때로는 게임을 즐기다가 밤잠까지 설치기 일쑤란다. 그래서 머리를 쉴 때에 잘 쉴 수 있도록 하지 못한다면 성장기 아이들 뇌 기능이 어찌 되겠니? 큰 걱정이 아닐 수 없다.

너 어렸을 때 TV 만화 때문에 싸우던 기억이 꽤나 생생하다. 여북하면 할아버지가 막 엉엉 우는 시늉까지 보여줬을까. 지금 생각해 보면 그때 참 잘 싸웠다는 생각이다. 그 뒤론 네가 책도 좋아하고 취미생활도 다양해졌다. 뭘 기록해 놓는 것도 마찬가지다. 바라건대, 앞으로도 올바른 판단력判斷力에 의한 계획수립, 추진력, 창의력, 책임감들을 소중히 여기면서 생활하는 건 매우 중요한 일이다. 특히 시간 물질 어느 쪽이든, 낭비만큼은 절대 금물이다.

'넉넉한 마음'이란 단지 필요한 만큼만 누릴 수 있으면 된다는 것이다

현수야, 설날 세배를 주고받을 때 할아버지가 네 생각 얼마나 많이 했는지 아냐? 참 되게 보고 싶었다. '곁에 있고 없고'에 따라, 그리움 차이가 이렇게 클 줄은 예전엔 미처 몰랐다. 지난해 미국서 때때옷 입고 세배하던 모습이 너무 선하구나. 너도 이젠 많이 컸다. 올 설에 곁에 있었다면 할아버지가 그럴싸한 선물이라도 줄 수 있었을 텐데.

선물? 생각해 봐라. 요즘 설날 선물로는 고작 세뱃돈이다. 어린 것들도 세뱃돈 받아 넣을 봉투까지 마련하고 있더구나. 돈이면 문제가 다 해결된다는 사회풍조 탓 아니겠니? 할아버지가 지갑을 꺼내 유치원생에겐 천 원, 초등학생에겐 이천 원, 중고등학생에겐 오천 원, 대학생에겐 만 원짜리를 줬다. 그랬더니 유치원생이 제일 먼저 천 원짜리에 대한 원망으로 눈을 찡긋 찡긋, 좌중을 웃음(폭소爆笑)바다로 만들어 놓지 뭐냐?

한참들 웃었다. 웃고는 말았지만, 실은 좀 개운치 않은 기분이더구나.

그렇다고 어찌 어린 것들을 탓하겠냐? 세상 돌아가는 대로 생각하면 별 뜻 없이 넘길 수도 있다. 하지만 길게 보면 삶의 가치관까지 관계되지 싶어 조금은 언짢기도 했다. 더욱이 돈에 대한 집착이 혹 나쁜 영향이라도 미치지나 않을까 생각하니 마음이 착잡할밖에.

할아버진 큰돈으로 절값 건네는 걸 썩 좋아하지 않는다. 왜냐하면 어려서부터 세뱃돈을 받아본 적이 전연 없기 때문이다. 예전엔 절값 없이도 세배는 집집마다 다녔다. 어른들에겐 무조건 세배하는 것이 미풍양속美風良俗이었다. 굳이 절값을 따지자면 밤, 대추, 다식, 과자, 박하사탕 같은 걸 한두 개씩 받곤 했었다. 아무래도 값졌던 건 꿇어 앉아 어른들의 '덕담德談'을 듣는 거였다.

어른들 덕담을 그토록 듣고 자란 내가 지금 나이 먹어선 덕담은 주지 못하고 오히려 현찰로만 세뱃돈을 나눠주고 있으니, 그런 언짢은 할아버지 심경을 요즘 어린 것들이 헤아릴 리도 이해할 리도 만무萬無할 거다. 왜 이리 됐을까? '돈'의 위력威力 때문일까? 설날 세뱃돈 위력 속에 묻히는 어린 것들이 훗날 내 나이쯤 될 땐, 정작 어떤 모습으로 변할까.

현수야, 할아버진 설 쇠고 나서 어린 시절을 많이 떠올렸다. 70년 전, 다섯 살 때 세뱃돈을 받았었다면 지금쯤은 얼마를 줬어야 좋을까? 천 원짜리로는 아마, 어린 것들 눈에도 할아버지가 되게 쩨쩨하게 보였었나 보다. 왜 모르겠냐? 그렇다고 돈이 없어선 절대 아니다. 할아버진 사실 유머러스한 설 분위기를 띠려던 속셈이었다. 그런데 그 속셈이 도리어 어린 것들을 소심한 쪽으로 길들이게 했던 건 아닌지, 아니면 실물경제를 지나치게 도외시度外視토록 했던 건 아닌지 하는 그런 걱정이 조금은 들더구나.

걱정이라니? 할아버지가 또 쓸 데 없는 얘기를 떠벌이고 있구나. 그런 걱정을 뭐라 하는지 아니? '기우杞憂'라고 한다. 옛날 '기'나라에 하지 않을 걱정 때문에 안절부절 못하던 사람이 있었다. 그건 바로 "저기 저 파랗게 보이는, 저 까마득한 하늘이 땅으로 폭삭하고 내려앉으면 어쩌지?" 하는 걱정이었단다.

그렇다. 걱정도 팔자라는 말이 있다. 다 할 일 없는 사람들의 변명이다. '주체적인 삶'을 사는 사람과는 상관없는 얘기다. 왜냐하면 해야 할 일과 목표가 뚜렷하기 때문이다. 특히나 할아버지 같이 나이 먹은 사람들의 가장 좋은 생활지침은 바로 주체적인 삶이다. 그 비결로는 곧 '평생공부'가 필수다. 건강이 허락하는 한, '자아실현自我實現'를 위한 주체적인 공부를 심화시켜 가는 거다.

현수야, 할아버지가 너에게 매주 보내는 편지선물을 값을 따지자면 얼마를 칠까? 아무래도 몇 푼 안 가겠지? 몇 천원? 아니면 몇 만원? 현수야 웃음 나지? 따져 봐라. 몇 백만 원, 몇 천만 원 하는 액수가 뭐가 대단하냐? 더 크게 액수를 생각해 보렴. 몇 백억, 몇 천억? 액수가 큰들, 도대체 그게 무슨 소용이냐? 액수 자체는 별 의미가 없다. 단지 중요한 건 필요한 만큼만 생활비로 소용된다는 거다. 사람마다 자기가 살아가는데 필요한 만큼만 생활비를 누릴 수 있다면 사실상 액수의 많고 적음은 그리 탐낼 문제가 아니다.

'넉넉한 마음'이란 사람마다 다르다. 그래서 개개인의 문제일 수밖에 없다. 할아버지 편지는 할아버지만의 넉넉한 마음이 담긴 '덕담'이다. 이 '덕담'가치는 물질로는 재단될 수도 없고 재단되어서도 안 된다. 할아버지의 '덕담'가치는 어디까지나 덕담을 선물로 받은 내 사랑하는 손자만의 개인적인 몫이다. 현수야 편지를 쓰면서, 할아버지가 얼마나 기쁜지 아니? 마냥 고마울 뿐이다.

씩씩하게 커가자꾸나. 오늘은 여기서 줄인다. 잘 있어라. 현수야, 안녕!

설날의 아름다운 풍경

설날 아침.

할아버진 네 시 반, 새벽에 눈떴다. 고요하다. 소파에 앉아 설날 하루 일과를 그려본다. 장손에겐 책임감이란 게 있지 않겠냐?

올 설 참가자는 열다섯 명 정도다. 너희 세 식구만 빠지는구나. 먼 미국 땅에 있으니, 어쩔 수 없지. 그러나 마음이 함께 있으니 괜찮다. 선대先代할아버님들께서도 잘 헤아려주실 거다.

얼굴, 손, 발 씻고, 한복을 입는다. 먹 갈고 붓을 잡는다. 지방(紙榜: 신위神位)을 모시고 축문祝文을 작성한다. 축문은 한글로 작성해서 읽는다. 분위기가 훨씬 경건해진다. 옛날 어른들도 제사 땐, 엄숙한 분위기를 무척 중시했다. 역시 경건한 분위기라야, 자손들이 정성을 쏟지 않겠니?

"갑오년, 설날 아침입니다. 차렛상을 마주하고 후손들 엎드려 삼가 아뢰니다. 선대조부모님들 사랑을 깊이 새길수록 그 은혜 망극하옵니다. 못난 저희들, 선대의 유훈遺訓을 받들어 새로운 각오로 열심히 살겠습니다. 이제 자손들, 정성껏 다례를 올리오니 부디 흠향歆饗하시옵소서."

여섯 시가 된다. 이 방, 저 방에서 떠들썩하기 시작한다. 어린 손자들도 눈 비비며 나온다. 여손들은 차렛상에 올릴 제수祭需 점검으로, 남손들은 차렛상 차림으로 이래저래 바쁘다. 바빠도 각자 할 일을 알아서 하면 순조롭게 진척된다. 설 제사 시작 시간은 여덟 시다. 4대代 봉사奉祀다. 초헌初獻, 아헌亞獻, 종헌終獻으로 나눠 잔을 올린다. 차례는 40분 정도 걸린다. 어린 손자들에게도 첨작添酌 기회를 준다. 잔 올림과 절 올리는 모습이 대견스럽고 보기 좋다.

차례가 끝나면, 세배를 올리고 받게 된다. 요즘은 세배 분위기가 뜨겁다. 절값(세뱃돈) 때문이다. 할아버진 세뱃돈 받을 사람 구분을 '기혼이냐' '미혼이냐'로 결정한다. 나이가 어려도 기혼자는 주지 않는다. 단, 미혼자라도 남녀 구별 없이 불혹(不惑: 마흔 살)의 나이에 들면 제외시킨다.

가슴이 설렌다. 어린애처럼 뛴다. 명절이 좋다. 혹, 설날 행사가 힘들어도 아직은 마냥 즐겁다. 모여서 기쁘고 만나서 기쁘고 정을 주고받을 수 있어 기쁘고 가족 사랑을 나눌 수 있어 기쁘다. 떡국도 먹고 나이도 한 살 더 먹으니 왜 아니 기쁘지 아니한가?

현수야, 넌 할아버지보다 꼭 예순세 살 아래다. 나이는 숫자일 뿐. 너는 내 손자, 나는 네 할아버지 아니더냐? 그 이상도 그 이하도 따질 것 없다. 63년 전, 할아버지도 사랑받던 초등학교 4학년 시절이 있었다. 엊그제만 같다. 그래서일까? 나이 많다는 생각이 들지 않는구나. '할아범, 할아범' 날 부르던 너를 생각하면 웃음소리가 저절로 커진다. 너만 했을 땐, 할아버지도 너처럼 꽤나 까불고 사랑받았었거든.

시골집 뒤꼍에 한 그루 큰 감나무가 있다. 내가 태어나기 전부터 있었으니까 몇 살 나이인가는 따질 길이 없다. 그런데도 해마다 감이 주렁주렁 열린다. 나이와는 관계없이. 폭풍, 폭우, 폭설, 폭한이 몰아치면 어떤 나무는 쓰러져 파여 나가기도 한다. 어떤 나무는 꽁꽁 얼어 죽어가기도 한다.

그러나 뿌리가 깊을수록 나무가 건재하다. 현수야, 너 '가훈家訓'이란 말 들어봤지? "집안에서 어른들이 내려주는 훌륭한 가르침"이란 뜻이다. 뿌리 깊은 집안일수록 가훈이 없을 수 없다. 가르침을 내려, 자손들이 바르게 살아가도록 가르치려는 의도 때문이다.

어쩌다 가훈이란 말을 끌어내다 보니 좀 딱딱해지는 느낌이다. 재미가 없을 듯싶다. 현수야, 미안하다. 하지만 똑똑한 네가 이해해 주렴. 오늘은 떡국 먹고 나이도 한 살 더 먹는 날이니, '덕담德談'이란 게 있을 수 있잖겠니? 언젠가는 어린 너도 더 자라면 덕담 의도를 알게 될 때가 올 거다. 보통 훌륭한 집안에선, 덕담들이 많이 오간단다.

한글로 쓴 축문의 핵심은 뭘까? 세배를 올리고 받으면서는 뭘 생각해야 할까? 왜, 늘 대소사大小事를 조심해야 할까? 왜, 나쁜 생각을 하지 말아야 좋을까? 일가친척이 왜 화목해야 할까? 반성이 잘 이뤄지면 뭐가 그리 좋을까? 무엇 때문에 근검하고 절약해야 하나?

너에게선 이미 미국에서 '세배'를 받고 귀국했기에, 할아버진 마음이 편안하고 즐겁다. 손자야, 너무너무 고맙다. 모쪼록 건강하기 바란다.

훌륭한 사람은 순수한 어린이 마음을 잃지 않는다

2015년 1월 1일, 을미년 새해 아침이다. 상쾌한 기분, 뿌듯한 느낌이다. 늘 그래 왔듯, 가슴이 설렌다. 출발선出發線이다. 지난밤 제야타종除夜打鐘 때다. 지그시 눈 감고 두 손을 모았다. 경건敬虔한 마음으로 묵은해를 돌아봤다. 이제 새해 아침, 동녘에 솟아오른 붉은 태양太陽 열기를 가득 품은 채, 새 출발을 위한 발걸음을 성큼 떼어 놓는다.

현수야, 가장 아름다운 정서는 '그리움'이다. 그리움의 바탕은 '사랑'이다. 할아버진 네가 곁에 있어도 그리울 텐데, 먼먼 미국에 있으니 더더욱 그립구나. 그래서 '그리움'을 종이에 쓰면 편지(문학)가 된다. 종이에 그리면 미술이 되고 소리에 그리면 음악이 된다. 따지고 보면, 모두가 다 '그리움'을 그려내는 정서적 표현表現들이다.

그리움이 크면 클수록 우리는 더 고마워하고 감사하게 된다. 낮 12시경에 전화가 걸려왔다. 사랑하는 손자 전화다. 그때, 할아버진 한창 바쁜 시간이었다. 버스를 대절해 큰 음식점에다 마을노인들 42명을 모시고 새해 떡국잔치를 벌이던 참이었다. 할아버지가 이끄는 노인회老人會였기 때문에 좌석, 분위기, 떡국 등의 문제로 꽤나 여기저기를 두리번거려야 했다.

"현수야, 오늘은 네가 먼저 전화했네? 아, 새해 인사로구나? 현수야, 할아버지 지금 너무너무 가슴이 뛴다. 현수 해피 뉴 이어! 올해에도 너 씩씩하게 운동하고 공부하는 거다. 알았지? 현수야 새해 인사 너무너무 기쁘다. 아빠는? 아빤 아직 퇴근 안 하셨다고? 아, 그렇지. 거긴, 아직 연말이겠구나. 엄만? 엄마 바꾸자꾸나. 잘 있었니? 그래 고맙다. 너도 금년 좋은 계획으로 건강하게 생활하자. 친정에도 연락 잘 드려라. 어머니 바꿀게."

짧은 시간, 아쉬운 통화다. 그렇지만 올 새해를 향한 '그리움'의 첫 감동이다. 그 감동이 이렇게 클 줄은 예전엔 미처 몰랐다. 손자 사랑, 며느리 사랑, 아들 사랑…. 자식들 그리움이 얼마나 큰 복인가. 오늘 만날 순 없지만 오히려 더 큰 '그리움'을 안고 새해를 출발할 수 있다는 게 너무너무 고맙고 감사하다.

"을미년乙未年 새해는 '양띠'해입니다. 양은 아주 순하고 정직한 동물입니다. 순하고 정직하게 생활하면 마음도 편하고 몸도 건강하답니다. 회원 여러분, 금년 편안하고 건강하게 지내십시오. 건배사 '위하여'를 선창先唱하겠습니다. 모두 술잔을 잡으십시다." "용은 1리, 노인 회원 건강을 위하여!"

나라 안팎 어디 살든, 좋은 인간관계는 참으로 중요하다. 소망하고 설계하고 그리움을 나누기 위한 삶의 '희망' 때문이다. 삶의 의미는 늘 우리 곁을 함께한다. 인간관계는 남에게 베푸는 마음으로부터 시작된다. 그러나 스스로 행복하고 소중한 존재라고 느끼지 못하는 사람은 남을 존중하고 배려하기가 어렵다. 따라서 우리는 서로가 스스로 존중하고 감사하는 마음을 갖도록 노력해야 한다.

가족관계도 다르지 않다. 가족들 서로가 존중하고 감사할 때 더 화목和睦하고 원만해진다. 새해가 되면 온 가족이 모인다. 떨어져서 지내니 너무 그리워 모일 수밖에. 가족들 서로가 존중尊重하고 감사感謝하는 마음 때문이다. 한국에 있건 미국에 있건 우리는 항상 존중과 감사의 교감交感을 통해 사랑과 그리움을 나눌 수 있어야 한다.

오늘, 사랑 그리움을 느끼는 마음이 그렇게 좋을 수가 없구나. 왜냐고? 사람들을 보면서 교감하려는 마음을 찾기가 힘들기 때문이다. 할아버지가 현수에게 편지 쓰는 마음은 나 스스로 손자처럼 배울게 많다는 걸 인정하고 뭐든 열심히 배우고 느끼려는 자세를 가질 수 있어서이다. 배우고 느끼지 않는 사람이 어찌 교감의 기쁨을 누릴 수 있겠니? 훌륭한 사람은 순수純粹한 어린이 마음을 잃지 않는단다. 『논어』에 나오는 말이다. 이 말에 깊이 공감하는 까닭도 바로 사랑하는 손자와의 교감 때문이다.

사람은 세 종류의 나이를 먹는단다. 육체적 나이, 사회적 나이, 정신적 나이이다. 몸 나이, 일 나이, 마음 나이라고도 한다. 누구나 몸 나이, 일 나이는 다 먹을 수밖에 없다. 문제는 마음 나이다. 아무리 몸 나이, 일 나이를 많이 먹는다고 해도 마음 나이를 제대로 먹지 못하면, 훗날 결국 불쌍하고 서글픈 존재가 되고 만다. 이를테면 어린이다운 어린이, 젊은이다운 젊은이, 어른다운 어른이 될 수 없다는 뜻이다.

현수야, 이제 새해가 밝았다. 올해부턴 3학기제로 학교가 바뀐다고? 그럼 네 시간 여유餘裕도 더 많아지겠네? 그 시간에 뭘 더 애써야 할지, 엄마 아빠랑 이마 맞대고 숙고熟考해 봐라. 시간은 유용有用하게 쓸수록 보람 있는 법. 올해도 여유 시간을 이용해, 보람 있는 내용들을 일기장에 간단간단히 적어보렴. '마음 나이' 의미도 차차 알게 될 거다.

오늘은 여기서 줄인다. 잘 있어라. 현수야, 안녕!

스승의 날을 생각한다

현수야, 미국엔 어린이날이나 어버이날이 없듯이 스승의 날도 없겠지? 한국에선 5월 15일이 '스승의 날'이다. '스승'이란 말은 미국에선 Teacher와 구분해서 Mentor로 쓸지 모르겠으나 한국에선 그 두 가지 뜻을 아우름과 동시에 존경하는 마음까지 포함시켜 일컫는 말이다. 배우는 사람이 지녀야 할 중요한 덕목이 바로 존경하는 마음이기 때문이다.

"스승의 은혜는 하늘같아서 우러러 볼수록 높아만 지네. 참되거라 바르거라 가르쳐주신 스승은 마음의 어버이시다. 아아, 고마워라 스승의 사랑. 아아, 보답하리 스승의 은혜."

'스승의 노래'다. 스승의 사랑도 어버이 사랑과 같다. 스승의 은혜도 어버이 은혜와 같다. 스승의 마음이나 어버이 마음이 같기 때문에 존경하는 마음이 따르지 않고는 올바른 교육이 이뤄질 수 없다.

스승은 사랑으로 인도하고 학생은 존경으로 받드는 자세가 가장 이상적인 교육활동이다. 스승은 학생의 바른 성장과 참된 발전을 최대의 기쁨으로 여긴다. 희생犧牲과 헌신獻身을 다하는 까닭이 바로 그 기쁨 때문이다. 학생은 스승의 참된 가르침과 바른 인도引導를 가장 감사히 여긴다. 존경尊敬과 섬김을 다하는 까닭이 바로 그 고마움 때문이다. 스승의 가르침이 배우는 사람의 앞날에 중요한 영향을 끼칠 수밖에 없다는 것을 짐작케 한다.

현수야, 너 헬렌 켈러(Helen Adams Keller, 1880~1968) 얘기 들어봤을까? 미국 여인이다. 두 살 땐가, 아주 어려서 성홍열[3]이라는 전염병에 걸려 소경, 귀머거리가 된다. 그런 장애자가 설리번이라는 여선생님을 만나 가르침을 받는다. 수화법手話法도 배우고 철자법도 익힌다. 그래서 대학도 다니고 졸업 후엔, 맹아교육방법과 교육시설을 개선하기 위해 헌신 봉사奉仕한다. 또한 많은 글도 남긴다.

"만일 내게 어떤 기적이라도 일어나서 단 사흘만이라도 앞을 볼 수 있는 축복이 주어진다면 가장 먼저 존경하는 설리번 선생님을 만나 그분 얼굴을 오랫동안 바라보겠습니다. 저를 가르쳐주시는 그 힘든 일을 해내신 선생님의 얼굴에서 헌신과 봉사의 살아있는 증거를 찾아 제 기억 속에 오래오래 간직하고 싶습니다." 중증장애를 이겨낸 켈러의 고백이다. 설리번 선생님에 대한 켈러의 존경심이 고백을 듣는 이의 눈시울을 젖게 만드는 까닭은 무엇 때문일까?

배움의 통로는 극히 다양하다. 가정家庭에서의 배움, 학교學校에서의 배움, 사회社會에서의 배움, 책冊에서의 배움, 자연自然에서의 배움 등을 생각하면 배움의 통로가 얼마나 다양한가를 알 수 있다. 그렇다고 모든

3) 늦은 겨울과 초봄에 호발하는 질환으로 주로 6~12세 아동에 발생하는 연쇄구균의 발열성 외독소에 의한 급성 열성 질환이다. 전형적인 증상으로 발진을 보이는데 발진이 생긴 피부의 홍색이 원숭이의 일종인 성성이의 피부색과 유사한 열병이라 하여 성홍열이라 명명하였다.

통로에서 가르침과 배움이 저절로 이뤄지는 건 아니다. 가르침과 배움에는 반드시 조건이 따른다. 그것은 바로 '감동感動'과 '감흥感興'이다. 은혜에 감동하고 깨달음에 감흥이 일어야 스승에 대한 존경심이 발현되지 않겠는가? 설리번 선생님의 숭고한 헌신과 봉사, 그 가르침으로 일어난 제자 켈러의 감동과 감흥이 바로 우리의 심금心琴을 너무나 크게 울려주고 있는 것이다.

현수야, 할아버지도 평생 학생들을 가르쳐왔다. 어떻게 사는 것이 훌륭한 삶일까? 이 질문이 바로 할아버지로 하여금 가장 많은 생각을 하게 만든 문제다. 세상에 태어났으니 이왕이면 훌륭하게 살아야 되지 않겠나 하고 말이다. 물론 사람마다 훌륭한 직업, 훌륭한 삶에 대한 시각은 다를 수 있다. 그러나 시각은 다를지언정 사람이 걸어가야 할 올바른 길 즉 정도正道는 한 가지이다. 그 한 가지가 바로 보람 있는 일 즉 선행善行을 베푸는 삶이다. 할아버지가 어렸을 때 네 아빠의 할아버지께서 많은 사람들을 가르치셨다. 그때는 할아버지가 지금 살고 있는 고향집이 서당書堂이었다. 할아버지가 꼬마둥이이었을 때 고향집 사랑채 서당에서 한자를 공부했다. 중학교 다니면서까지도 틈틈이 계속했다. 네 증조할아버지께서 좋은 일을 많이 하셨다. 공적비功績碑[4])도 세워져 있다. 할아버지가 학생을 가르치는 사람이 되겠다는 생각을 하게 된 동기도 바로 네 증조부로부터 받은 영향 때문이기도 하다.

---

4) '경은 이용업 공적비(耕隱 李容業 功績碑)'
아버지의 공적비는 많은 제자들과 온 주민들의 뜻에 의해서 친구, 친지, 일가친척들을 모신 가운데, 용은 산록에 우뚝 세워졌다(1979년 2월 25일).
'광주인 경은 선생은 애국과 지성, 진실과 애휼의 일념으로 곡진한 인정과 면학의 일생을 산 위대한 학자이시다. 윤리 도덕 훈도, 경로 애유사상 고취, 의례질서 확립, 미풍양속 발양, 공공시설 건립, 새마을 사업 및 새마음 갖기 선도 등 솔선수범의 산 실천이 뭇 사람의 귀감이 되기에, 선생의 그 공적을 여기에 높이 기리다.'

선행을 베푸는 삶이 내 좋은 삶의 지론이다. 잘 사는 기준은 보람과 가치價値로 따진다. 보람과 가치 있는 삶은 오래오래 살아도 후회 없는 삶을 뜻한다. 남에게 좋은 일 하면서 최선을 다 했으니 후회가 적을 수밖에. 최선을 다해 가르치는 일에는 별달리 욕심낼 것도 없다. 굳이 욕심낼 게 있다면 오로지 책과 배움에 대한 노력뿐이다.

구차스런 욕심慾心은 탐욕貪慾을 낳는다. 가정을 잘 지키면서 떳떳하게 살아가는데 별 아쉬움 없이 살면 됐지, 돈이다, 권위權威다, 권세權勢다, 지위地位다 하는 것들에 뭐 그리 탐낼 필요가 있겠는가. 순리順理가 아닌 억지抑止는 금물禁物이다.

현수야, 이젠 너도 알게 모르게 이것저것 스승의 도움을 많이 받고 있는 학생이다. 가르침을 받으면 잘 알아야 하고 알게 되면 즐겁고 기뻐진다. 즐겁고 기뻐지면 신나게 된다. 마음이 신나면 흥이 일고 기분이 날듯이 좋아진다. 이런 느낌의 과정을 감흥이라고 하는 것이다. 너의 감동은 전적으로 너의 개인적인 느낌이다. 스스로 잘났다고 자만하거나 교만을 떨면 감흥은 얻기가 힘들다. 아주 겸손하게 배우려는 마음이 진지하면 진지할수록 감동이나 감흥은 더 잘 일어난다.

스승의 날, 할아버지가 사랑하는 손자에게 주고자 하는 덕담德談 한마디는 바로 '겸손謙遜'에 있다. 겸손해야 존경할 수 있는 훌륭한 스승을 많이 만날 수 있기 때문이다. 잘 있어라. 현수야, 안녕!

추석, 햇곡식으로 음덕을 기리는 추수감사일

추석은 설과 함께 우리의 대표적 명절이다. 음력 8월 15일, 햇곡식으로 선조들께 감사드리는 추수감사일秋收感謝日이다. 정성껏, 차례 상을 올려 자손들 절 올리고, 두 손 모아 마음 속 깊이 음덕陰德을 기린다. 추석을 가장 넉넉한 명절名節로 꼽는 까닭은 내내 더도 말고 덜도 말고 한가위만 같아달라고 풍요를 기원하기 때문이다.

현수야, 추석 명절엔 모두 열다섯 식구가 모인다. 미국 식구들만 빠진다. 늘 해 왔듯이, 차례 음식을 준비하자면 추석 전날 일이 꽤나 바쁘다. 고모가 있을 땐 비교적 수월했건만, 이젠 할머니, 할아버지 손만 가지고는 힘이 부친다. 게다가 작은 댁 할머니까지 편찮으시니, 더 손이 딸린다. 생각다 못해 추석 전전 날 저녁 때, 윤수한테 전화를 걸었다.

"윤수야, 내일은 할아버지 집에 일찍 오면 좋겠다. 오늘 저녁, 엄마 아빠와 의논해서 일찍 자고 내일 아침 일찍 떠나도록 해봐라. 추석 전날, 바삐 해야 할 일들이 많다. 빨리 와서 엄마, 아빠는 바쁜 일들을 돕게 하고 너하고 준수는 할아버지와 함께 얘기하며 재미있게 놀자꾸나. 할아버지는 너와 준수가 너무 보고 싶어 한시라도 빨리 왔으면 하는 바람 간절하다. 윤수 네가 잘 말씀 드리면 아마 네 엄마, 아빠는 네 청을 꼭 들어주실 거다. 윤수야. 부탁한다."

현수야, 윤수네 네 식구가 정말 어제 오전 아홉 시 남짓해서 빨리 도착했다. 전에 없던 기록이다. 아침 여섯 시에 집을 나섰단다. 그제 저녁, 윤수한테 청 넣기를 참 잘했다는 생각이 들어 흐뭇하다. 윤수가 초등학교 입학하더니, 제법 어른스러워졌지 뭐냐. 물론 빨리 온 건, 네 숙모와 삼촌이 다 잘 알아서 한 일이지만, 할아버지가 신나는 까닭은 따로 있다. 그건 우리 가족이 서로 믿을 수 있도록, 어린 윤수도 제 몫을 당당히 감당해낸 때문이다.

추석날 아침 여덟 시다. 상차림을 점검하고 촛대에 불을 밝힌다. 향을 피우고 강신(降神: 신을 불러 내림) 술잔을 잡는데, 할머니가 핸드폰을 건넨다. 네 아빠 전화란다. 때 맞춰 전화를 잘했구나 싶어, 너무 기뻤다. "고맙구나! 잘들 지내니? 지금 추석 차례 중이다. 작은댁 할아버지 바꿔드릴 게 인사 올리도록 해라." 참석한 식구들 마음이 짠했을 거다. 때맞춘 전화 인사가 어떤 의미인가를 생각게 해서다. 떨어져 사는 가족끼리 정 나누는 방법 치고, 전화보다 더 쉬운 게 뭐가 있겠냐? 전화 좋은 건 바로 그런 거다.

"갑오년, 한가위 날 아침 차례 상을 마주하고 후손들 엎드려 삼가 고합니다. 지난 초여름, 무더위와 긴 가뭄 때문에 걱정이 컸었습니다. 하지만 큰 피해 없이 올 농사도 풍작豊作입니다. 선대先代조부모님들 은혜에 감읍感泣할 뿐입니다. 자손들 이제 조상님들 음덕을 깊이 새기면서 제수祭需를 정성껏 올리오니 부디 흠향歆饗하옵소서." 한글 축문祝文이다.

참사자參祀者들을 차례 상 앞에 무릎 꿇린다. 침묵이 흐른다. 경건한 마음이다. 성조聲調에 맞춰 축문을 읽는다. 고마움을 일깨우기 위해서다. 은혜를 조금이라도 느낄 수 있다면 얼마나 좋을까? 은혜를 깊이 "느낀다."는 것은 참으로 중요하다. 가족, 이웃 은혜는 물론 서로간의 도움, 신뢰, 보살핌, 가르침까지도 그에 대한 고마움을 안다면 정말로 행복한 삶이다.

요즘 사회가 너무 각박刻薄하다고들 얘기한다. 인사할 줄, 감사할 줄 몰라서일까? 아니다. 알면서도 안 하기 때문이다. 근본적인 원인은 인간교육 부재다. 다 어른들이 잘못 가르친 탓이다. 올바른 길을 져버리고 살아가는 것 같아 후회막급後悔莫及이다. 바람직한 삶은 큰 사랑보다도 오히려 작은 사랑 즉 전화 인사나 감사 전화부터 먼저 잘 행하는 삶이 아닐까? 먼 훗날 자신의 삶을 돌아볼 때 '아, 내가 참 잘 살았구나!' 하고 생각되는 이유는 비록 작은 사랑일지라도 그 사랑을 꾸준히 행한 때문일 거다.

할아버지가 너와의 약속을 철저히 지키기 위해 편지 쓰는 그 끈기는 어디서 오는 걸까? 손자에 대한 깊은 사랑이 없다면 그 약속 지키는 끈기가 가능할까? 지금, 이 편지가 34번째다. 앞으로도 최소한 30번은 더 써야 할 거다. 책으로까지 출판할 거라고도 했다. 까닭은 내가, 손자 단 한 사람만이라도 더 가치 있는 삶을 살 수 있도록 내 뜻을 펼 수만 있다면 비록 작더라도, 할아버지 사랑은 그것으로 충분히 입증되는 셈이다.

"오늘은 참 넉넉한 마음이다. 가족이 자리를 함께하니 너무 좋다. 이 좋은 날, 작은댁 할머니가 편찮으시다. 그리고 미국에 네 식구가 있다. 작은댁 할머니의 건강회복과 미국에 있는 네 식구가 건강하기를 다 같이 박수로써 기원하자."

추석 차례를 끝내고 모두들 둘러 앉아 명절음식을 앞에 하고 박수를 이끈 덕담이다. 금세 분위기가 화기애애和氣靄靄해진다. 아, 너희 세 식구가 치는 박수소리도 마침 들리는 것만 같구나! 오늘은 이만 줄인다.

잘 있어라. 현수야, 안녕!

한글날의 여러 가지 생각들

오늘, 568돌 '한글날'이다. 지난해, 기념일에서 다시 국경일國慶日로 환원還元됐다. 국기를 게양했다. 한글이 있어 너무너무 감사하다. 세계 속, 우리 문화가 높은 수준을 유지할 수 있는 까닭도 바로 빼어난 한글이 있기 때문이다. 과학적인 한글은 국제표준음성기호와도 잘 맞아, 만능 통·번역기까지 만들 수 있다는 소식이다. 어떤 언어든, 한글로 변환시켜 각자가 원하는 언어로 통·번역 가능한 기계가 발명된다면 한글의 세계화도 머지않은 셈이다.

지난여름엔, 울안에 심은 보리수 열매, 복숭아 수확이 좋았었다. 가을이 되니 사과, 대추, 감 수확이 괘나 푸짐하다. 배는 처음엔 많이 열렸는데 병을 앓아 한 알도 얻지 못했다. 감, 대추는 아주 많이 땄다. 감은 나무가 워낙 커서 반도 못 땄다. 그래도 다섯 접은 실히 넘는다. 여섯 살 된 대추나무는 가지가 휠 정도로 주렁주렁 달렸다. 두어 말 가까이 얻었다. 감, 대추, 사과 맛이 기막히게 달고 맛있다.

사과는 얼마 안 돼, 금방 먹어치울 수 있다. 그러나 감, 대추는 따놓은 게 많아 관리마저 신경 쓰인다. 이웃집들과도 조금씩 나눠 먹는다 해도 나머지는 갈무리가 잘 돼야 하기 때문이다. 생각 같아선 삼분의 일 정도, 감은 곶감으로 빚고 대추는 살짝 데쳐 말릴까 한다. 말린 곶감·대추는 관리가 그리 어렵지 않기 때문이다. 날것 그대로 보관하는 건 아무래도 익어가는 대로 골라 먹는 게 좋을까 싶다.

현수야, 요즘 할아버지 집엔 과일이 참 많이 쌓였다. 너무 많으니까 시도 때도 없이 자꾸 먹게 된다. 정말 절제하기가 어려울 정도다. 할아버지도 그렇지만 할머니는 더 무섭게 가져다 자신다. 꼭 짓궂은 애들 같다는 생각이 들 정도다. 디저트로 조금씩 먹는 건 좋으나 '이걸 언제 다 먹지?' 하면서, 마치 휴머니스트처럼 걱정하듯 배를 채우니, 오히려 배 채우는 그 과식 자체가 더 걱정스러워진다.

갑자기 손자 생각이 뭉클해지는구나. 할머니와 단둘이 먹어대는 것보단 손자랑, 냠냠 맛있게 먹으면 얼마나 신날까 하고 말이다. 맛이 하도 좋으니까 참을 수 없이 더, 너랑 같이 먹고 싶어지는구나. 하지만 너와 나는 너무 멀리 떨어져 있다. '정말 멀리도 떨어져 있구나!' 하고, 퍼뜩 느끼니, 오히려 안타까움만 더 깊어진다. 마음 약한 할머닌 왜 더 안 그러시겠냐?

너희에게 먹일 수 없는 아쉬움 속에서도 할머니나 나는 자꾸 배부르도록 감, 대추를 먹는다. 현수야, 마음이 참 이상하고 으스스한 게 있다. 그건 "할아버지, 할머니가 얼마나 감, 대추에 허기虛飢졌으면 그토록 많이 먹어댈까." 하는 자책自責적인 '놀람'이다. 식탐食貪은 '배고픈 자'의 전유물이다. 먹지 못한 자는 먹어야 한다. 매일 먹어야 한다. 하루만 굶어도 배고파 또 먹어야 한다.

연 사흘째, 과일을 먹기도 참 많이 먹었다. 저절로 말랑말랑 익는 홍시, 저절로 뚝뚝 떨어지는 대추를 틈만 나면 주워다 먹었다. 시샘하듯 말이다. 싫증도 안 난다. 평소보다 무려 1.7킬로그램이나 체중이 늘었다. 할머니도 그렇다. 불어난 몸무게를 얘기하며 웃음을 마주한다. 마치 몸무게 늘리려고 실컷 주워다 먹었지 싶어서이다.

옛날 어른들이 그랬다. "매일매일 밥 먹듯, 매일매일 책을 읽어야 한다. 하루만 굶어도 배고프듯, 하루만 안 읽어도 무척 머리가 고프다"라고. 그런데, 할머니나 난 정말 머리 고픈 줄도 요즘 까맣게 모르고 지냈다. 부끄럽기 짝이 없다. 울안의 맛좋은 과일 유혹에 빠져 헤어날 줄을 전연 몰랐기 때문이다. "하루라도 책을 읽지 않으면 입 속에 가시가 돋는다(일일부독서一日不讀書 구중생형극口中生荊棘)." 엄하게 꾸짖는 안중근(安重根, 1879~1910) 의사義士의 채찍을 온몸으로 맞는 느낌이다.

오늘은 우리의 자랑, 문화의 터전인, '한글 경축일'이다. 현수야, 할아버지가 게으름을 피워도 너무 지나쳤었다. 며칠 동안, 입속에 가시 찌르는 따가움마저도 느끼지 못하는 '먹보속물'이었었다는 생각을 하니 참으로 어처구니가 없구나. 그토록 머리 고픈 줄도 모르는 철부지라면 앞으로 사랑하는 내 손자를 어찌 대할 수 있단 말인가?

"술 취한 사람은 이튿날 깨날 수 있지만 먹거리에 취한 사람은 평생 깨날 수 없다." 아, 정말 그렇겠구나! 두고두고 평생 조심할 일이다. 이제야, 제정신이 좀 드는 느낌이다. 현수야, 할아버지가 어리석게도 감 대추 단맛에 깊이 빠져, 따고 닦고 깎고 말리고 갈무리 하다가, 전연 책 읽을 생각마저도 까맣게 잊었었다는 걸 용서해다오. '한글날'이라 더 후회막급後悔莫及이다. 오늘은 여기서 줄인다.

잘 있어라. 현수야, 안녕!

2장

책읽기, 글쓰기, 배움은 모두가 한 몸이다

자연만물에 대해 알면 알수록 더더욱 지혜로워진다

그동안 잘 지냈니? 요즘도 즐겁게 책 많이 읽지? 할아버지도 열심히 읽고 쓴 글 고치며 잘 지낸다. 손자 때문에 행복하구나.

여긴 한겨울, 영하의 날씨다. 정원에 쌓인 눈 더미가 잘 녹질 않는구나. 그래도 현관 앞뜰은 햇볕이 따뜻하다. 한낮 기온이 영상으로 올라가니까. 옛날 어른들께서 남향南向집을 좋아한 까닭이 이해된다.

뜰 양지쪽으로 고양이들이 몰려와 낮잠 자고 장난도 친다. 모여 노는 모습이 귀엽고 예쁘다. 할아버지도 애들처럼 그들과 함께 놀고 싶다. 집 안으로 고양이들을 불러들일까? 들어올까? 응할 리 없지. 그렇다고 나무랄 수 있나? 안 되지. 다 보살펴줘야 할 축생畜生들 아니더냐?

아무리 추워도 봄은 온다. 고양인들 봄이 온다는 걸 모를 리 없겠지. 오랜 역사를 인간과 함께 누려왔으니까. 그들도 나름대로의 꿈이 없을 수 없지. 현수야, 너 달팽이 한 마리 더 구해 넣어 줬겠지? 아직도 혼자

살게 됐다면 달팽이가 얼마나 쓸쓸했겠니? 달팽인들 꿈이 없을까? 달팽이의 외로움을 나 몰라라 방치했다면 현수 너, 달팽이의 친구로서도 도리가 아니지. '지물위명知物爲明'이란 말이 있다. '자연만물에 대해 알면 알수록 더더욱 지혜로워진다'는 뜻이다.

'라구나 비치'에서 함께 뛰놀던 갈매기들이 눈에 선하다. 먹이과자를 손바닥위에 올려놓고 던져주며 놀았지. 유혹하면 그들 수십 마리가 우리 주위로 몰려들어 맴돌았다. 얼마나 신났니? 우리가 자기들을 좋아하는 줄 그들이 왜 모르겠냐? 만에 하나, 과자 값이 아깝다고 그들에게, 약이나 올리려고 장난쳤다면 갈매기와 우리가 그토록 즐겁고 신날 수 있었을까?

갈매기의 즐거움을 헤아릴 줄 아는 사람과 헤아릴 줄 모르는 사람이 있다 치자. 어느 쪽 사람이 지혜롭달 수 있을까? 우리는 알아야 할 것을 제대로 알지도, 느껴야 할 것을 제대로 느끼지도 못하는 것이 세상엔 너무나 많다. 옛사람들은 겸손한 마음으로 기초를 닦자고 했다. 갈매기와 함께 즐거움을 나눌 줄 아는 사람이라면 얼마나 멋있는 사람이겠냐?

할아버진, 네가 책을 읽든, 뛰어 놀든, 놀이를 즐기든 뭔가를 생각하고 느끼면서 조금씩 좋고 나쁜 일, 선하고 악한 일, 옳고 그른 일들을 분별해서 바르게 행동할 줄 아는 소년이 되어 갔으면 더 바랄 게 없다.

나는 너의 열정과 끈기를 믿는다. Holly Wood, San Diego Zoo, Sea World, Safari Park, Astronomical Observatory 등에서 그토록 열심히 보고 묻고 배우려던 모습이 할아버지에겐 너무나 감동적이었다.

며칠 있으면 설날이다. 멀리 떨어져 있어도 마음만은 곁에 있다. 선대先代할아버님들께 감사한 마음을 갖게 된다. 떡국 먹으면서 너에 대한 얘기 많이 나눌 거다. 사랑한다. 손자야, 안녕!

자연은 위대한 스승이다

"Happy Birthday! my dear Grandson."

진심으로 생일 축하한다. 열 살 나이. 현수도 이젠 십대 소년이다. 십대가 되면 말씨도 점잖다. 행동도 의젓하다. 생각도 신중하다. 자기 앞가림은 자기가 알아서 챙길 줄 아는 나이이다. 책임감이 따르게 될 수밖에.

옛사람들은, 어린 시절 가정교육을 무척 중시했다. 왜 일찍 일어나야 하나? 왜 인사를 잘 해야 하지? 왜 안팎 청소를 잘해야 하나? 왜 아빠나 엄마를 공경해야 하지? 형제, 친족, 이웃이 왜, 우애로워야 하나? 왜 신의信義를 잘 지켜야 하지? 가정교육의 중요성은 앞으로도 달라질 게 없다. 왜? 인간다운 인간이 먼저 돼야 하니까.

날씨가 포근하다. 영상 6~7도를 오르내린다. 모과, 목련 꽃망울이 볼록볼록하다. 오는 봄을 어이 막을 수 있나? 배, 사과, 감, 대추, 보리수, 영산홍 가지들도 물기가 올라 탱탱하다. 자연自然은 부지런하다. 꾸준하다. 자연의 위대함, 그것은 바로 부지런함, 꾸준함 때문이 아니겠냐? 위대한 스승이다. 본받지 않을 수 없다.

부지런함(勤勉)과 게으름(懶怠), 이 둘은 서로 반대다. 부지런한 사람, 게으른 사람을 봐라. 부지런한 사람은 의욕적意慾的이고 긍정적肯定的이고 진취적進取的이다. 게으른 사람은 소극적消極的이고 부정적否定的이고 퇴보적退步的이다.

뜻을 이루려면 부지런하고 꾸준해야 한다. 해야 할 일을 미룰 수 없다. 미루면 미룬 만큼 일이 더 쌓일 수밖에. 쌓일수록 점점 더 하기 싫어지겠지? 미루고 게으름 핀다면 결과가 어떻게 될까? 무기력해질 수밖에.

학교생활을 돌이켜 본다. 과제를 오늘 끝내면 홀가분하다. 내일 부담이 없다. 더 하고 싶어진다. 의욕적이다. 과제가 힘들지도, 두렵지도 않다. 긍정적이다. 과제해결은 즐겁다. 기쁠 수밖에. 진취적이다. 인간다운 인간은 늘 부지런하다. 그리고 꾸준하다.

게으름 피는 학생은 정말 멍청하달 수밖에 없다. 그날 배운 걸 익히고 내일 배울 걸 살피는 것이 왜 중요한가를 알지도, 알려고도 하지 않기 때문이다. 현수야, 그날 배운 걸 부지런히 익히고(복습復習) 내일 배울 걸 꾸준히 살핀다면(예습豫習) 어찌 기쁘지 않겠는가?

다시, 생일 진심으로 축하한다. 현수야, 안녕!

만물이 다 활자요, 자연이 곧 책이다

지난 5월엔 무더위 때문에 난리를 겪었다. 요즘은 6월 하지가 지나고 7월 초인데 가뭄이 기승을 부려 걱정이다. 스프링클러 시설이 좋으면 뭔 걱정이겠니? 할아버지 집 마당에 심은 야채나 꽃나무들은 아침저녁, 조리로 물을 줄 수 있어 괜찮다. 하지만 가뭄에 목이 타, 시들어가는 들판 곡식들을 보면 너무나 안타깝구나.

어찌 곡식들만 시련을 겪는 것이겠냐? 만물이 다 몸살을 앓는 셈이다. 태평양의 찬 고기압과 엘니뇨현상 탓이란다. 너무 비가 많이 와도 탈이고 너무 비가 안 와도 탈이다. 바람이 너무 강해도 탈이고 바람이 너무 약해도 탈이다. 가뭄, 홍수, 태풍 등으로 자연환경의 평심平心이 깨지면 역시 사람 마음도 메말라질 게 뻔하다.

새벽 다섯 시, 동녘이 훤하다. 동구 밖 농로農路를 따라 나선 길, 들녘이 포근하고 넉넉한 느낌이다. 고요하고 아늑하다. 산, 내, 풀, 꽃, 나무들의 조화가 신비롭다. 침묵이 숙연하다. 혹여나 자연의 고요를 깰까 두렵고 조화를 해칠까 두렵구나. 싱그러운 아침 햇살. 활자로 된 것만이 책은 아니다. 만물이 다 활자요, 자연이 곧 책이다.

들녘 풀잎 하나라도 어찌 축낼 수 있을까? 들판의 균형을 무너뜨릴 순 없다. 풀잎 하나라도 훼손시킬 수는 없는 일이다. 잎은 가지에, 가지는 줄기에, 줄기는 뿌리에, 뿌리는 땅 속에 박아, 모두가 균형을 잡는다. 이파리 하나라도 떼어내게 되면 들판 수평에 이상異常이 생기지 않겠는가. 세상만사도 다 그렇다. 원인과 결과 관계가 자연의 섭리기 때문이다. 인체도 그렇고 기계도 그렇고 건물도 그렇다. 어느 한 부분 결함이 생기면 그 한 부분으로 끝나지 않고 전체로 파급된다.

"아침에 일어나 푸른 나무 숲속을 거니는데 그늘진 나무에서 이따금 새들이 지저귄다. 부채를 들어 책상을 치듯, 외쳐 말했다. 이 소리가 바로 내가 날아가고 날아오는 글자고, 새와 내가 서로 웃고 화답和答하는 글이도다. 갖가지 채색을 문장이라 친다면 글로선 이보다 더 나은 글은 없을 것이다. 오늘 나는 참으로 좋은 책을 읽었다."

연암 박지원(燕巖 朴趾源, 1737~1805) 선생의 탄성歎聲이다. 책을 읽으면 얻는 것이 있어야 좋다. 얻는 것은 곧 깨달음이다. 정신을 맑게 깨우고 삶에 기쁨을 주는 책읽기라야 독서다운 독서라 할 수 있다. 아침 숲속에서 들려오는 새소리가 맑고 시원하다. 그 맑고 시원한 화답에서 느껴지는 진한 감동이 진짜 좋은 독서다. 책을 읽어 지식을 얻듯, 자연과 만나 맑고 시원한 영탄詠歎을 얻는다면 그것이 바로 참된 기쁨이 아니겠는가.

책을 많이 읽은 사람한테서는 특유의 향내가 난단다. 책을 많이 읽을수록 사람 됨됨이가 깊어간다는 의미다. 책은 도서관에만 있는 것이 아니다. 자연自然이 다 책이요, 세계世界가 다 책이기 때문이다. 자연과 세계 속에 담긴 깊은 뜻을 읽고 깨달아 얻을 수 있는 사람이면 훌륭한 독서가다. 자연이 진리의 보고이기에 더욱 그럴 수밖에.

오늘 아침 산책은 유다른 느낌이다. 사랑하는 손자에게 어떤 책을 읽든, 반드시 얻는 것 즉 깨달음이 꼭 있었으면 좋겠다는 걸 얘기 나눌 수 있어서이다. 운동 삼아 아침 산책할 때, 할아버진 반환 지점에서 솔잎 한 송이를 따서 입에 물고 돌아선다. 감사한 마음으로 자연의 가르침을 곱씹을 수 있어 기쁘다. 왜냐하면 홍수, 산불, 가뭄, 태풍, 폭서暴暑, 강추위를 견디기 위해, 인고忍苦, 공생共生, 상부상조相扶相助하는 자연의 가르침들 때문이다.

전에 춘원 이광수(春園 李光洙, 1892~?) 선생이 광릉수목원 초입에 있는 '봉선사'에 은거할 때, '솔잎'을 씹으면서 산책을 즐겼다는 일기를 읽은 적이 있다. 할아버지도 산책하면서 입 속에 있는 솔잎 향을 즐기면 한결 마음도 상쾌하고 정신도 맑아진다. 너희 집에 갔을 때도 파인트리를 꽤나 찾았던 기억이 나는구나. 대지의 미감味感, 향감香感, 음감音感, 색감色感 같은 것은 자연을 읽어내는 데에도 더없이 유익하단다.

현수야, 꿈을 갖고 목표를 이루는 데에는, 독서보다 더 유익한 건 없다. 살아가는데, 우리의 애타는 목마름을 식혀줄 건 오직 독서뿐이다. 앞으로 재미있게 읽어야 할 책들에 관해 엄마, 아빠와 얘기를 많이 나눠보렴. 책을 잘 골라서 읽는 것이 가장 중요하다. 다음에 또 얘기 나누자.

잘 있어라. 현수야, 안녕!

자강불식, 대자연은 인간 삶의 절대적 표본이다

추석이 지났다. 한낮 볕은 따갑다. 아침저녁이 선선하다. 여름철도 끝자락으로 접어드는 듯싶다. 해 뜨는 시각은 더디고 해 지는 시각은 이르다. 며칠 있으면 추분(秋分: 9월 23일)이다. 그때면 낮, 밤 길이도 뒤바뀔 거다. 짙었던 녹음도 엷어진다. 탄소동화작용이 약해지는 까닭이다. 동산 숲도 야위어 가겠지. 어찌 보면 마치 뭔가가 자연 질서를 꽤나 잘 조정하는 듯싶구나.

해 뜰 무렵 집을 나선다. 산책길이다. 공기가 맑고 상쾌하다. 시원하다. 하나 둘 셋 넷, 리듬이 절로 인다. 동작이 리듬을 타면 괜스레 흥이 난다. 시도 좋고 노래도 좋다. 한시漢詩도 좋고 시조時調도 좋다. 산책은 한 시간 정도다. 흥얼대면, 시간은 금방이다. 기분이 너무 좋다. 계절季節, 색채色彩도 끌어다 흥얼대고 산수山水, 초목草木도 끌어다 흥얼댄다. 인명, 지명도 환치換置시켜 흥얼대고 시어詩語, 가사歌詞도 환치시켜 흥얼댄다.

누군가가 그랬다. "산책散策은 울적함을 떨쳐내는 가장 좋은 수단"이라고. 내 경우도 그렇다. 산책하면 즐겁다. 발걸음의 리듬 때문일까? 홍얼댐의 리듬 때문일까? 아니면, 대자연大自然의 리듬 때문일까? 어디 그뿐인가? 대자연의 웅장한 풍채風采, 웅장한 화폭畵幅, 웅장한 문채文彩들은 어쩌겠는가? 그것들에 맛들이면 머릿속이 맑아지고 개운하다. 그러니, 산책이 없으면 몸이 무겁고 찌뿌드드할밖에.

대자연은 질서가 정연하다. 조화調和 즉 하모니의 이치가 다 같기 때문이다. 하늘과 땅, 해와 달이 조화를 이루고 낮과 밤, 밝음과 어둠이 조화를 이룬다. 동東, 서西, 남南, 북北이 조화를 이루고 산山, 천川, 초草, 목木이 조화를 이룬다. 크고 작은 것, 길고 짧은 것이 조화를 이루고 달고 쓴 것, 짜고 싱거운 것이 조화를 이룬다. 참으로 오묘한 조화 속이다.

우리의 몸, 마음도 하모니는 자연과 꼭 같다. 정신, 육체 역시 필수必須는 하모니다. 몸, 마음이 그렇듯, 자연, 사람도 함께 조화를 이루지 못하면 균형均衡이 깨질 수밖에. 옛 사람들 생각도 그랬다. 춘하추동春夏秋冬이 순리順理에 어긋나면 만물이 재앙을 입는다고. 원형이정元亨利貞, 인의예지仁義禮智, 생로병사生老病死가 순리에 어긋나면 우리 몸, 마음도 결국 재앙을 입고 만다고. 그 까닭은 바로 순리順理 아닌 역리逆理가 하모니의 균형을 해치기 때문이다.

'역리'가 균형을 해친다는 건 생태계生態界로선 사실 중요한 문제다. 자연뿐만 아니라 가족, 이웃, 사회 등 의식의 구조적인 생태계에도 깊이 관련되기 때문이다. 산책을 즐기다 보면, 이런 저런 생각들로 참 분방奔放해진다. 그래서 재미있다. 오늘 생각은 초점을 사회의식의 '하모니' 쪽으로 맞춰볼까? 까닭은 아무래도 각종 안전사고가 너무 많이 발생한 때문이기도 하다.

대자연의 하모니는 철저하다. 절대적이다. 우주가 수십 억 년 나이를 먹었어도 '자강불식自疆不息'하는 원동력이 뭘까? 그건 바로 질서의 하모니를 철저히 지키기 때문이다. '자강自疆'은 스스로 최선을 다해 힘쓰고 가다듬고 지키는 것이요 '불식不息'은 자강을 쉬지 않고 계속 정진하는 것이다. 실로 대자연은 우리 인간 삶의 절대적인 표본이 아닐 수 없다.

그런데 요즘 우리 사회는 우주의 '자강불식'과 너무나 동떨어져 있지 싶다. '새판 짜기' 사회개혁社會改革까지 부르짖는다. 그건 바로 그만큼 사회가 부패하고 타락했다는 증거 아닐까? 그게 사실이라면, 윤리의식倫理意識이 붕괴되어 있는 상태에서 새판 짜기가 수월할까? 입들만 성해서 오히려 '오기傲氣'만 부리고 있는 꼴들 같다. 왜일까? 속셈이 동떨어져 너무들 딴판이기 때문이다. 부정부패不正腐敗의 도덕불감증道德不感症, 크고 작은 안전사고들을 비롯한 각 분야의 문제해결이나 분단조국의 통일문제 같은 국가적 소명召命을 네 편, 내 편만 갈라, 다들 나 몰라라 하는 자들이 새판 짜기를 어찌할 수 있겠는가?

사회의식의 하모니는 '한마음'으로 이끌어야 할 절대적 규범이다. "왜 가족, 이웃, 사회를 위해 일해야 하는가? 왜 분단조국이 통일돼야 하는가?"를 한마음으로 답할 수 없다면 새판 짜기는 한 마디로 오기에 다름없다. 내가 있음으로 남이 있고 남이 있음으로 내가 있다는 걸 공감하고 존중하고 타협하는 게 인간적인 하모니다. 그런데 왜 우리는 남의 의사意思나 논리論理를 공감하고 존중하고 타협할 줄을 모를까? 인간적인 사회적 한마음이 너무너무 안타깝도록 절실하구나!

현수야, 역사를 멀리 내다보는 안목眼目도 중요하겠지. 안 그러냐? 할아버지가 자연 대기大氣 속에 빠져 흥을 돋웠더니, 등골에 땀방울이 촉촉하다. 집에 와선, 찬물에 온몸을 담갔다. 아, 오장육부五臟六腑까지 시원하구나! 오늘은 여기서 줄인다.

잘 있어라. 현수야, 안녕!

만물에는 저마다의 삶이 있다

사람들은 에어컨을 좋아한다. 농촌에서도 젊은이들은 거의가 에어컨을 놓고 지낸다. 어린애들을 핑계 삼으니, 어쩔 수 없는 노릇이다. 핸드폰에는 '에어컨 특가 세일' 메시지가 연일 뜬다. 전자제품 판매 광고다. 나한텐 사실상 귀찮은 메시지다. 허기야, 그토록 광고를 보내는 데도 매출이 오르지 않는다면 그것도 문제다. 그러니 울며 겨자 먹기 식으로 계속 광고를 보낼밖에.

여름엔 부채가 참 좋다. 신선놀음이란 말이 있다. 부채 바람 덕이다. 선풍기는 저리 보낼 일이다. 좀 틀어놓고 있으면 오히려 더 땀나게 만드는 게 선풍기다. 바람이 후덥지근하니까 머리까지도 멍해진다. 헌데도 좀 덥다면 으레 선풍기 콘센트를 꽂는다. 습관 탓이다. 전기로 열을 올려 바람을 피워내는 선풍기는 더욱, 뜨거운 바람을 낼 수밖에 없다. 더운 날씨에 더운 바람을 내면 실내가 금방 더워질 밖에.

더운 선풍기 바람을 시원하다 여기는 사람치고 미혹迷惑하다 않을 사람 있을까? 나는 집에서 질수심이 선풍기 콘센트를 뽑는다. 그리고는 부채를 쥐어준다. 한 십여 분 부채질을 하면 마음까지 시원해진다. 열 없는 부채 바람이 훨씬 더 시원하다는 건 삼척동자三尺童子라도 쉬 알 법한 일 아닌가? 역시 후덥지근함을 시원하게 즐기는 게 여름철의 제 맛이다.

사십 년쯤 되었을까? 설악산 산행에 참여하는 건 참 오랜만이다. 코스는 한계령이다. 설악동을 지나 한계령을 버스로 넘어 '흘림 계곡' 입구에서 하차, 거기서부터 오색약수까지 네 시간 정도 걸어 내리는 하산 산행이다. 대청봉-〉오색길을 타고 등선대를 거쳐 주전계곡으로 내리 걷는 길이다. 오색폭포를 배경삼아 썰어 재운 토마토와 사과 조각 하나를 꺼내, 입 속에 넣으니 폭포 탓인지 맛이 더욱 상큼하다.

나이 삼십대 땐 대청봉을 세 번씩이나 올랐었다. 오늘은 격세지감隔世之感이 크다. 깊은 계곡은 그대로이나 등산로가 너무 넓어져 예전 산행 맛이 반감됐지 싶다는 아쉬움이다. 정비된 돌길, 타이어 고무로路, 양 옆 손잡이 시설, 이들 정비 상태가 너무 지나친 게 아닌가 하고 생각하니, 오히려 심각한 자연훼손이 마냥 죄스러울 뿐이다.

주전 계곡으로 접어들자 확 눈에 띄는 현판 글씨가 있다. "돌도 삶이 있습니다."이다. 설악산은 돌이 많다. 그래서일까, 돌에 대한 찬양 현판이 산행 기분을 한껏 돋운다. 맞는 말이다. 만물은 저마다 다 삶이 있기 때문이다. 돌인들, 변치 않는 제 삶이 왜 없겠는가. 하지만 돌의 삶까지 돌이킬 사람 몇몇이나 있으랴. 자기 자신도 고민하지 않는 세상인데, 그런데 누군들 거대한 산을 버텨내고 있는 말 없는 돌에게까지 언감생심 정을 주려 할까?

자기 삶도 고민 못한다면 돌의 삶도 관심 가질 리 없다. 안타까운 일이다. 아는 것도 많고 가진 것도 많다고들, 입들은 무척 성하다. 저 잘난

멋만 고집하는 게 요즘 병이기도 하다. 그러니, 돌의 군은 심기를 헤아린다는 건 턱도 없을 일이다. 그런 자들이 언제 명경지수明鏡止水에 얼굴 한 번 비춰 봤을까? 홍진紅塵에 썩은 명리인들 어쩌겠는가? 그러면서도 금강에 살겠노라고?

"돌도 삶이 있습니다. 돌은 말이 없습니다. 돌을 사랑하겠습니다." 돌 사랑에 나는 마음이 뿌듯했다. 돌 사랑 묵상默想으로 스스로를 잊고 묵묵히 걸었다. 오색약수 표지석 앞을 지나, 쉼터에 시설된 오색 인공노천에서 발마사지까지 즐겼다. 언젠가 백두산 등반 때, 통화에서 발마사지 받던 생각이 난다. 마사지 사들의 열성적인 손놀림에 고마움을 표하기도 했었다. 그런데 오늘 내 손으로 직접 하는 오색인공노천 발마사지가 왜 더 고맙게 느껴지는지. 까닭은?

몇몇 친구들이 입가심으로 탁주 한 사발 들이키자고 채근한다. 다섯 명이 둘러 앉아 옥수수 막걸리, 감자전, 취나물 무침으로 입술을 적신다. 옛날 한석봉 '발주가發酒歌'가 건배사다. "집 방석 내지 마라. 낙엽엔들 못 앉으랴. 솔불 켜지 마라. 어제 진 달 돋아온다. 아희야, 탁주 산챌랑 없다말고 내어라."

'좋은 술맛을 위하여!' 위하여! 탁주 넘기는 소리가 아주 씽씽하다. 신난다. 흥겹다. 설악의 맑고 깨끗한 물맛이 바로 이런 맛이로구나 하고 생각하니, 뱃속까지 다 맑아지는 느낌이다. 하조대 '삼팔 횟집'으로 자리를 옮긴다. 세 번째 들르는 집이다. 일행들이 시끌시끌하다. 활어, 참이슬, 매운탕 맛에 술맛이 산뜻하다. 주거니 받거니 어우러지는 술자리로 삶의 참맛까지 한껏 난다. 집에 오니 저녁 일곱 시다.

즐거운 하루였다. 행복했던 시간들을 돌아보면 그 뿌리는 결코 '돈'으로부터 비롯되지 않는다는 걸 늘 깨닫게 된다. 행복은 대개 오늘 같은 뜻밖의 작은 일들로부터 오지 않던가? 현수야, 할아버지가 너한테 그랬었지? 약속을 지켜, 편지 보내는 게 얼마나 행복한 일인지를. 누군가가 그랬다. "행복은 사랑하는 이를 위해 고생하는 것, 즉 사랑이 담긴 고생이 행복이다"라고. 하루하루의 보람찬 삶은 누구에게나 그렇게 소중한 법이다.

오늘은 여기서 줄인다. 잘 있어라. 현수야, 안녕!

책 읽는 건 좋은 습관이다

현수야, 요즘은 무슨 책을 재밌게 읽고 있을까? 쪼그리고 앉아서 읽을까 아니면 엎드려서 읽을까. 할아버진 테이블 의자에 앉아서 읽는 게 제일 편하다. 방에서는 큰 상을 놓고 읽는다. 책 읽을 땐 노트를 비롯한 필기도구를 갖춘다. 좋은 표현, 신선한 문장, 새로운 생각, 감동적인 느낌, 창의적인 문제의식, 머리말, 맺음말 등에 유의하면서 책을 읽고 메모를 하게 된다. 읽을 땐, 뭔가를 써놓지 않으면, 금방 잊어버릴 것 같아 두렵다. 그 때문에 꼭 써 놓고 만다. 할아버지가 써놓는 거 넌 생각나지?

책을 가까이 하는 것보다 더 좋은 삶이 있을까? 어떤 직업을 갖고 살든, 늘 배우는 마음으로 사는 게 좋다. 모르는 게 많으니, 읽을 책도 참 많다. 책 읽는 건 좋은 습관이다. 습관을 따지자면 사람들은 보통 좋은 쪽 습관보다는 나쁜 쪽 습관으로 더 길들기가 쉽다. 그 때문에 좋은 쪽으로 책을 가까이 하는 습관이 아주 소중하다. 다행히 좋은 쪽 습관이 몸에 더 길들면 나쁜 쪽 습관을 바로잡기는 수월해진다. 반대로 나쁜 쪽 습관이 몸에 더 길들면 오히려 좋은 쪽 습관까지도 쫓아내고 만다.

세살 적 버릇이 여든까지 간단다. 나쁜 버릇 고치기가 얼마나 어려운가를 실감케 하는 속담이다. 어려서 책읽기를 싫어하는 아이가 크면서 책읽기를 좋아한다는 게 쉽겠니? 참으로 어려운 일이다. 현수 너는 그래도 세 살 지나 어릴 적부터 책읽기를 무던히도 좋아했다. 그때 할아버지가 얼마나 기뻐했는지 아니? 넌 아마 잊어버렸을는지도 모르지. 2008년 9월 7일 얘기를 조금 적어볼까?

"현수야, 오늘이 무슨 요일인가?" "아, 일요일!" "그렇구나! 그럼 우리 오늘 뭘 할까?" "할아버지, 오늘도 동화책 읽어요." "그래? 어제 몇 권 읽었더라?" "다섯 권!" "그럼, 오늘도 또 신나게 다섯 권 읽자." "응! 아냐. 할아버지, 오늘은 일곱 권 읽어요." "일곱 권? 알았다. 알았어! 책 읽고 점심 땐, 우리 짜장면 먹자. 그리고 오늘 시계 보는 법도 공부해 볼까?" 예쁜 손자 때문에 할아버지가 꽤나 천진난만해져가는 느낌이다. 마냥 행복하다.

학생들이 책을 안 읽을까? 영화를 안 볼까? 아니다. 그들도 다 책 읽고 영화도 본다. 대학생이라면 적어도 수십 권 이상의 책을 읽었을 것이고 영화도 꽤나 관람했을 것이다. 인문대학 수업시간이다. 학생 열 명을 무작위로 불러내, 자신이 감명 깊게 읽은 책과 저자 이름을 적어보도록 했다. 그런데 놀랍게도 불려나온 학생들이 자기가 읽은 도서명, 저자명을 쓰지 못한다. 읽은 책 이름을 쓰지 못하니, 읽은 책 내용을 어찌 소개할 수 있겠는가. 얘기까지 할 수 있으리란 기대는 생각조차 못할 노릇이다.

정말 안타깝다. 왜 감명 깊게 읽은 책이나 저자 이름을 그렇게도 기억하지 못할까? 학생들에게 다시 묻는다. 읽은 책 이름이나 저자 이름, 책 내용을 간략하게나마 한 번이라도 정리해본 적이 있었냐고. 한 번도 정리한 적이 없었단다. 그렇다. 한 번이라도 써보았다면 읽은 책을 쉽게 잊을 리가 없을 것이다. 결국 대강대강 읽고 덮어버린 결과가 아니겠는가.

언젠가 신문에서 읽은, 미국 시카고대학의 '고전 백 권 읽기' 얘기가 생각난다. 1929년, 허친스(Hutchins, Robert Maynard, 1899~1977)가 5대 총장으로 부임한다. 그는 학생들에게 4년 동안 달달 욀 정도로 고전 백 권 읽기를 의무화시킨다. 학생들의 반발도 엄청났다. 그러나 서른 권, 마흔 권, 쉰 권을 넘어가면서 분위기가 바뀌어간다. 학생들은 질문, 토론을 즐기며 학업에 몰두하게 된다. 고전 백 권을 지르밟으며 지성의 숲을 통과한 학생들은 열등감을 떨쳐내고 자신감으로 넘쳐난다. 허친스 총장의 개혁 후, 85년 세월이 흘렀다. 그 결과, 시카고 대학에선 85명의 노벨상 수상자가 배출됐다고 한다. 'No pain, No gain!' 이 말이 절실하게 마음에 와 닿는 까닭은 왜일까?

현수 네가 읽은 책 내용들을 쪼그만 입으로 종알거리며 들려줄 때 할아버지가 왜 아니 놀랐겠니? 너와 헤어진 지 벌써 다섯 달이 되어간다. 언제, 너를 무릎에 앉혀놓고 또 들어보지? 불현듯 보고 싶어지는구나. 교양을 넓히기 위해 좋은 책을 읽다 보면 어휘력도 좋아지고 이해력도 넓어지겠지. 그렇다고 빨리빨리 많이만 읽는다고 꼭 좋은 것만은 아니다. 책 내용을 꼭꼭 씹어 잘 소화시키는 것도 중요하기 때문이다. 물론 재미있게 읽다보면 나름대로 효율적인 독서방법, 메모의 필요성 같은 것도 자연스레 터득하리라 믿는다.

다음 주에 또 얘기 나누자. 현수야, 잘 있어라. 안녕!

요즘, 무슨 책 읽고 있니?

3월이다. 봄볕이 따사롭다. 아침에 일어나자 현관문을 연다. 그런데, 정원이 하얗다. 아, 놀랍다. 서설(瑞雪: 상서로운 봄눈)이 쌓였다. 소복소복한 설경雪景, 나무 가지마다 한 폭의 그림 같다. 사진으로 담아 몇 컷 남겨야겠다. 언제 너희들이 다니러 오면 펼쳐보고 싶구나.

넌, 하얗게 내린 봄눈春雪 본 지가 까마득하지? 미국으로 건너간 지가 벌써 몇 년째냐? 할아버지가 어려서 즐겨 부르던, '징글벨Jingle Bell' 노래가 떠오른다.

"흰 눈 사이로 썰매를 타고 달리는 기분 상쾌도 하다. 종이 울려서 장단 맞추니 흥겨워서 소리 높여 노래 부른다. 종소리 울려라 종소리 울려. 우리 썰매 빨리 달려 종소리 울려라. 종소리 울려라 종소리 울려. 기쁜 노래 부르면서 빨리 달리자."

미국 민요다. 생각날까? 넌, 배울 기회가 없었으니 떠오를 리 없을 거다. 네가 미국으로 간 게 초등학교 1학년 때다. 할아버지 일기엔 그 날짜가 2011년 5월 7일로 적혀 있다. 그렇다면 벌써 4년 10개월이 지났지 뭐냐. 두 달 있으면 만 5년이 돼가는 셈이다. 미국으로 떠나기 전, 나흘 동안을 할아버지 집에서 함께 뒹굴던 기억이 생생하구나.

그 짧은 기간에도 할아버지한테 도서관 가자고 꽤나 졸라대던 너였다. 그땐 네가 만화 읽기에 푹 빠져들던 때다. 그래서 너하고 타협했던 게 기억난다. "만화책 볼 거면 할아버진 너하고 도서관에 다신 안 갈 거야." 할아버진 단호했다. 그랬더니 넌 그때 벌써 할아버지 말귀를 받아들일 줄 알았다. 다른 애들 같으면 토라져서 온통 울고불고 난리를 떨었을 텐데 말이다.

"알았어. 만화책 안 볼 거야."

어린 너와의 그 통쾌했던 타협이 지금도 새롭구나. 앞장서서 도서관으로 달려갔던 넌, 동화책 『아무도 안 줄 거야』(크니스터 지음, 이브 탈럿 그림, 김혜민 옮김, 지경사, 2010)를 뽑아 들고 자리로 왔다. 함께 신나게 읽었다. 어찌나 신나게 읽던지, 할아버지가 따라 읽기 바빴다. 주인공은 '아기 양'이다. 아기 양이 몸에 지닌 보배는 '무성한 털'이다. 털 색깔이 보얗다. 보드랍고 따뜻하다. 그래서 양털은 다들 갖고 싶어 하는 부러움의 대상이다. 아기 양이 관광 나들이에 나섰다. 아니나 다를까. 만나는 이들마다 사정사정 하며 양 털을 부러워하고 갖고 싶어 했다. 달팽이, 개구리, 소, 돼지들도 사정사정 했다. 개, 고양이, 쥐, 고슴도치도 사정사정 했다. 모두들 뽀얗고 보드랍고 따뜻한 털을 탐내 사정사정 했으나 결코 아기 양은 아무에게도 사정을 들어주는 일이 없었다. 거기다가 대답마저 쌀쌀맞았다.

"누구에게도 내 털은 주지 않을 거야."

온종일 쏘다니던 아기 양이 집으로 돌아오는 길이었다. 아기 양의 길게 자란 털은 눈을 가리게 돼 몹시 불편했다. 그런데도 "흥, 누구에게도 내 털은 한 올도 줄 수 없어." 욕심을 다짐하며 나무 숲 속을 걸었다. 그러다가 그만 눈을 가린 긴 털 때문에 큰 돌부리에 부딪쳐, 꽝! 하고 넘어지고 말았다. 그때 마침 느닷없이 부엉이가 나타나 놀리 듯, 충고하는 것이 아닌가. "보얗고 보드랍고 따뜻한 털을 모두에게 선물로 베풀면 네 아름다운 마음씨를 다들 고마워할 텐데."

집으로 돌아온 아기 양은 엄마 양에게 울며불며 부엉이의 얄미운 충고를 일러바치고는 마구 울어댔다. 아기 양의 화난 얘기를 다 듣고 난 엄마 양은 부엉이의 충고가 백 번 옳다는 걸 설득시키고는 아기 양의 더부룩한 털을 깎는다. 깎으면 깎을수록 아기 양은 자기의 모습이 점점 더 멋져지는 걸 깨닫게 된다. 그리고는 그 멋진 모습을 오히려 모두에게 자랑하겠노라며, "아무에게도 내 털은 안 줄 거야." 하던 태도를 백팔십도 바꿔 간다는 얘기다.

생각할수록 어린 양의 발전적 태도가 재미있다. 삐치기 잘 하는 아이들 마음과 하나도 다를 바 없잖니? 부질없이 뭘 감추고 욕심내던 작은 행동들 말이다. 올바른 행동이나 생각을 깨닫는다는 건 참 중요하다. 아이들 성장과정 중, 가장 대표적인 깨달음의 수단이 바로 '책읽기'란다. 책을 잘 읽어간다는 게 그렇게 중요하다. 편식偏食 없이, 좋은 책을 많이 읽는다면 나중엔 척 보기만 해도 '아, 이건 내가 읽어야 할 책' '아, 이건 안 읽어도 될 책'하고 판단 기준이 마련 될 거다. 그리고는 책 속으로 들어가 편견偏見 없이 '무엇이 되어 본다는 것'도 중요하다. 새, 벌, 꽃, 나비, 벌레, 나무들이 되어 세상을 볼 수 있다면 아마도 보는 눈이나 생각이 확 달라질 수도 있지 않겠니?

어떤 엄마의 고백이 떠오른다. "아이들이 기저귀를 차고 있을 때부터 도서관엘 드나들었더니, 지금은 아이들이 장난감보다 책을 더 좋아한다."는 얘기를. 역시 아이들 독서습관은 책 읽기 좋아하는 어른들을 그대로 꼭 닮는다는 게 맞는 말 같다. 하지만 우리나라 독서현황 통계는 우리에게 무서운 충격을 준다. 일 년 내내 책을 한 권도 읽지 않는 어른이 열 명 중 여덟 명 꼴이라니, 이 얼마나 서글픈 얘기냐? "요즘 무슨 책을 읽고 있니?" 하고 할아버지가 묻는 까닭이 여기에 있다. 독서문화는 국가 발전의 원동력이다. 아, 우리는 이제 숨 쉬듯, 밥 먹듯, 놀이 하듯, 책 읽기를 평생 즐겨야 될 일 아니겠니?

즐거운 건 책 읽기다

절기 하지夏至다. 한여름이다. 날씨가 무덥다. 불쾌지수가 높다. 짜증난다. 물론 짜증나는 까닭이야 꼭 무더위 탓만은 아닐 게다. 요인들은 많다. 이를테면 각종 매스컴에 뜨는 사건 사고들만 봐도 짜증은 대단하다. 정치권도 큰 요인이다. 계파 싸움, 자리 나눠 먹기, 정경 유착, 공기업의 파탄과 구조조정, 법조계의 비리, 대학 순위의 하락, 자살·살인·폭행 등 어수선한 사회적 분위기들 때문이다.

하루에도 수십 건씩 터지는 파업 시위, 청년 실업, 비정규직 양산, 고령화와 고독사死, 결혼 기피와 인구 감소, 누리과정 예산싸움, 2년 넘게 끌어 온 세월호 문제 등등, 곳곳 구조적인 사고·사건들이 꼬리를 물고 있지 않는가? 거기다 남·북한 분단도 분통 터질 일인데, 핵무기 대처의 심각성은 고사하고 오히려 갖가지 방위산업 비리들까지 꼬리를 물고 터지니 참 한심하기 짝이 없다.

"한국인은 숨 쉬듯, 거짓말을 먹고 산다. 경제 불황이 겹치면서 사기

범죄까지 부쩍 늘고 있다." 일본 '비즈니스 저널' 지의 보도다. 한국 사회를 헐뜯는 기사다. 심지어는 우리나라 경찰청 통계자료까지 들이대며 "사기 피해액이 무려 43조 원이나 들통 났다."고까지 파헤치고 있다. 그쯤 되면 한국이 세계 제일의 사기 대국, 부패 대국이 아니겠느냐?"라는 힐난 아니겠냐? 부끄럽기 짝이 없다.

다른 나라 얘기라면 얼마나 좋을까. 그러나 실은 우리의 현실 문제다. 그런데도 그 같은 갈등 구조들을 풀어낼 해결책이 선뜻 보이질 않는다는 게 참 큰 문제다. 화해와 타협이 실종되고 이젠 아예 무례한 나라로까지 전락했다고들 깊은 우려가 심각하다. 그 때문일까? 인심이 점점 각박하고 야박해져 가고 있지 싶다. 남이야 어떻든, 나만 잘 먹고 잘살면 그만이라는 배포들이다.

우격다짐이 득세하고 큰 목소리 큰 사람이 승자 되는 억지 의식. 적반하장(賊反荷杖: 도둑이 매를 든다는 뜻으로 잘못한 사람이 도리어 잘한 사람을 나무라는 경우를 이르는 말)도 유분수지, 어쩌다 현실 인심人心이 이 지경까지 되었을까? 아귀다툼만 요란할 뿐, 타협? 배려? 소통? 그 같은 바람은 아예 기대하지 않는 게 뱃속 편하다는 분위기들이다. 통일도 오불관언(吾不關言: 나와는 아무 관계없다는 태도)이다. 해결책은 뒷전이고 대립각부터 내세우는 심보들 아닌가?

GDP는 10년 지나도록 2만 5000달러를 넘지 못하고 있다. 여기까지가 결국 우리의 한계인가?" 하고 다들 탄식들이다. '10년이면 강산도 변한다.'는 말이 있다. 그러나 들리는 느낌은 이젠 진부할 정도다. 하루가 다르게 사회 인심이 야박해져 가기 때문이다. 세월은 빠르다. 앞으로 10년 지나면 너도 대학을 졸업하게 될 거다. 네가 대학을 졸업할 때쯤 되면 아마 강산은 열두 번도 더 달라질지도 모른다. 20년, 30년을 내다보고 열심히 공부하고 준비하지 않으면 안 되는 까닭이 여기에 있다.

어느 나라든, 갈등구조가 쉽게 결판나기는 쉽지 않다. 정치·경제·사회·외교·국방·교육·문화 등 내·외부적 상황은 다들 복잡하다. 미국 역시도 다르지 않다. 이민자들(3분의 1)이 가장 많은 나라가 미국 아닌가? 미국인들은 '자립하겠다는 독립심' '할 수 있다는 자신감' 이 두 가지를 제일로 중시한다. 1억 명 정도 되는 '히스패닉'계系 사람들이 그 좋은 예다. '구글' 같은 큰 회사 경영진을 봐도 그들은 평균 연령이 비교적 낮다. 미국이 여전히 성장사회로 지목받는 까닭도 바로 경영진들의 낮은 나이에 있다. 우리나라보다 전망이 훨씬 낙관적이다. 누구든 미국 사회를 배우고 노력해야 할 점이다.

초등학교를 졸업하고 중학생이 된다는 건 이제, 어린 시기가 끝나고 청년 시기로 접어들기 시작하는 중요한 때다. 세상이 어떻게 돌아가는지 관심을 갖기 시작하는 나이이기도 하다. 우리는 디지털 미디어 시대를 그동안 '기술적 진보'로만 여겨오지 않았나 싶다. 그러나 그 같은 견해와는 달리 도리어 너무 천박한 미디어 시대로 흘러들고 있는 게 아닌가 하는 걱정도 무척 크다.

이를테면 스마트폰, 인터넷 메일 등 즉흥적인 '눈요기' 거리들 때문에 학생들이 사고력, 독창력을 기르기 힘들다는 게 바로 디지털 매체의 단점으로 지적되고 있다. 독서가 지적 역량을 발전시켜주는 근본적인 영역으로 중시되는 까닭이 여기에 있다. 그러나 요즘, 인공지능인 '알파고'로까지 화두話頭를 발전시켜 독서 효용성을 크게 약화시키고 있다. 만에 하나, 알파고가 인간 지능을 대체할 수 있다고 하면, 그 때 가선 과연 인간 생활의 미래가 어떤 방향으로 변해갈까?

하지만 '알파고'의 한계는 분명하다. 행복한 삶은 바로 주체적인 사고력, 탐구력, 창의력 등을 누리기에 달려 있기 때문이다. 독서가 절실히 요구되는 까닭이다. 결국 독서는 지식, 지혜 혹은 그걸 갖고 있는 인물들과의 만남 속에서 자신의 더 새로운 생각, 더 새로운 지식을 넓혀가는 활동이 아니겠는가? 요즘 할아버진 책을 가까이하는 게 가장 큰 기쁨이다. 짜증들이 싸악 가셔지는구나.

최고의 책사랑 방법은 메모란다

가을새벽, 하늘이 높고 파랗다. 상큼하고 아름답다. 반짝이는 샛별 때문일까? 반달도 곱다. 누군가가, '가을은 시詩'라고 했다. 시가 좋다. 시에 미치고 사색에 미친다. 미친다는 건 높은 경지다. 운동에도 미치고 음악에도 미치고 산책에도 미치고 여행에도 미친다. 뭘 하든, 미치지 않고는 끝을 볼 수 없는 세상 아닌가.

"술은 입으로 들어오고 사랑은 눈으로 들어온다." 시인 예이츠(William Butler Yeats, 1865~1939)의 말이다. 사랑은 언어가 필요 없다. 바라만 보고 있어도 좋다. 말하지 않아도 좋다. 심장이 통하기 때문이다. 그래서 누구는 술까지도 사랑하라고 이른다. 술을 아내처럼 사랑하면 술이 사랑하는 이를 배신하지 않는단다. 애인 사이인데, 술이 어떻게 애인에게 해를 끼칠 수 있겠냐는 것이다. 이치인즉 그렇다. 만물은 존엄성이 다 있다. 내가 뭔가를 사랑하면 그 뭔가도 보답하는 게 자연의 섭리이니까. 책인들 왜 아니 그렇겠냐?

가을아침, 덥지도 춥지도 않다. 오곡백과가 푸짐하다. 낮이든 밤이든 책에 끌리는 계절이다. 어찌 독서뿐이랴. 사색도 좋고 음악도 좋다. 서예도 좋고 글쓰기도 좋다. 할 일이 많다. 바쁜 계절이다. 부지런해야 한다. 행복한 생활은 늘 바쁜 사람 편이다. 바빠야 더 누릴 수 있다. 더 누릴 수 있어야 삶의 행복을 대폭 높일 수 있지 않겠는가?

현수야, 5학년이 되니까 더 재미있지? 왜일까? 학년이 올라갈수록 정신적, 육체적 활동 폭이 넓어지기 때문이다. 그만큼 바빠지는 거다. 바빠지니까 아는 것도 더 쌓이고 운동도 더 늘고 생각도 더 커지고 능력도 더 좋아진다. 몸도 커가고 먹는 것도 많아진다. 성장成長 즉, 커가는 스스로의 모습을 조금이라도 느낄 수 있으면 얼마나 좋을까? 친구들과 옳고 그름에 대한 의견을 재밌게 주고받을 수 있으면 얼마나 좋을까? 엄마나 아빠 또는 선생님께 예쁜 질문을 자주 할 수 있으면 얼마나 좋을까?

공부하는 데 제일 좋은 방법을 대라고 하면 뭐라 대답할 수 있나? 선뜻 대답하기 쉽지 않다. 왜냐고? 자기만의 방법이 없기 때문이다. 막연히 남들 하는 대로 하면 된다는 식이다. 말할 것도 없이 공부하는 덴 수재秀才도 있고 둔재鈍才도 있다. 그러나 수재와 둔재는 결과적으론 별 차이 없다. 그렇다면 무엇이 문제일까?

'대기만성大器晩成'이란 사자성어四字成語가 있다. 큰 그릇을 만들려면 아무래도 시간이 많이 걸릴 수밖에 없다. 사람도 한 가지다. 큰 인물이 되려면 시간이 많이 걸린다. 시간이 많이 걸려야 큰 인물이 된다는 얘기다. 그만큼 시간과 노력은 좋은 관계다. 재자才者라 해도 노력努力이 적으면 큰 인물이 될 수 없고 둔자鈍者라 해도 노력이 많으면 큰 인물이 될 수 있다는 논리다.

큰 인물이 되는 데는 '노력'이 가장 소중하다. 노력이 어느 정도냐에 따라 차이가 나기 때문이다. 재자는 기억력이 뛰어나다. 둔자는 그 반대다. 따라서 재자는 재주만 믿고, 오래도록 많은 걸 기억하면 되겠지 하고 자기 기억력 좋다는 것만 과시한다. 그러나 오래도록 기억하는 덴, 한계가 있다(유한有限)는 게 단점이다. 둔자는 재자와는 달리 기억력이 나쁘다. 그래서 부족한 기억력을 보완하기 위해 긴 시간을 들여서라도 기록(메모)하는 데 중점 노력한다. 물론 일이야 많겠지만, 기억 보존엔 한계가 없다(무한無限)는 게 장점이다.

현수야, '메모(기록)'의 중요성은 두고두고 강조해도 모자란다. 재자가 메모를 행한다면 더 바랄 게 없다. 기억보다 메모가 한결 든든하기 때문이다. 독서가 좋다는 건 다 안다. 그래서 책을 많이 읽는다. 많이 읽어도 메모해 놓은 게 없으면 얼마 안가 책명도, 책 내용도 금방 잊어버린다. 아무리 공들여 읽어도 기억력의 한계 탓이다. 잊어버리고 나면 얼마나 속상한 일이냐? 속상한데 또 읽고 싶은 마음이 생기겠냐? 읽었던 책을 두 번 다시 읽는 사람 몇이나 있니?

책을 읽고 책이름은 물론, 자기가 필요로 하는 내용이나 표현, 줄거리, 좋고 나쁜 점을 메모하는 사람을 한번 생각해 봐라. 그런 사람이야 말로 책을 사랑할 수 있단다. 현수야, 너 할아버지 한 번 생각해 봐. 너 네 살, 다섯 살 때 아주 어린 너하고 읽었던 수십 권의 동화책들 모두 다 책 이름, 줄거리, 등장인물, 식물, 동물까지도 기록한 걸 너 기억할 수 있겠니? 메모한 걸 들추면, 네가 신나서 좋아하던 천진스런 모습이 너무너무 생생해진다.

할아버진, 네가 책을 무척 사랑한다는 걸 잘 안다. 최고의 책 사랑 방법은 읽고 그때그때 메모하는 거다. 현수야, 부탁한다. 독서 노트를 엄마, 아빠한테 상의해 보렴. 그리고 간단 간단히 메모하면서 책을 사랑해

보려무나. 책이야말로 사랑해주는 너를 절대로 배반하지 않을 것이다. 다음에 더 계속하기로 하자. 오늘은 여기서 줄인다.

잘 있어라. 현수야, 안녕!

신문을 읽으면 얼마나 좋을까?

자연의 섭리가 참 놀랍고 섬뜩할 정도다. 어제 저녁부터 전국적으로 비가 내렸다. 오늘 아침 기온이 8도 이상이나 뚝 떨어졌다. 아침 실내 기온이 24도로까지 내려갔다. 어쩜 가을 날씨가 이토록 변덕스러울 수가 있을까? 한여름 그 무더위 속에선 내내 팬티만 걸치고 밤잠을 잤다. 그런데 하룻밤 사이에 갑자기 이불을 내려 덮지 않고는 견딜 수 없는 선선한 날씨가 돼버렸다.

날씨가 서늘해지니까 진땀나던 짜증은 오간데 없어 좋다. 선선함, 상쾌함, 즐거움, 넉넉함까지 저절로 느껴지는구나. 모두가 자연의 조화 속이다. 자연의 조화는 '사시四時' 즉, 봄·여름·가을·겨울로 나뉜다. 한자어로는 춘春 · 하夏 · 추秋 · 동冬이다. 유가儒家철학에서는 원元·형亨·이利·정貞을 사시四時의 본성本性으로 대체시켜 자연自然의 조화調和를 설명하기도 한다.

원, 형, 이, 정에서, 첫 번째 '원'은 사시로는 봄, 덕으로는 생육(生育: 만물에 생명력을 불어넣어 싹 틔움), 도덕적으로는 인仁, 인생으로는 소년 시절을 뜻한다. 두 번째 '형'은 사시로는 여름, 덕으로는 성장(成長: 만물이 무성하게 자람) 도덕적으로는 의義, 인생으로는 청년시절을 뜻한다. 세 번째 '이'는 사시로는 가을, 덕으로는 성숙(成熟: 곡식이나 과일 등이 무르익음) 도덕적으로는 예禮, 인생으로는 장년壯年 시절을 뜻한다. 네 번째 '정'은 사시로는 겨울, 덕으로는 저장(貯藏: 곡식들을 거둬들여 잘 갈무리함) 도덕적으로는 지智, 인생으로는 노년老年 시절을 뜻한다.

너는 이제 중학생이다. 할아버지는 네가 다니는 중학교 이름도 아직 모른다. 하지만 남다른 각오로 공부해야 한다. 할아버지가 물었을 때, 넌 초등학교 때보다 어려운 게 훨씬 더 많다고 대답했다. 어려운 게 많다는 걸 스스로 알아냈다면 그래도 이젠 제법 많이 컸다는 얘기다. 그렇지 않다면 어려움 그 자체도 아직 알아낼 수 없겠기 때문이다. 쉬운 건 분명히 쉽다 하고 어려운 건 분명히 어렵다 하는 것, 그것이 바로 공부하는 학생이 지녀야 할 기본적인 배움의 자세이기도 하다.

네가 할아버지를 만나러 귀국했을 때 단단히 얘기해주려던 게 한 가지가 있다. 꼭 해주려던 얘기는 '신문'을 좀 가까이 했으면 하는 바람이다. 요즘, 한국뿐만 아니라 어느 나라에서든 학생들이 신문을 가까이 하지 않는다는 걸 너희도 잘 알 거다. 다들 바쁜 시간에 쪼들리기 때문이다. 참으로 안타까운 일이다. 몰라도 너무 모르는 얘기가 아닐 수 없다.

신문을 가까이 하면 좋은 점이 한두 가지가 아니다. 우선 학습 활동을 원만히 진전시키기 위해선 그에 걸 맞는 '어휘력' 향상이 절대적으로 요구된다. 어휘력 향상엔 신문보다 더 좋은 게 없다. 요즘, 활자 매체들을 멀리하는 큰 원인이 바로 SNS나 스마트폰, 또는 TV에 뜨는 자막들을 선호하기 때문이란 건 이미 입증된 사실이다. 우리나라에서도, 여북하면 어린 학생들에게 글 읽기, 쓰기 교육을 대폭 강화하자는 목소리가 부쩍 높아져 가고 있다.

어휘력語彙力, 발표력發表力, 독해력讀解力, 문장력文章力, 구성력構成力 들의 중요성을 한번 생각해 봐라. 이를테면 '편지 읽고 쓰기'를 가지고 생각해도 좋다. 이 편지를 할아버지가 너에게 130번째 쓰고 있다. 넌들 할아버지한테 편지 쓰고픈 생각이 왜 안 들겠니? 할아버지가 기억하기로는 딱 두 번 썼었지? 한 번은 너 다섯 살 때였다. 한글 공부하면서 할아버지한테 고맙다는 짤막한 내용이었다. 두 번째는 초등학교 5학년 시작한 뒤, 미국에서 편지 한 통 부쳤었지? 물론 그 후로도 마음속으로야 쓰고 싶은 마음이 왜 없었겠니?

그렇다면 뭐가 문제일까? 아무래도 문제는 할아버지처럼 너와의 약속을 지키려는 굳은 의지(意志: 목적이 뚜렷한 생각이나 뜻을 선택하고 판단해 실행하려는 적극적인 마음가짐)가 아니겠는가 싶다. 굳은 의지를 실천하는 데는 참으로 부지런함이 따라야 한다. '부지런함'의 반대말은 '게으름'이다. 게으른 사람은 남에게 뒤떨어질 수밖에 없다. 게으른 학생이 어떻게 매일같이 예·복습, 운동, 취미, 독서, 신문 읽기, 생활반성 등등 자기 할 일들을 계획적으로 해낼 수 있겠니? 만에 하나, 소년시절부터 영어로라도 일기나 편지 같은 걸 즐겁게 쓸 수 있다면 그 얼마나 좋을까.

부지런한 사람은 다 해낼 수 있다. 용기勇氣를 가져라. 부지런하면 정말로, 누구보다 더 마음의 여유餘裕를 갖고 생활하게 된다. 게으른 사람은 늘 시간에 쫓길 수밖에 없다. 게으른 자는 부지런한 자가 해내는 일의 반의반도 못해낸다. 반의반도 못해내는 게으른 학생을 생각해봐라. 한 달, 두 달, 아니 일 년 뒤의 결과가 어떻게 되겠니? 게으른 학생이 과연 부지런한 학생을 따라잡을 수 있을까? 평생 힘겨워하며 뒤처져 헐떡

거리며 사는 사람이 바로 그 게으름 때문이다.

부지런함은 힘찬 생활의 원동력原動力이다. 가능한 한, 너에게 필요한 읽을거리 기사들을 찾아 스크랩, 메모도 하고 그에 따른 네 생각을 간단간단히 정리도 해 봐라. 신문을 가까이 하면 공부하는 데 필시 많은 도움이 따르리라 확신한다. 그토록 강조하는 까닭은 할아버지도 특히 신문을 가까이 하면서 필요한 걸 오래도록 참 많이 얻어내고 있기 때문이다.

일기는 글쓰기의 저축은행이다

현수야, 일기日記에 대해서 얘기를 나눠볼까?

'일기' 하면 할아버진 우선 떠오르는 말들이 있다. 그건 바로 반성反省, 비판批判, 수신修身이다. 그날그날 자기가 한 일이나 언행에 관하여 잘못 혹은 모자람이 있었는지 돌이켜보는 것이 반성이다. 비판은 반성을 통해 잘하고 못함, 옳고 그름을 따져보는 것이다. 수신은 반성과 비판을 통해 마음과 행실行實을 바르고 착하게 닦아가는 일이다. 어떠냐? 어렵냐? 그러나 자기 생활을 반성, 비판하고 바르게 닦아 간다면 그 누구보다 자기 삶을 떳떳하고 보람 있다고 여기게 되고 마음이 저절로 뿌듯해짐을 깨닫게 될 거다.

옛날 증자曾子라는 사람이 있다. 그는 매일 자기 생활 가운데서 주로 세 가지 문제를 살폈단다. 첫째, '사회생활을 통해 사람들과 거짓 없이 대하면서 성실하게 일했는가.' 둘째, '여러 친구들과 교제하면서 혹시라도 신의信義 없는 짓거리는 없었는가.' 셋째, '열심히 배우고 그 배운 내용을 집에 가서 다시 잘 익혔는가.'이다. 증자는 공자의 애제자다. 증자는 평생 반성하는 걸 게을리 하지 않은 사람으로 유명하다.

혹시 너, '안네'라는 이름 들어봤지? 유명한 『안네 일기』를 쓴 소녀다. 독일 살던 유대인 가족이 나치의 압박을 견디다 못해 네덜란드로 도망했다. 독일군이 네델란드까지 쳐들어오자, 어디로 더 도망칠 수 없어 벽장에 숨어서 몰래 그들의 폭정을 일기로 남겼다. 물론 그 뒤 붙잡혀 수용소 가스실에서 죽었단다. 나치의 잔인한 행동을 폭로하고 학대받는 유대인들 모습을 진실하게 기록해놓음으로써 널리 읽히고 깊은 감명을 불러일으켰다.

일기를 쓰기 싫어하는 사람이 많다. 그들이 즐기는 변명辨明이 있다. 바로 그건 "매일매일 똑같은 얘기를 뭐 하러 쓰느냐"는 것이다. 그들 변명은 사실 무식함의 소치가 아닐 수 없다. 증자가 반성한 것처럼 같은 사람, 같은 친구, 같은 공부라도 여러 가지 감각, 내용, 모양, 색깔, 태도, 생각, 느낌 등의 변화에 따라 반성할 거리, 비판할 거리, 쓸 거리들이 다양해진다. 안네는 소녀였지만 꼬박꼬박 자기 생활을 열심히 썼다. 비판적인 눈을 갖고 나치의 악독함을 진실하게 기록했다. 그 때문에 그녀의 일기가 역사적인 의미를 크게 드러낸 것이다.

16세기 말, 임진왜란 때 충무공 이순신李舜臣(1545~1598) 장군이 쓴 『난중일기亂中日記』도 그렇다. 전쟁터 진중陣中에서 자기 전 꾸준히 일기를 썼다. 6년여 동안 한문으로 간략 간략하게 써놓았지만 그 일기를 통해 충무공의 우국충정憂國衷情은 역사적으로 만인의 표상表象이 됐다. 그런데도 "매일매일 똑같은 얘기를 뭐 하러 쓰느냐"고? 어떻게 그런 변명을 늘어놓을 수 있단 말인가?

미국에 에머슨(Ralph Waldo Emerson, 1803~1882)이라는 사람이 있다.

수필가다. 그가 펴낸 책 이름이 『일기』다. 10대가 되던 소년 시절부터 75세가 되던 노인시절까지 쓴 일기를 가지고 만든 책이다. "일기는 글쓰기의 저축은행이다." 에머슨의 말이다. 그의 말뜻은 역시 쓰는 사람의 생각에 따라 쓸거리가 무진장하다는 걸 입증해 준 것이다.

1994년 9월 12일. 월. 맑음. 아들 종의가 대학원을 졸업하고 직장을 잡아 첫 출근하는 날이다. 내손으로 직접 넥타이를 매주었다. 그리고 그 애 두 손을 꼭 잡고 굳게 격려를 보냈다. 잘 해가리라 믿는다. 나이 스물여섯 살이다. 나도 같은 나이에 첫 출근을 했었다. 나 때는 지금보다도 직장 문門이 훨씬 좁았다. 직장을 갖는다는 건 대단히 중요하다. 첫 출근하던 애비보다 자식 놈의 첫 출근이 훨씬 더 힘 있어 보인다. 나도 덩달아 힘이 난다.

2008년 9월 6일. 토. 맑음. "현수야, 오늘은 뭘 할까?" "할아버지 산에 가요. 할머니 산에 가셨어요." "그래? 그럼 할머니 따라가지 그랬어! 아니다. 할아버지 하고 같이 가자. 가서 할머니도 만나자꾸나." 용마산으로 향했다. 현수가 앞장선다. 너무너무 귀엽다. 현수야, 옛날에 할아버지가 너만 했을 때 네 증조할아버지께서 할아버지에게 "사나이는 머리를 똑바로 들고 앞을 잘 보면서 씩씩하게 걸어야 한다."고 일러 주셨다. 그러니 너도 힘차게 걸어가 봐. 현수는 오를 때 한 번, 내려올 때 두 번 넘어졌다. 그래도 씩씩하게 잘 다녀왔다. 점심 먹고 또 독서실엘 가잔다. 오늘은 다섯 권을 읽잔다. 『막내 도토리의 다짐』, 『짹짹이의 하루』, 『낙타가 최고야』, 『우리 엄마가 보고 싶어』, 『비 오는 날이 좋아』를 신나게 읽어줬다.

나도 일기를 오래도록 써온 편이다. 누구나 자기의 일기를 들추면 자신의 과거를 만날 수 있어 좋다. 그런데 일기 가운데 떳떳하고 흐뭇한 일들은 절반도 안 된다. 자신의 못난, 못된, 부끄러운 일들이 수두룩하다. 실은 후회스런 일들이 대부분인 셈이다. 그 때문에 일기를 쓰면 자신을 반성하고 비판하지 않을 수할 수 없다는 걸 알 수 있다. 세상에, 누가 자기의 잘못이나 모자람을 바로잡아 줄 사람이 있겠는가? 내 스스로 좋고 나쁜 점, 옳고 그른 점을 따져 고쳐갈 수밖에. 결국 수신의 문제로 돌아가는 것이다.

배움의 근본은 '수신修身'이다. 선善과 의義를 중시하는 사람은 마음과 행실行實을 바르게 닦아갈 수 있다. 마음과 행실을 바르게 닦는 사람은 선과 의를 중시할 수밖에 없다. 따라서 근본적으로 수신이 철저하지 못하면 배움도 철저할 수가 없다. "마음이 발라야 덕이 잘 닦인다. 덕이 잘 닦여야 집안을 잘 다스린다. 집안을 잘 다스려야 나라를 잘 다스린다. 나라를 잘 다스려야 천하를 잘 평정한다."『대학大學』이라는 책에 나오는 말이다.

일기를 쓰면 좋다는 걸 사람들은 잘 안다. 넌 어떠냐? 그러나 쓰기 싫어하는 사람은 좋은 줄 알면서도 일기를 안 쓴다. 왜일까? 그 까닭은 바로 게으름 때문이다. 생활이 부지런하다면 못쓸 게 없다. 너도 미국생활하다보면 쓸거리들이 다양하겠지? 너를 기쁘고 즐겁게 한 일, 네가 좋아하고 욕심냈던 일들을 써봐. 혹은 너를 화나고 속상하게 한 일, 네가 사랑하고 미워했던 일들도 써봐. 많이 쓸 거 하나도 없어. 간단간단하게 쓰는 거야. 아마 짤막짤막하게 영어로 써도 재미있을 것 같다. 쓸게 없는 날도 있겠지? 그런 날엔, 읽는 책에서 멋진 문장이나 구절, 시 같은 걸 적어놔도 참 좋다.

현수야, 그날그날 너의 생활을 되돌아보고 잘잘못을 따질 수만 있다면 넌 정말 훌륭한 삶을 사는 거야. 그럴까, 안 그럴까? 엄마 아빠하고 떠들면서 한번 의논해 봐.

잘 있어라. 현수야, 안녕!

글을 잘 쓰려면 사다四多와 오근五勤은 필수다

한국에는 '한국어' 시간, 미국에는 '미국어' 시간이 있다. 자기 나라(자국自國)에선 다 '국어' 시간이라 일컫는다. 나라마다 국어공부의 기본요강基本要綱은 비슷할 거다. 말하기, 듣기, 읽기, 쓰기가 바로 그것이다. 국어시간에 이 네 가지 종목을 잘 하라고 무척 강조한다. 하지만 '말하기' '듣기'에 대해선 이렇다 할 주문이 별로 없다. 생활 언어로 대신하기 때문이다. 가장 독려하는 종목은 '읽기'다. 그래서 가정, 학교에선 무조건 책 많이 읽자는 주문이 많게 된다.

'쓰기'는 학년별로 국어책에 수록된 문장의 성격에 따라 설명하고 직접 그 성격의 문장을 써보도록 주문한다. 헌데, 토론이나 실습 학습이 아니고 학습방법이 주입식注入式이다 보니, 선생님 설명이 지나치게 일방적이다. 내용설명을 잘 듣고, 스스로 익혀서 시험점수 높이 받도록 하는 게 국어시간 운영의 관행이지 싶다. 그러니 말하기, 듣기, 읽기, 쓰기 종목에서 나름대로의 공부 방법을 갖지 않는 한, 국어 학습은 어려울 수밖에 없다.

현수야, 넌 미국에 있으면서 그래도 네 또래 한국 학생들보다 말하기나 듣기, 읽기가 월등히 낫다는 게 할아버지 생각이다. 하지만 미국에서 '영어'로 말하기, 듣기, 읽기 경우는 어떠냐? 아무래도, 많이 힘들겠지? 거기다가 영어작문作文까지 얘기 하자면 얼마나 어렵겠냐? 하지만 넌 영어책들을 많이 읽는다니까 크게 걱정하지는 않는다. 영어책을 많이 접하다 보면 영어로도 말하기, 듣기, 읽기, 쓰기가 점차 수월해지겠지.

할아버지도 지난날들을 돌이켜 보면 '쓰기'가 참 중요하다는 걸 절실히 느낀다. 누구나 소원은 많다. 나도 마찬가지다. 소원이 뭐냐고 누가 나에게 물어온다면, 할아버지 대답 너 짐작할 수 있겠니? 난, '네가 글 잘 쓰는 거'라고 대답하고 싶다. 그렇다. 할아버지의 옛날 소원이었었으니까. 글을 잘 쓰려면 많은 준비가 따라야 한다. 우선 부지런해야 하고 꾸준해야 하고 열성적이어야 한다. 세상에 노력하지 않고 될 일이 어디 있겠니?

어떻게 하면 글을 잘 쓸 수 있을까? 많이들 고심한다. 글 잘 쓰기 방법으로 우리나라에서 중히 여기는 사항들이 있다. 하나는 다독多讀, 둘은 다사多思, 셋은 다작多作, 넷은 다교多校다. 많이 읽고 많이 생각하고 많이 써보고 많이 고쳐야 한다는 얘기다. 중국에선 다섯 가지를 꼽아 권하기도 한다. 근독(勤讀: 부지런히 읽기), 근록(勤錄: 부지런히 메모하기), 근득(勤得: 부지런히 터득하기), 근류(勤類: 부지런히 분류하기), 근편(勤編: 부지런히 정리하기)이 그것이다.

글쓰기가 어렵다고들 한다. 어렵기 때문에 보람이 더 크다. 보람이 클수록 삶도 더 가치 있다. 우리가 평생 좋은 글 써 보고자 하는 까닭이 여기에 있다. 현수 네가 뜻 깊게 읽은 책들을 한번 되짚어 봐라. 만약에 너도 앞으로 그 같은 책들을 쓰고 싶어 한다면, 사다四多나 오근五勤 같은, 네 나름대로의 노력이 필수적이라는 걸 이해할 수 있겠지? 때문에, 글을 써야 할 까닭이 분명하다면 우리는 어려서부터 뜻을 갖고 부지런히, 꾸준히, 열성적으로 노력하지 않을 수 없다. 현수야, 할아버지가 여북하면 어린 너에게 '독서노트'까지 엄마, 아빠와 상의해 보라고 했을까?

'세 살 버릇 여든까지 간다.'는 말이 있다. 어렸을 적 습관은 전적으로 옳게 배우고 행하기에 달려있다. 굳이 서두를 건 없다. 조급해할 필요도 없다. 좋은 글 읽고 마음에 닿는 구절이나 표현을 옮겨보고 언뜻언뜻 떠오르는 생각이나 느낌을 적어놓으면 된다. 독후감도 좋고 아니면 스크랩도 좋다. 일기나 편지도 간단간단 써본다면 더 없이 좋다. 물론 고등학교나 대학교에 들어가면 컴퓨터를 사용할 테니까, 입력이나 보존이 훨씬 수월해지겠지.

좋은 습관으로 기록물들이 쌓인다면, 그 기록물들이 십 년, 이십 년, 아니 너의 평생을 두고 얼마나 소중한 추억, 자료들일까를 한번 상상해 봐라. 기록이 곧 자기 역사요, 자기 문화다. 개개인의 기록이 모여 자기 나라 역사, 문화가 이루어지고 나라들 역사, 문화가 모여 세계사, 세계문화가 이루어진다. 자기 삶을 통해 다른 사람 삶을 알고 다른 사람 삶을 통해 자기 삶을 알 때, 자기 삶의 질을 훨씬 더 높일 수 있다. 발전이라는 게 바로 그런데 있지 않겠니?

현수야, 메모하는 습관은 소중하다. 써보면 훨씬 즐겁고 재밌어진다. 뭔가를 남기는 거다. 남기는 것보다 더 값진 추억이 있을까. '모든 것은 변화한다.' 스티브 잡스(Steven Paul "Steve" Jobs, 1955~2011)의 말이다. 변화 속에 모든 것이 있다. 세계가 항상 달라지는 까닭이다. 그 때문에 기록하지 않으면 금방 잊게 된다. 달라지는 그 모든 변화를 볼 수도, 알 수도 없다. 보고, 알 수 있어야 삶의 질을 더 발전시킬 수 있지 않겠는가? 오늘은 여기서 줄인다. 다음에 또 얘기 나누자.

현수야, 잘 있어라. 안녕!

글을 잘 쓰려면 간단히 기록하는 습관이 최고다

"할아버지, 편지 많이 보내주셔서 감사합니다!!!" "할아버지, 할머니 사랑해요!!!" 사랑하는 손자가 보낸 답장 속, 마음을 읽는 순간 할아버진 너무너무 감격했다(본서 280쪽에 수록). 기어코 내 손자가 편지를 썼구나! 그 동안 할아버지는 암말 않고 정말 묵묵히 기다려 왔다. 손자 마음, 충분히 짐작한다. 어린 것이 마음속으론 얼마나 답장 쓰고 싶었을까 하고 말이다.

허기야 아무리 어리단들 목석木石이 아닌 이상, 마흔세 번씩이나 할아버지가 편지를 띄웠는데, 손잔들 어찌 마음의 동요動搖가 없었겠는가. 언젠간, 절로 쓰고 싶은 마음이 들 거라고 할아버진 확신했다. 까닭은 철석鐵石 같이 믿을 수 있는 손자였기 때문이다. 머나먼 미국 땅에서 보여준, 녀석의 넘치는 자신감과 활기찬 모습에서 대견스런 마음을 왠들 몰랐었겠냐?

학교 공부 끝난 뒤, 집으로 오면서 친구들과 수다를 많이 떨었다고?

수다 떠는 얼굴 모습이 눈에 훤히 보이는 듯싶구나. 무엇에 대한 수다였을까? 얼마나 재밌었을까? 할아버지가 왜 그렇게 궁금해지지? 물론 영어로 재잘거렸겠지? 그래, 친구들과 얘기 잘하는 것도 참 좋다. 미국에서 공부를 하니까 기왕이면 영어 하나쯤은 똑 부러지게 해둬야 한다. 특히나 영어로 글도 잘 쓸 수 있도록 말이다.

영어를 잘 하려면 영어책을 가까이 하는 게 가장 상책이다. 재밌는 얘기는 노트북에 직접 써보는 게 제일 좋다. 너, 글이 얘기이고 얘기가 글이라는 거 알지? 그게 바로 '어문일치語文一致'라는 거다. '말이나 글이나 같다'는 뜻이다. 말하듯이 글 쓰고 글 쓰듯이 말하는 것이다. 다들 입 가지고 말들은 잘 하지만 '글쓰기'는 잘 못한다. 영어로 편지도 써 보고 일기도 써 보렴. 그럼 아마 훨씬 더 배우는 게 재밌어질 거다.

결국 우리말이건 영어건 좋은 글 쓰는 게 가장 중요한 문제다. 언젠가 할아버지도 얘기 했었지? 글 잘 쓰는 걸 제일 부러워한다고. 그래서 너더러도 늘 메모, 일기, 편지 같은 걸 자꾸 써보는 게 좋다고 귀띔하지 않더냐? 얘기도 잘하고 글도 잘 쓰려면 역시 간단간단히 기록하는 습관이 최고다. 그래야 나중에 그런 내용들을 떠올려, 네 생각을 더 재밌고 폭넓게 펴낼 수 있게 되지 않겠니?

세상 모든 것은 끊임없이 해체되고 재구성된다. 글 잘 쓰는 사람들도 자기 방식대로 자기 생각들을 재구성해 간다. 어떤 이는 '창조가 곧 재구성이다'라고까지 말한다. 그러고 보면 현수 네 편지도 네 생활을 순서대로 재구성해 놓은 셈이다. 정보도 마찬가지다. 정보와 정보 관계를 잘 재구성하는 사람이 요즘은 대접 받는 사회다. 50개 주를 잘 외고 나니, 기분이 어떠냐? 외울 건 꼭 외는 게 좋다. 외는 게 좋다는 걸 안다면 왼 걸 가지고 글 쓰는 데 활용할 수 있을 테니, 편지 쓰는 데도 아주 효과적이다.

'글은 쓴 사람 자신이다.' 현수야, 꼭 네 편지를 두고 한 얘기 같아서 더 공감이 간다. 네 편지 읽으면서, 할아버지가 마치 하루 동안 너와 함께 어바인에서 생활한 것 같은 느낌이 들어서 그렇다. 너의 정성이 고스란히 느껴지니 너무너무 기쁘다. 여북하면 편지와 사진에다 뽀뽀를 했지 뭐냐. 역시 착한 사람은 착한 글을 쓴다. 정직한 사람은 정직한 글을 쓴다. 다감한 사람은 다감한 글을 쓴다. 고상한 사람은 고상한 글을 쓴다. 건강한 사람은 건강한 글을 쓴다. 슬기로운 사람은 슬기로운 글을 쓴다.

'시작이 반이다'라는 말 들어 봤니? 시작이 참 어렵다는 얘기다. 그러나 시작만 했다 하면 벌써 절반은 한 것이나 마찬가지라는 뜻이다. 할아버지가 미국 가서 너 만나고 헤어질 때, 편지 약속했잖니? 약속을 했더라도, 할아버지가 그토록 끈질기게 약속을 지켜 가리라고는 미처 생각지 못했을지도 모른다. 그러나 벌써 마흔네 번째나 썼다. 시작이 반이라는 말이 실감되겠니?

할아버지가 말했었지? '너 자신을 사랑하라'고. 너 자신을 스스로 사랑할 때, 할아버지도 너를 사랑한다고. 할아버지도 마찬가지다. 할아버지가 나 자신을 스스로 사랑할 때, 너도 할아버지를 사랑할 수 있지 않겠니? 사랑이란 그런 거다. 사랑할 사람을 자기처럼 사랑하는 거다. 그런 사랑을 '자기애自己愛'의 구현具現이라고 한다. 말하자면 나한테 쓴 편지는 곧 할아버지에 대한 네 사랑의 구현이고, 너한테 쓴 편지는 곧 너에 대한 할아버지 사랑의 구현인 셈이다.

할아버지가 너에게 보낸 편지들을 생각해 봐라. 할아버지 사랑이 곧 너에 대한 사랑인데, 어떻게 편지들을 안 쓸 수 있겠니? 현수야 할아버지 사랑이 이해될까? 아직 잘 모르겠지? 그렇다면 너와 나의 사랑을, 엄마 아빠랑 재밌게 얘기 나눠보렴. 오늘은 여기서 줄인다.

잘 있어라. 현수야, 안녕!

메모하는 걸 버릇 들이면 참 재미있다

나이를 벼슬처럼 자랑삼던 좋은 시절이 있었다. 그 시절은 할아버지가 어렸을 때다. 나이 드신 어른들껜 꼼짝 못하던 시절이었다, 어른들 말씀 끝엔 감히 토를 달 수 없었다. 그만큼 어른들께선 말씀이 엄하셨고 아이들은 어른들을 존중하고 공경해 드렸다. 제집 어른뿐만이 아니었다. 남의 집 어른들도 내 집 어른처럼 다들 어려워했다.

지금 생각하면 그땐 찢어지게 가난하던 시절이었다. 수명도 짧았다. 노인이 많지 않던 때다. 전염병도 많았지만 의학도 한참 뒤떨어졌던 시절이다. 뼈 빠지게 일하고 뼈 빠지게 어른들을 모셨다. 뼈 빠지게 일하고 뼈 빠지게 어른들 모시는 부모 밑에서 자란 자손들 역시 그 부모들을 뼈 빠지게 모실 수밖에 없었다.

지금은 핵가족시대다. 뼈 빠지게 일하고 뼈 빠지게 부모 모시는 자손은 상상도 못할 일이다. 그렇다 보니, 늙어선 혼자 아니면 부부가 산다. 으레 그렇게 살려니 하고 여러 해를 그렁저렁 살다보면 왜 허전해지지 않겠니? 나이 탓으로 돌린다. 마음도 약해진다. 몸도 아파진다. 그리되면 심신心身이 괴롭달 수밖에 없다. 안타까운 세상이다.

먹은 나이를 돌아보니, 십 년은 금방이지 싶다. 십 년이 금방이면 이십 년도 그리 멀지 않다. 거기다가 오 년을 보태 이십오 년을 계산해 보렴. 그땐 할아버지 나이 백 살이 된다. 사실 끔찍한 나이이다. 부질없다는 생각도 든다. 그러니까 끔찍한 나이는 어디까지나 숫자일 뿐 맥시멈(maximum)은 제쳐두고 미니멈(minimum)으로 편히 살 일이다. 그렇다면 사실 괴로워할 것도 허전해 할 것도 없지 않겠니?

그렇다. 중요한 건 바로 "오늘, 내가 할 일이 뭔가?"를 질문할 수 있어야 한다. 현수야, 할아버지가 전화하면서 너에게 편지 약속을 잘 지켰다는 느낌을 홀가분히 털어 놓았었다. 그런데 너의 입에선 뜻밖의 목소리가 들려왔다. 할아버지 편지를 계속 받고 싶다는 네 투정어린 눈빛이 전해져 왔기 때문이다. 그 순간 할아버진 아차! 이를 어쩌나 싶었다. 그런데 순간 머릿속에선 어느새 나도 모르게 지난해 편지 쓰던 고달픔이 까마득히 사라져가더구나.

너와 제2차 약속을 결행한 심적 배경이다. 앞으로 또 매주 편지를 써서 보낼 거다. 꼬박 꼬박 너에게 편지를 써 보내려면 할아버진 마음도 더 강해야 하고 몸도 더 단련해야 한다. 스스로 많은 노력을 기울여야 한다. 현수 너도 꼭 약속할 게 있다. 할아버지가 노력하는 것처럼 너도 네 할 일을 스스로 잘 해낼 수 있도록 노력하는 애손자愛孫子가 되겠다고 말이다.

새벽에 일어난다. 조간朝刊신문을 읽는다. 그리고 오늘 할 일을 짠다. '오늘 내가 할 일이 뭔가?' 매일 짜는 계획이다. 하루 계획은 새벽에 세운다. 한해 계획은 봄에 세운다. 백년 계획은 젊은 시절에 세운다. 할아버지 어렸을 때, 어른들이 엄하게 일러주신 교훈이다. 하루하루 그 계획을 실천하는 게 바로 하루하루 삶의 보람이기도 하다.

뜻을 갖고 산다는 건 매우 중요하다. 미물微物들도 뜻을 갖고 산다. 작은 뜻이 큰 뜻 되고 하루 보람이 큰 보람된다. 계획 실천이 곧 삶의 즐거움이다. 마땅히 자기가 해야 할 일들을 해냄으로써 보람을 느끼고 즐거움을 누릴 수 있는 게 삶의 행복 아닌가? 할아버지 오늘 할 일을 적어볼까. 운동, 정원수 가지치기, 이발, 시장보기, 서예, 편지 쓰기 들이 하루 계획이다.

할아버지 삶은 매우 계획적이다. 실천은 철저하다. 오래전부터 일기를 써 온 탓이다. 하루 일을 돌아보고 잘잘못을 따져 되살펴 본다. 할아버지가 어렸을 때 집에서 혼자 공부하던 기록물을 들쳐볼 때가 있다. 지금도 '내가 그때 꽤나 공부하는 걸 재밌어 했구나.'라고 웃음 짓는다. 자기 삶을 자기가 만족해하면서 웃음 짓는다는 게 얼마나 큰 행복인지 잘들 모른다.

메모하는 걸 버릇들이면 참 재미있다. 시장 볼 때도 철저히 메모해가지고 가면 실수 없이 뚝딱 사온다. 할아버지가 지금 이 나이에도 돈 쓰는 걸 일일이 적는다면 아마 놀랄 거다. 시간, 물가 절약은 말할 것도 없다. 하다못해 현수 너에게 편지 부치는 요금도 꼬박꼬박 적어 놓는다. 적는 게 생활화돼 있지 않은 사람은 정말 이해 못할 거다. 몇 년 적어보면 그 뒤론 적지 않고는 못 배긴다. 적어 논 지출내역들을 살피면 그간 삶의 실상實相들이 주마등走馬燈처럼 훤히 펼쳐진다. 돈 쓰는 게 얼마나 재밌는 일인지 아는 사람은 다 알게 된다.

현수야 "내일 내가 할 일이 뭔가?"를 절실히 느낀다. 그만큼 할아버지가 손자와의 약속을 중시하고 지키게 된 것을 무척 고맙게 생각한다. 지난해 편지 시작 때 초심初心을 결코 잊지 않을 것이다. 오늘은 여기서 줄인다.

잘 있어라. 현수야, 안녕!

삶의 기록은 개인이건 국가건 벽을 넘는 과정이다

현수야, 9월이면 6학년이다. 넌, 이제 원기 왕성한 소년이다. 5학년 때보다 활동범위도 훨씬 넓어질 거다. 활동이 많아진다는 건 그만큼 네가 바빠진다는 얘기다. 신체적 활동이 왕성해질수록 활동범위가 넓어지는 건 필연이다. 그러나 한 가지 걱정되는 게 있다. 그건 바로 왕성한 신체적 활동에 치우쳐 혹시나 정신적 활동이 위축되지나 않을까 하는 노파심老婆心 때문이다.

입고 먹는 즐거움은 춥고 배고픔을 잊는데 있다. 배움의 즐거움은 모르는 걸 스스로 깨우치는데 있다. 신체적 활동은 입고 먹는 걸 통해서 왕성旺盛해지지만 정신적 활동은 배우고 느끼고 뉘우침을 통해서 왕성해진다. 원만한 일상생활은 몸과 마음의 조화를 필요로 한다. 육체와 심신의 조화와 균형이 중시되는 까닭이다.

할아버진 네가 바르고 씩씩하게 커줘서 참 고맙고 기쁘다. 미국 가기

전이나, 너 4학년 때를 돌아 봐라. 미국 가기 전은, 네가 서너 살 먹어 신나게 동화 책 읽던 때다. 열 살 먹어선, 할아버지가 너희 집에 가 헐리웃, 샌디에이고, 사파리 등지를 함께 쏘다니던 때다. 하지만 몇 년 지난 지금은, 네 눈으로도 네가 그때보다 키가 얼마나 많이 컸는지, 몸무게가 얼마나 많이 불었는지 쉽게 확인할 수 있을 거다. 그리고 수영, 농구, 달리기 같은 운동기록도 시간이나 슛 율率이 얼마나 단축되고 높아졌는지 이젠 금방 알아차릴 수 있을 거다.

어릴 땐, 역시 몸 튼튼한 걸 제일 바란다. 하지만 소년 땐, 신체적 건강 못지않게 꼭 덧붙일 게 한 가지 있다. 그게 뭘까? 그건 정신적 건강이다. 이를테면 사고력思考力, 이해력理解力, 창의력創意力, 호기심好奇心, 재능才能 등의 오감 능력五感能力 같은 것들이다. 시각視覺, 청각聽覺, 후각嗅覺, 미각味覺, 촉각觸覺들을 봐라. 작년 다르고 금년 다르게 향상 발전했을 거다. 단지 신체적 발달처럼 두 눈으로는 확인하기가 쉽지 않을 뿐이다.

심신心神의 향상과정을 두 눈으로 확인할 수 있기를 바라는 건 누구나 원하는 바다. 확인할 수만 있다면 아마도 누구에게든 그보다 더 값진 일은 없을 거다. 그런데도 사람들은 대개가 게으름을 피우며 자기 삶을 기록記錄하지 않는다. 배우고 느끼고 뉘우침에 대한 자신의 삶을 너무나 나 몰라라 하고 쓰지를 않는다. 그렇다. 자기 심신의 발전과정을 확인할 방도는 오직 기록밖엔 없는 데도 말이다. 생각해 봐라. 어려서건 나이 들어서건 삶에 대한 기록이 있어야 자신의 과거사過去史를 확인할 수 있지 않겠니?

생활을 정직하게 기록하고 반성反省하는 이처럼 성실히 사는 사람이 또 있을까? 할아버진, 지금 생각하면 어려서부터 지속적으로 생활을 정직하고 진지하게 기록하고 반성하지 못한 게 가장 후회後悔스러운 일이다. 뭐니 뭐니 해도 반성하고 뉘우치는 삶만큼 후회 적은 삶도 없을 것이기 때문이다. 후회 적은 삶은 정말 당당하고 떳떳하다. 아무 것도 꺼릴 게 없다. 배우는 것도 생각하는 것도 행동하는 것도 모두 다 그렇다. 옛 사람들이 그랬다. 반성하고 뉘우칠 줄 알면 삶이 훨씬 더 여유롭고 한가롭고 의욕적이고 보람차고 왕성해진다고.

성품이 차분하면 마음이 편안하다(성정정일性靜情逸).
마음이 흔들리면 심신이 피곤하다(심동신피心動神疲).
참됨을 지켜내면 의지가 충만하다(수진지만守眞志滿).
물질을 좇아가면 바르게 다스린다(축물의이逐物意移).

『천자문千字文』에 나오는 구절이다. 마음, 심신, 의욕, 정의 같은 건 삶의 중요 덕목德目이다. 차분한 성품, 흔들리지 않는 마음, 충만한 의지, 올바른 생각들은 후회 없는 삶의 활력소다. 살다 보면 일상생활엔 늘 희비喜悲가 따르게 마련이다. 결국 희열喜悅은 부추기고 슬픔은 뒤로할 일이다. 그래야 육체와 정신이 균형과 조화를 누릴 수 있지 않겠는가.

기록과 반성은 자기 삶의 옳고 그름을 가려내는 척도尺度다. 여기엔 정직한 마음과 겸손謙遜한 마음이 필수다. 현수야, 네 자신이 어떤 소년인지, 어떤 일에 가슴이 뛰는지 깊이 반성할 일이다, 사실은 공부를 안 해서 문제가 되는 게 아니라 반성과 뉘우침을 소홀히 해서 생기는 문제가 훨씬 더 많다. 그래서 판단도 옳게 하고 질문도 옳게 하고 답변도 옳게 해야 하는 거다.

6학년이 되면 훨씬 씩씩해질 거다. 씩씩한 만큼 부지런하면 마음인들 왜 기쁘고 넉넉하지 않겠니? 물에 빠지면 헤엄치는 게 기쁜 태도이다. 길이 없으면 만들어가는 게 넉넉한 마음이다. 노력하면 안 될 일이 없다. 오늘 할 일은 뭘까? 아침이면 스스로 물을 일이다. 계획한 일은 잘 끝냈나? 저녁이면 스스로 물을 일이다. 그리고 기록할 틈을 가질 일이다.

삶의 기록은 개인이건 국가건 벽을 넘는 과정이다. 왜 기록하느냐고? 역사의식歷史意識의 보루堡壘이기 때문이다. 현수야, 역사의식이 싹텄으면 하는 마음 간절하구나.

오늘은 여기서 줄인다. 잘 있어라. 현수야, 안녕!

메모 습관은 소중하다

초등학교를 졸업하고 틈을 내 모국엘 다니러 왔어도 할아버지와 얘기할 시간 갖기가 쉽지 않구나. 네 아빠의 바쁜 일정 때문이지 싶다. 일정이 바쁠 텐데 동남아 쪽 여행까지 계획될 줄은 전혀 몰랐다. 할아버지 집에서 하룻밤만 자고 훌쩍 떠나게 돼, 마음이 어찌나 쓰렸던지, 넌 어려서 잘 모를 거다. 할아버지와 너 사이, 얼마나 보고팠던 만남이더냐? 그래도 바쁜 일정 중 선대先代 조부모 산소엘 들러 성묘할 시간을 가졌으니 그건, 참 다행이다.

멀리 미국에 유학하면서 모국을 방문할 때는, 실은 다녀갈 일정이 분명했으리라 믿는다. 일정은 주체적인 일정과 부수적인 일정으로 나눠 짜이어졌을 거다. 아무튼 방한 일정은 주主가 되는 일정과 종從이 되는 일정으로 나눠졌을 게 틀림없다. 중요한 건 일정의 선후先後 문제다. 먼저 할 일과 나중 할 일을 확실히 구별해 일정을 잡아 생활할 수 있었으면 더 없이 좋다는 얘기다.

할아버진, 여행 일정이 빡빡하게 잡히는 걸 제일 마뜩찮게 여긴다. '주마간산走馬看山'이란 말을 아는지 모르겠다. '내달리는 말을 타고 경치를 구경한다'는 뜻이다. 예정했던 일들을 바쁜 일정에 쫓겨 제대로 살필 틈도 없이 얼렁뚱땅 서둘러 해치우고 만다면 재미가 너무 없지 않겠니? 계획計劃의 선후先後와 시간時間의 여유餘裕를 중시하는 까닭이 여기에 있다. 할아버지가 얼마 전, '캄보디아 앙코르유적'을 답사하고 글을 써 보냈었지?(이연재 지음, 『골목길을 쓰는 마음』, 안티쿠스, 2022, 252~256쪽) 읽어봐서 알겠지만 정말 일정에 쫓겨 주마간산 격으로 답사했던 셈이다. 여행의 안타까움은 바로 쓰고자 하는 글들을 위한 메모조차 차근차근 할 수 없는 시간의 쫓김들이 아니겠나 싶다.

너희들, 베트남 여행은 시간에 쫓기지 않았을까? 그곳은 요즘 비가 많은 '우기雨期'다. 혹시나 물난리는 겪지 않았는지 모르겠다. 캄보디아보다는 살기가 좋겠지만 베트남도 아직은 많은 발전을 서둘러야 할 나라다. 식수도 그렇고 주택도 그렇고 교통, 공중公衆 질서 같은 것도 많이 개선되어야 할 곳이다. 1960년대 중반 할아버지가 부산에서 군대생활 할 때, 월남 파병들을 많이 환송했었다. 격세지감隔世之感이 크구나. 너희들이 미국에 가 공부하는 것도 그렇지만 어린 나이에 동남아 쪽 베트남을 여행할 수 있는 것도 그렇다. 화제가 여행 얘기로 돌려지고 보니, 문득 파울로 코엘류(Paulo Coelho, 1947~)의 소설 『연금술사』(최정수 옮김, 문학동네, 2001)가 떠오른다. '연금술鍊金術'이란 쇠붙이 즉 철, 납, 구리, 주석 따위의 비금속卑金屬들을 잘 녹이고 섞어 '금'이나 '은' 같은 귀한 보물을 만들어내는 기술 혹은 그런 비법秘法들을 뜻한다. '연금술사'의 '사士'는 연금술의 기술이나 비법을 지닌 사람이라는 얘기다. 소설 제목으로서의 '연금술사'는 '금'을 만드는 비법을 가르쳐준다는 게 아니다.

우리가 공부해 가는데 꿈을 갖고 그 꿈을 이루기 위해 부단히 노력하지 않으면 안 된다는 뜻으로 이해되는 소설이다.

주인공은 양치기 소년이다. 어느 날밤 똑같은 꿈을 연달아 꾸게 된다. "만일 네가 이집트 피라미드에 간다면 숨겨진 '보물'을 거기서 꼭 찾게 될 거다."라고. 그 꿈 얘기를 사람들께 하니까 점쟁이 노파, 범상치 않은 노인까지도 이집트 피라미드에 가면, 꼭 소중한 보물을 발견할 거라고 다들 예언해주는 게 아닌가.

양치기 소년은 용기를 낸다. 그 꿈을 이루겠노라고 마음을 굳힌다. 숨겨진 보물을 찾기 위해 멀고 먼 길을 떠난다. 자기가 진정 원하는 것을 깨닫고 그것을 좇는 작업을 작가는 '자기 신화神話를 이루는 과정過程'이라고 표현한다. "중요한 것은 이제 누구나 꿈을 이룰 수 있게 된다는 거다. 자기 꿈을 이루고자 힘쓰는 것은 바로 이 세상 누구나가 짊어져야 할 유일한 용기勇氣요, 의무義務인 것이다."

양치기 소년의 부단한 용기와 의무는 실은 쉬운 게 아니다. 피라미드로 가는 도중, 사기를 당해 돈을 잃기도 하고 전쟁에 휩싸여 죽을 고비도 겪는다. 누구에게나 어려움은 닥치게 마련. 그때, 연금술사가 나타나 꿈과 소망을 이루기 위한 가르침을 다음과 같이 일러준다. "네 마음의 소리에 귀를 기울여라. 그 마음이 가는 곳에 보물이 있다. 시련이 닥치면 사람들은 흔히 꿈을 포기한다. 그러나 끝내 꿈을 이루고자 힘쓰는 사람에겐, 신은 도움을 주는 법이다."라고. 그 때문에 양치기 소년은 계속 모험하고 익히면서 드디어 피라미드에 도착한다.

양치기 소년은, 과연 거기서 정말 '보물'을 찾을 수 있었을까? 설사 실패失敗했다 해도 꿈은 결코 잃지 말아야 한다. 꿈을 이루기 위한 노력은 모두의 용기요, 의무가 아닌가. 노력하지 않으면 안 되는 까닭이다. 할아버진 여행할 때 늘, '메모'할 거리를 찾으려고 애를 쓴다. 너에겐 베트남 여행이 큰 행운이기도 하다. 메모도 많이 했겠지? 견문을 정리하는 건 너만의 수고요, 의무다. 어렸을 때 정리된 메모는 정말 너의 소중한 보물이 아닐 수 없다.

"이 세상엔 위대한 진실 한 가지가 있다. 그건 뭔가를 간절히 소원하면 신은 그 소원이 이뤄지도록 반드시 도와준다는 사실이다." 견문見聞 정리를 소원疏遠했다면 훗날, 그 '메모랜덤'보다 더 값진 보물寶物이 또 있을까? 평생平生 힘쓸 일이다.

배우고 좋아하는 것을 잘 활용할 수 있어야 보람 있는 삶이다

5월은 가정의 달이다. 달력에 '발명發明의 날'이 눈에 띈다. 좀 이상스럽다는 생각이다. '발명'이란 단어가 왜 친근親近하게 느껴지질 않고 오히려 생소生疎하게 느껴지는 걸까? 기념일로 지정된 지는 벌써 50회째나 된단다. 그렇다면 난, 매년 발명의 날을 별 관심 없이 지나쳤다는 얘기 아닌가. 사실 무관심했다는 생각엔 좀 나답지 못했다는 자책감마저 들기도 한다. 문명의 혜택 속에서 그토록 편히 살고 있으면서도 말이다.

발명은 새로운 걸 만들어내는 거다. 물론 쓸모없는 건 발명 축에 들 수 없다. 경제적 이익이나 생활에 편의를 가져올 새로운 제품을 뜻하게 된다. 따라서 발명은 필요불가결한 요소이다. 그러니 인류생활을 발전시켜 가는데, 발명이야말로 지속적인 요구사항이 아닐 수 없다.

사실, 만물 중 인간은 약한 존재다. 도구가 없었다면 아마 먹을 것조차 구하기도 힘들었을 거다. 그런데도 인간人間이 만물萬物의 영장靈長

으로 우뚝 설 수 있게 된 까닭은 끊임없는 '발명'때문이다. 먹을 것을 찾아 떠돌던 인류가 한 곳에 정착할 수 있게 된 것도 사냥이나 농사도구 덕분이요, 거처할 수 있는 튼튼한 집을 지을 수 있게 된 것도 각종 건축 도구나 자재 덕분이다.

이렇듯 발명의 혜택은 지대至大하다. 그 때문에 '생활生活의 과학화科學化'를 중시해야 할 까닭이 성립된다. 그런데도 우리는 발명의 중요성을 거의 의식하지 않고 살아가고 있는 셈이다. 사실 인문, 사회, 자연의 과학범주를 벗어나고서는 살 수 없는데도 말이다. '단순한 아이디어가 세상을 바꿀 수 있다!' 올해, '발명의 날' 캐치프레이즈다. 이 문구가 발명에 대한 문외한門外漢이었던 나를 뜨끔하게 하는 까닭은 왜일까?

까닭은 바로 생활과학에 대한 무지無知 때문이다. 그 동안 '발명'은 전문가의 전유물專有物로만 여겨왔던 터다. 물론 아이디어를 현실로 만들어내는 데는 전문지식이 절대 필요하다. 하지만 전문가가 아니더라도 얼마든지 새로운 발명 아이디어를 현실로 만들어낼 수 있다는 데에 새삼 놀라지 않을 수 없다. 언젠가 떠들썩했던 음료수 빨대와 종이컵 얘기가 생각난다.

기역 자로 굽은 음료수 빨대는 평범한 엄마의 발명품이다. 발명 동기는 장기 입원한 아들 때문이란다. 음료수 마실 때, 늘 힘겹게 몸을 일으키는 게 너무 안타까웠단다. 빨대를 이용한다 해도 누어서 마시려면 어쩔 수 없이 컵을 기울여야만 했다. 그래서 '컵을 기울이지 않고도 편히 마실 수 있는 방법은 없을까?' 하고 고민할밖에. 그때 마침, 굽어진 수도꼭지를 보고 그 같은 빨대 아이디어를 생각해내게 됐단다.

또, 물에 젖지 않는 종이컵은 평범한 학생의 발명품이다. 당시 음료수 자판기가 이미 세상에 나와 있었다. 그런데 자판기 컵이 도자기로 만들어져 있어서, 깨지기가 쉽고 제품 가격도 너무 비싸 자판기 자체가 결국 사라질 위기에 처했었단다. 그때 한 학생이 불편한 도자기 컵 대신, 물에 젖지 않는 종이컵 아이디어를 생각해냈다. 그러자 음료수 자판기는 일약, 세계적인 상품으로 인기를 모을 수 있게 됐단다.

생활의 과학화가 이렇듯 중요하다는 걸 예전엔 미처 몰랐다. 매사에 발명아이디어가 그렇게 많이 널려있다 한들 돌이켜보면 너무나 관심 밖이었다. 한심한 교육, 한심한 생활이었지 싶다. 불편하면 불편한 대로 감수했고 편리하면 편리한 대로 누리는 걸 오히려 낙으로 여겼다. '불편하건 편리하건, 좀 더 발전시켜 갈 수 있는 여지는 아예 없는 건가?'에 대해선 지나칠 정도로 무관심했던 터다. 얼마나 재미없게 살아가는 삶인가?

석학들의 주장은 한결 같다. 그저 이론만 익히고 시험만 잘 치면 최고가 아니라 편리한 생활이 이뤄지도록 활용할 수 있어야만 최고가 된다고 말이다. 당장, 인재人材에게 필요한 건 창의력創意力, 비판력批判力, 협동력協同力, 해결력解決力이라고 직격탄을 날린다. 남과 내가 어떻게 삶을 공유하고 발전시켜 가느냐가 중요하다는 얘기이다. 통합적인 가치를 강조하는 까닭이 여기에 있다.

부가가치가 높을수록 제품가치도 높다. 그런 제품은 값도 비쌀 수밖에 없다. 비싼 제품일수록 효과적인 활용을 필요로 할 수밖에. 결국 제품의 효과적인 활용을 떠나서는 편리한 생활, 재미있는 생활을 이루기가 힘들다. '생활 과학화'가 절실하게 요구되는 까닭이 이 때문이다. 장난감을 가지고 늘 재미있게 놀 수 있을까? 자동차를 가지고 늘 편안하게 운전할 수 있을까? 컴퓨터를 가지고 늘 편리하게 이용할 수 있을까? 역시 활용가치와 삶의 질은 불가분의 관계일 수밖에 없다.

이젠, 배우는 것만 가지고는 모자란다. 그렇다고 배우기를 좋아하는 것만 가지고도 모자란다. 앞으로는 정말 배우고 좋아하는 것을 더 잘 활용할 수 있는 삶이어야 더 큰 보람을 창출해낼 수 있다. 현수야, 스포츠, 예술, 의상, 음식 등, 그 어느 것 하나 과학 아닌 게 있을까? 진정, 우리 생활 자체가 과학이란 걸 강조하고 싶구나. 호기심을 넓혀 엄마 아빠와도 '과학의 생활화' '생활의 과학화'에 대해 관심 갖고 얘기해 보렴. 오늘은 여기서 줄인다.

잘 있어라. 현수야, 안녕!

공부는 '평생과제'다. 할아버지의 소신이다

영국 주간지 《이코노미스트》를 통해 어렸을 땐 여자아이가 남자아이보다 성적 높은 게 세계적인 추세趨勢라는 기사를 읽었다. 까닭은 스마트폰게임 때문이란다. 남자아이가 게임에 몰입할 동안 여자아이는 책 읽길 더 좋아한다는 게 그 이유다. 기사 내용으로 치면, 게임에 빠지면 헤어나기가 꽤나 어렵겠구나 싶다.

아니나 다를까. 할아버지 집에 인사 하러 와서도 손자 녀석들 둘이 게임에 빠져 다투는 걸 보면 스마트폰게임이 정말 걱정된다. 스마트폰 활용에 대한 인성人性 지도가 절실할밖에. 예나 지금이나 인성 지도는 가치관 형성의 필요성에 의해 제기提起됐다. 그만큼 어렸을 적 인성 지도는 올바른 가치관 형성의 좋은 방편이다. 올바른 가치관만 전제前提된다면 스마트폰인들 왜 유익하지 않겠는가? 어찌 스마트폰뿐이겠냐?

현수야 그간, 할아버지가 편지로 너에게 많은 얘기를 줬다. 깊은 사랑을 느끼면서 쓴 얘기들이다. 매주 거르지 않고 예순 번째 편지를 썼다.

한 해 열두 달에다 두 달을 더 보탤 정도로 써 보냈다. 내 깐엔 사랑을 담아 보낸 얘기로 자위自慰하지만 너야 아직은 어려서 사랑을 느끼기는 커녕 읽어내기조차 힘들었을 거다. 쉽게 이야기를 풀어가지 못해 퍽 미안하다. 그러나 어린 시절 추억은 참으로 소중하단다. 두고두고 보탬이 되었으면 좋겠다.

우리 삶은 정답이 없다고들 한다. 그만큼 각자의 삶이 다르기 때문이다. 그런데도 할아버지는 어린 너에게 은근히 공부 쪽만 정답인 양 강조한 듯싶어 혹시나 부담감을 주지나 않았을까 걱정도 된다. 하지만 걱정해서 될 일은 아니다. 오히려 커가면서 네가 잘 판단할 거라고 믿는다. 커가다 보면, 언젠가는 너 스스로 하고 싶은 일을 찾게도 되고 뭘 공부하는 게 더 좋을까도 알게 되고 남다르게 특별히 잘 해보겠다는 것도 생길 것이다. 적어도 그때까진 게으름 피지 말고 온힘을 쏟는 게 제일 중요하다는 걸 얘기 했을 뿐이다.

그렇다. 너로서는, 재미나 유혹만을 부추기는 무슨 게임이나 경쟁보다는 스스로 열심히 공부해야 할 까닭을 잘 알았으면 하는 바람이다. 유학儒學의 큰 뜻은 강력한 '실력양성實力養成'이기 때문이다. 이를테면 미국에서 유학한 실력이 고국에서 공부한 실력보다도 그 수준이 낮다면 굳이 미국 유학을 고집할 필요가 있겠냐 하는 질문은 필연적일 수밖에 없다. 물론 학교 공부만을 따지는 건 아니다. 학교 밖에서도 알아야 할 건 무궁무진하니까.

공부는 '평생과제平生課題'다. 할아버지의 소신所信이다. 그렇다고 꼭 남을 이겨, 우수優秀해지려는 목적으로 공부를 하는 게 아니다. 어디까지나 필요한 지식을 많이 얻으려는 것뿐이다. 남과의 비교 또는 경쟁에서 이겨낼 수 없다고 해 공부를 그만둔다고 치자. 그렇다면 그건 평생 큰 잘못 아닌가. 그 때문에 남과의 비교 따위는 하지 않는 게 오히려 훨씬 더 자기 실력을 쌓아 가는데 도움이 된다. 혹시라도 그걸 알면서 스스로 노력하지 않는다면 그 원인은 오직 '게으름' 때문일 거다. 외국 유학의 힘겨움을 이겨낼 수 있는 저력 역시 게으름을 떨쳐버리는데서 비롯되지 않겠나 싶구나.

공부하다 보면 때로는·자랑도 하고 싶을 때가 있다. 많은 사람의 칭찬을 한 몸에 받는다면 얼마나 좋을까 하고 말이다. 할아버지도, 돌아보면 애들 같은 마음 갖기를 좋아하다 보니까 그럴 때도 꽤 있었다. 그러나 다른 사람의 칭찬을 독점하는 게 꼭 좋은 일일까 반문反問하게도 된다. 왜냐하면 다른 사람의 칭찬을 의식하지 않고 자기가 해야 할 일에 몰입하는 것이 오히려 자신을 더 크게 발전시켜 갈 수 있기 때문이다.

바꿔 말하면, 남의 눈을 의식하지 않고도 자기 공부 자체에서 성취감이나 기쁨을 얻는 게 진정한 보람이라는 지적이다. 남들이 알아주느냐 알아주지 않느냐가 무슨 문제이겠냐? 중요한 건, 자기 스스로 공부하는 기쁨과 성취감을 느끼는 그 자체가 곧 큰 보람이지 않겠냐? 할아버지가 지금도 계속 책을 가까이 하는 까닭이 여기에 있다.

현수야, 넌 이제 십대 소년으로 들어섰다. 육체적으로 정신적으로 가장 의욕이 왕성해지는 연대年代이다. 그럴수록 올바른 인성을 기초한 책임감과 독립심이 중요하다. 외아들이라고 노상 애기티를 벗지 못하면 안 된다. 너 할 일을 네가 책임지고 알아서 해낼 때, 그 성취감과 기쁨은 말할 수 없이 크다. 올바른 판단력으로 독립심을 갖고 앞가림을 잘 해가리라 믿는다. 인성人性 공부의 중요성이 바로 이에 있지 않겠니?

할아버진 오늘 가슴이 벅차다. 사랑하는 손자와의 약속을 굳게 지켜낸 때문이다. 몹시 기쁘다. 이 기쁨은 오로지 훌륭한 독자讀者요, 손자인

네 덕분이다. 진심으로 고맙다. 더 열심히 노력하자꾸나.

잘 있어라. 현수야, 안녕!

'공부'를 하는 까닭은 실력을 갖추기 위해 '준비'를 하는 거다

요즘 경기침체로 인해, 모두들 스트레스를 크게 받지 싶다. 정규직, 비정규직도 그렇고 일자리가 늘지 않는 것도 문제다. 노인복지, 퇴직연금도 그렇고 어린이집, 학교급식 문제도 시끄럽다. 지도층의 노선갈등도 그렇고 축적된 부패 척결도 말들만 무성하다. 거기다가 메르스(중동호흡기증후군) 공포까지 확산되고 보니 분위기는 더더욱 어수선하구나.

엄마, 아빠들 마음이 어수선하면 자녀들 마음은 어떨까? 역시 자녀들도, 마음이 편치 못할 거다. 여북하면 초등학교 어린 것들이 '공부는 왜 하는 거야?' 하고 엄마에게 짜증낸다 하질 않던가? 그렇다고 자녀들에게 '공부'하는 까닭을 이해시킨다는 게 그리 쉬운 일은 아니다. 이를테면, 이 담에 좋은 대학 가기 위해서? 돈 많이 벌기 위해서? 잘 먹고 잘 살기 위해서? 암만 구구절절, 횡설수설橫說竪說한들 자녀들이 쉽게 받아들일 수 있을까?

지금까지 발전해 온 삶의 역사를 얘기한다면 그래도 '공부'하는 게 얼마나 중요한가는 분명, 조금은 이해될 수 있지 않을까 싶다. 사실상 우리가 누리는 고도高度의 물질문명이 '배움' 없인 불가능하지 않았겠느냐 하는 생각 때문이다. 발전을 거듭해온 역사는 현재도 진행 중이다. 역사 발전은 곧 공부한 사람들의 책임 아닌가? 공부하는 사람들이 '공부'를 게을리 해선 안 되는 이유가 바로 여기에 있다.

공부는 누가 시켜서 하는 게 아니다. 자기가 스스로 평생 하는 거다. 자기 자신을 위해서 노력하는 게 공부다. 학교엔 왜 다닐까? 학교를 위해 다닌다고? 엄마 아빠를 위해서 다닌다고? 아니다. 자신을 위해서 다니는 거다. 자기 자신을 위해서 공부하는 것이 결국은 학교를 위하는 길이요, 엄마, 아빠의 사랑에 보답하는 길이기도 하다. 공부에 게으름 피우지 말아야 할 까닭도 결과적으론 이웃을 위하고 나라를 위하고 인류 역사를 발전시키기 위해서이다.

남들로부터 칭찬받고 싶어서 공부하는 아이도 없지 않다. 그런 공부는, 자립심自立心 없는 아이의 태도다. 뜻이나 그릇이 아주 작은아이일 수밖에 없다. 칭찬을 좋아하는 아이는 결국 칭찬받기 위한 공부밖엔 더 생각하기 어려울 거다. 누군가로부터 꼭 칭찬을 받아야만 만족하는 아이는 칭찬해 주는 사람이 없을 땐 그 어떤 공부도, 스스로는 해낼 의지가 약할 수밖에 없지 않겠는가?

문제는, 칭찬해 주는 사람이 있건 없건 자기 스스로 노력해가는 것이 바로 '공부'의 보람이요, 기쁨이요, 즐거움이라는 얘기다. 공부의 보람이나 기쁨, 즐거움을 얻기까지는 그만큼 많은 준비가 필요하다. 일정 수준의 능력을 제도적으로 육성育成, 함양涵養시키는 건 물론 '학교공부'의 몫이다. 교육을 받기 위해 유치원부터 초 · 중 · 고 · 대학을 거쳐 대학원

석·박사과정까지 오래도록 공부하면서 철저히 준비하는 까닭이 여기에 있다.

오랫동안 땅에 엎드려 있던 새가 한 번 날기 시작하면 높이 난다. 사람도 힘 기르는 준비기간이 길면 길수록 한 번 일어선 뒤에는 힘차게 활동하게 된다. 먼저 핀 꽃은 먼저 진다. 남보다 먼저 공을 세우려고 조급하게 서둘지 말라. 『채근담』에 나오는 얘기다. 『세계예화집』엔 이런 얘기도 있다. 아담클라크(Adam Clarke, 1762~1832)는 『성서주해』를 쓰기 위해 40년을 준비했다. 조지 밴크로프트(George Bancroft, 1882~1956)는 미국 역사를 집필하기 위해 36년을 준비했다. 헤밍웨이(Ernest Miller Hemingway, 1899~1961)는 『노인과 바다』를 탈고한 뒤, 백여 번이나 되풀이 해 읽으며 고치고 고쳤다.

옛날에 어떤 임금은 왕위에 올라 삼 년이 되도록, 정사는 통 돌보지 않고 궁전에만 틀어박혀 있었다. 그리곤 신하들 출입을 엄금했다. 궁전 앞에다 '감간자사(敢諫者死: 감히 간하는 자는 사형시킨다)'라는 현판까지 내걸었다. 그런데 한 충신忠臣이 꾀를 내어, 목숨을 걸고 궁전엘 침입했다. 임금이 호통 쳤다. 눈이 멀었더냐? 죽으러 왔구나? 하고. 신하가 부복俯伏한 채, 눈물을 흘리며 고했다. 못 보던 새가 한 마리 날아왔는데, 삼 년 되도록 꼼짝도 않고 날지도 않고 울지도 않습니다. 그게 무슨 새인지 알고 싶어 여쭈옵나이다.

임금이 대답했다. 삼 년을 꼼짝도 않는 건 뜻을 굳히기 위함이요, 날지 않는 건 날개 여물기를 기다리기 위함이요, 울지 않는 건 사람들이 어찌하는가를 지켜보기 위함이다. 그리고 임금은 계속 말을 이었다. 그 새가 한 번 난다 하면 하늘에 닿을 것이고 한 번 운다면 천하가 놀랄 것이다. 자네 뜻을 내 알았으니 그만 물러가도록 하라.

그리고 그 다음 날부터 임금은 정사政事를 엄격히 돌본다. 그동안 충신과 간신을 철저히 가려놓고 그에 따른 숙청肅淸과 선정善政을 단행해 나라를 크게 발전시킨다. 이로부터 생긴 고사성어가 '삼년부동 불비불명三年不動不飛不鳴'이다. 큰 뜻을 펼칠 사람은 때를 기다리며 늘, 준비를 철저히 해간다는 뜻이다.

'공부는 왜 해야 할까?' 까닭은 실력을 갖추기 위해 '준비'를 하는 거다. 누구나 자기가 하고 싶은 일을 통해 삶의 보람, 기쁨, 즐거움을 누리자면 늘, 철저한 준비로 충분한 실력을 쌓아가야 한다. 오늘은 여기서 줄인다.

현수야, 잘 있어라. 안녕!

공부하는 데는 노력과 성실이 제일이다

현수야, 오늘은 '착한 마음(선심善心)'을 가지고 얘기할까? 너도 네 마음이 소중하고 나도 내 마음이 소중하다. 마음이 왜 소중할까? 마음이 자기 몸(육신肉身)을 주재主宰하기 때문이다. 그러니까 네 몸의 주인은 바로 네 마음이다. 나도 마찬가지다. 내 몸의 주인은 바로 할아버지의 마음이다.

그렇다면 네 마음이나 할아버지 마음이 착해야 좋을까, 악해야 좋을까? 답은 뻔하지 않겠니? 마음이 착하면 행동이 바르다. 왜일까? 착한 마음이 곧 행동을 바르게 하기 때문이다. 이 까닭을 공자孔子는 자연自然의 이치理致에 연관시켜 깊이 깨달았다. 만물이 다 착하다. 왜일까? 주재하는 '하늘(천天)'이 본래 착하기 때문이다. 그래서 공자는 만물의 주재자인 하늘의 도(천도天道)를 인仁으로 깨닫고 그 '인(仁: 착한 마음)'의 실현을 삶의 최고 가치로 삼았다. 맹자는 '성선설性善說'을 주장했다. 순자는 '성악설性惡說'을 주장했다. 두 사람 다 공자를 받든 유가儒家다. 맹자는 사람이 선한 마음을 타고난다고 했고 순자는 악한 마음을 타고난다고 했다. 맹자는 "어떻게 하면 선한 사람이 악한 행동을 하지 않게 할까." 순자는 "어떻게 하면 악한 사람이 선한 행동을 하게 할까." 하고 고심했다. 그 고심에 대한 맹자, 순자의 해결책, 그것은 바로 "욕심을 줄여 착하게 살자"는 것이었다.

지난봄이었다. 시골집에서, 중학교 2학년 학생 세 명과 다과회를 가졌다. 할아버지 중학교 때 생각이 났다. 1955년도였으니까, 지금 생각하면 격세지감隔世之感이 크다. 그땐 교통이 나빠, 읍내에 나아가 학교 다니는 게 소원이었다. 지금은 살기 좋아진 세상이다. 어린 학생들의 꿈이 궁금했다. 재미있는 과목, 앞으로 하고 싶은 일들을 떠봤다.

그런데 그들의 대답이 엉뚱했다. "공부보단 돈만 많이 벌면 된다."는 답변이었다. 아주 단도직입적單刀直入的이다. 배움의 중요성이나 사람 됨됨이는 안중眼中에도 없지 싶다. 내 깐엔 큰 맘 먹고 마련한 자리였는데, 소통疏通이 그토록 엉뚱할 줄은 꿈에도 몰랐다. 황당했다. 무례하기 짝이 없었다. 나 어렸을 적 순진함과는 대조적이다.

세계는 지금 물질적 욕망慾望이 양심良心과 도덕道德을 압도壓倒한다. '돈이면 다 된다'는 사고방식이다. 특히 우리나라 부패지수는 OECD 국가들 중, 하위권에 머문다. 어린 학생들 머릿속에 자리 잡고 있는 물욕物慾의 단서端緖가 금권위력金權威力 탓이다 생각하니, 머릿속이 다 먹먹해진다. '돈이면 다 된다'는 물욕 때문에 예의禮儀마저 추스르기 힘든 지경까지 이르다니, 어린아이들 인성교육 문제가 이만저만 걱정이 아닐 수 없다.

'탐심貪心'은 인성교육人性教育의 골칫거리다. 탐심이 착한 마음을 제일 쉽게 몰아낸다. 사회생활의 기본윤리는 '예의범절'이다. 성품이 나빠서 도리를 어기는 걸까? 아니다. 점수 올리는 수단, 돈 버는 수단에만 눈길을 주다 보니, 바른 도리를 배우기가 쉽지 않았던 때문이다. 정말 인면수심人面獸心으로 돈만 억수같이 벌면 잘사는 길일까?

인간은 사회적 동물社會的動物이다. 혼자만 살 수는 없다. 여러 사람이 더불어 잘 사는 게 도리다. 도리에 어긋난 마음, 제 욕심만 차리는 마음을 버려야 한다. 예의범절을 중시해야 하는 까닭이 여기에 있다. 유가儒家의 삼강오륜三綱五倫, 오상(五常: 인의예지신仁義禮智信의 다섯 가지 기본적 덕목)을 배워야 하고 불가佛家의 번뇌삼독煩惱三毒, 세속오계世俗五戒를 배워야 한다. 기독교의 사랑과 희생을 배워야 하고 도가道家의 무욕청정無慾淸淨, 지족知足, 지지知止를 배워야 한다. 인생을 배우면 길을 알고 길을 알면 실천하게 된다. 양심과 도덕을 되돌리는데 진정 교육만한 게 있을까?

아이를 보면 어른을 알 수 있다. 어른들로부터 아이들이 뭘 배웠을까? 아이들에게 어른들이 뭘 가르쳤을까? 수신修身이 안 되니까 제가齊家가 어렵고 제가가 어려우니까 치국治國도 혼란이다. 교육이 정말 힘들다. 태교胎教,[5] 가정교육, 학교교육, 사회교육, 평생교육이 버겁다. 어문교육, 역사교육이 갈팡질팡하고 인성교육, 도덕교육이 방향을 잃고 있다. 몰염치, 몰이해, 몰인격, 몰인정이 판칠 수밖에 없다. 각계각층이 허덕댄다. 불신과 폄훼貶毁가 난무하고 빈부 간극間隙과 복지 갈등葛藤이 거세진다.

동방예의지국! 회복할 수 있을까? 세계는 넓고 할 일은 많다. 직시하면 공부하는 까닭이 명료해진다. 서두를 필요는 없다. 멀리 보고 큰 뜻을

5) 내가 역주한 『태교신기』(사주당 이씨 지음, 안티쿠스 발행, 2014)라는 책이 있으니 참고로 읽어두면 좋겠구나.

품는 것도 사나이 포부抱負다. 공부하는 데는 노력努力과 성실誠實이 제일이다. 돈 탐욕은 돼지 같은 짓이다. 신명나게 공부하자. 착하고 보람찬 일 하면 돈 문제는 저절로 해결된다. 배움의 진정한 의미는 뭘까? 배운 것을 바르게 행하는 것 아닐까?

현수야, 오늘은 여기서 줄인다. 잘 있어라. 안녕!

'배움'은 모두가 자신과의 싸움이다

현수야, '여유'를 갖고 생활하면 즐겁다. 여유로움은 넉넉하고 편안한 마음이다. 선의의 경쟁은 넉넉하고 편안한 마음으로 행行하고자 하는 욕구欲求와의 다툼이다. 네가 좋아하는 일하면서 너 말고도 다른 사람에게 도움이 되는 일을 잘해내려고 스스로 애쓰는 게 바로 선의의 경쟁이기도 하다.

농구, 축구 경기를 볼까. 한 팀이 다섯 명, 열한 명이다. 승리하려면 팀플레이가 참으로 중요하다. 독불장군은 팀플레이를 망치기 일쑤다. 혼자만 잘해서 이길 수 있다면 그 경기는 재미도 없으려니와 있어서도 안 될 일이다. 까닭은 스포츠맨십을 구현具現할 수 없기 때문이다. 스포츠맨십은 팀 멤버들이 공감, 소통, 극복, 자신감, 인내심 같은 것들을 발휘할 때, 그 정정당당한 경기의 즐거움을 함께 공유共有하는 운동정신이다.

선의의 경쟁으로는 뭐니 뭐니 해도 역시 '자기와의 싸움'을 가장 중히 여긴다. '기록' 경기가 좋은 예다. 육상, 수영, 역도, 사격, 양궁 같은 스포츠를 생각해 봐라. 자신의 가장 큰 적이 누굴까? 자기 자신이다. 특히 기록 경기에선 '극기克己'할 수 없다면 훌륭한 선수가 될 수 없다. 결국 자신과의 싸움을 통해서만 자기가 좋아하는 일, 다른 사람에게도 도움 되는 일을 할 수 있다는 얘기이다.

학교 공부를 생각해 볼까? '배움' 모두가 자신과의 싸움이다. 누구든 자기 스스로 공부할 일들 아니겠니? 공부가 '어렵다' '힘들다' '하기 싫다'고 포기하면 스스로 '패배자'가 되는 것이다. 결국 '자기와의 싸움'에서 지는 이들은 성공할 수 없다. 세상엔 쉬운 일보다는 어려운 일이 훨씬 더 많다. '극기克己'는 자신이 꼭 해야 할 일이라면 포기하지 않고 반드시 이겨내는 것이다.

어니스트 헤밍웨이(Ernest Miller Hemingway, 1899~1961)의 『노인과 바다』가 떠오른다. 주인공 산티아고는 나이 많은 어부다. 84일째나 고기를 못 잡는다. 85일째 되는 날 운 좋게, 큰 물고기가 미끼를 덥석 물었다. 큰 물고기와의 싸움은 치열했다. 지칠 대로 지쳤지만 도움청할 사람 하나 없다. 사투死鬪 끝에 산티아고는, 물고기에 이끌려 망망대해에 표류하게 된다. 4일째 되는 날, 어부는 드디어 물고기와의 싸움에서 승리한다.

하지만 승리의 기쁨은 잠시다. 물고기 피 냄새를 맡은 상어 떼 공격이 시작됐기 때문이다. 노인에겐 또 다른 시련이 닥친 셈이다. 결국 사력死力을 다해 저항했으나, 물고기의 살점은 상어 떼에게 모조리 뜯어 먹히고 만다. 남은 건 단지 물고기의 앙상한 뼈뿐이다. 그렇다고 이렇다 할 불평이나 원망 한마디도 없다. 단지 "이번엔 너무 멀리 바다에 나갔을 뿐이야" 하고는 담담히 집으로 돌아와 마음 편히 쉰다. 잠깨고 나선, 곁에 있는 소년에게 또 결연히 약속한다. '바다로 내일 다시 고기잡이 떠나자'고.

힘들고 괴로워하는 사람들에게 삶의 용기를 북돋는 얘기가 아닐 수 없다. 삶이 어렵고 고통스럽더라도 당당히 맞선다면 반드시 어려움을 이겨내고 더 나은 삶을 살아갈 수 있다는 내용이기 때문이다. 생과 사의 경계를 넘나드는 사람들에겐, 산티아고처럼 비극을 빨리 벗어나고 싶은 바람(소망)이 바로 절대적인 용기勇氣 아니겠니? 감명 받은 문장 하나가 생각난다.

"인간은 패배하기 위해 태어난 게 아냐. 인간은 파괴될 수는 있지만 절대 패배하지는 않아."

『노인과 바다』는 1952년 발표작이다. 헤밍웨이는 이 작품으로, 발표 다음 해에 퓰리처상을, 그 다음 해에 노벨상을 탔다. 제1·2차 세계대전으로 상처받고 실의에 찬 사람들에게 삶의 용기를 불어넣어줬다는 게 수상授賞동기이다.

현수야, 너도 이젠 많이 성숙했다. 너 혼자 해야 할 일을 스스로 찾아 해 갈 수 있으니 말이다. 못할 일이 뭐가 있겠니? 네가 할 수 있는 것들을 네 힘 가지고 해낸다는 게 얼마나 즐겁고 멋진 일이냐? 운동도 그렇고 음악도 그렇고 학교 공부도 그렇고 친구도 그렇고 집안일도 그렇다. 씩씩하고 즐겁게 생활하는 것이다. 그게 바로 적극적이고 긍정적인 삶의 태도란다.

소크라테스는 '너 자신을 알라'고 했다. 더 공부하면 뜻을 알게 될 거다. 할아버진 이제 소크라테스처럼 너에게, '너 자신을 사랑하라'고 말하고 싶다. 이 세상에서 너를 가장 사랑할 사람은 바로 너 자신뿐이다. 너에게는 네 자신이 가장 소중한 존재다. 만에 하나, 너 자신을 네가 사랑하지 못한다면 세상 누군들 그런 너를 사랑해 줄 수 있겠니?

너는 앞으로 네 자신과의 싸움을 많이 해야 한다. 싫증, 탐욕, 게으름, 자만 같은 습성들을 따져봐라. 네가 너 자신을 사랑한다면 너는 너와의 싸움에서 그 같은 나쁜 습성들을 떨쳐낼 수 있게 되는 것이다. 그래야, 네가 여유를 갖고 선의의 경쟁을 즐길 수 있지 않겠니? 오늘은 여기서 줄인다.

현수야, 잘 있어라. 안녕!

놀아도 배움이 있으면 좋다

"인생은 결코 짧지 않다. 그 때문에 다투고 언짢아하고 불신하고 짜증낼 겨를은 다 떨쳐버리고 오로지 사랑하고 배우는 삶을 즐겨야 한다." 미국 소설가 마크 트웨인(Mark Twain, 1835~1848)이 자신의 삶을 돌아보면서 꺼낸 말이다. 그는 왜, '인생'의 의미를 그토록 '사랑과 배움'에다 집중시켰을까? 그건 우리들 삶에서 평생 사랑과 배움이 차지하는 비중이 그만큼 크기 때문다.

오늘은 맏손자 열두 번째 생일이다. 금년엔 생일이 조부 제삿날과 겹쳤다. 양력, 음력을 두루 쓰니 같은 날로 겹쳐질 수도 있다. 물론 제삿날을 양력으로만 지낸다면 겹칠 일이 없겠지만, 그러나 오랜 예부터 음력, 양력을 같이 써온 풍속이고 보니 문제될 일은 아닌 성싶다. 사흘 전엔 너의 증조모 제삿날이기도 했다.

음력 정월, 계속 치러지는 두 번째 제삿날엔 네 사촌들인 윤수, 준수가 참여키로 연락이 있었다. 주말에다 봄방학이기 때문이다. 게다가 이번엔 엄마 아빠 품을 떠나 처음으로 사흘 동안을 할아버지 집에서 묵어 가기로까지 약속했다. 네 살 되는 찬서까지도 합세키로 했다. 너만 못 만나는 셈이다. 그래도 어린 손자 셋과 만나 즐겁게 지낼 생각을 하니, 벌써부터 가슴이 뛴다. 집에 오기 전 날, 할아버진 일부러 전화를 걸어 뛰는 마음을 전한 뒤, 많이 기다리겠노라고 일렀다. "할아버지가 무슨 얘기를 해줘야, 다들 신날까? 뭔가 기쁨을 듬뿍 돋궈줘야 할 텐데." 열심히 궁리까지 해본다. 약속 날, 드디어 손자들이 집에 닥쳤다. 차례대로 포옹하며 인사를 반갑게 나눴다. 승용차 두 대로 내려와 장난감을 부려 놓고 보니 금방 거실, 서재 할 것 없이 집안이 온통 북새통이다. 할아버지 집은, 이제 완전히 어린이 집, 유치원 놀이터로 탈바꿈 된 셈이다.

현수야, 어린이 집을 떠올려 보렴. 집안이 온통 어떤 모습으로 변했을까를 말이다. 할아버지가 있는지, 없는지조차도 모르고 금세 장난감 놀이 속으로 빠져드는 어린 것들. 아, 손자들 곁에서 할아버지가 거들며 놀 건 아무래도 박수칠 일뿐이지 싶다. 왕따 당하는 기분이 이런 건가? 웃음이 절로 난다. 블록 쌓기, 장난감 자동차 굴리기, 플라스틱 승용차 타기, 각종 그림 찾아 맞추기, 바둑알, 장기 쪽 튕겨 놀기 등 할아버지 정신이 쏙 빠지는 느낌이다.

애초에는, 손자들을 만나면 현수, 너 어렸을 때처럼 손짓, 발짓 다 써가며 신나는 분위기를 연출해, 동화책을 좀 재밌게 읽어줄 기회를 갖고자 별렀었다. 네가 재밌어 하던 책들을 생각하면서 무려 15권이나 대출받아 놓았었지 뭐냐. 그러나 할아버지 꿈은 일시에 말짱 헛일이 되고 말았다. 좀처럼 손자들과 눈조차 마주칠 기회조차 갖기가 어려웠으니 말이다.

왕따 한 번 당하지 않던 할아버지가 오늘 손자들로부터 완전 따돌림

당하는 기분을 너, 짐작할 수 있겠니? 실은 손자들이 시골집에 몰려와 한바탕 노는데 할아버진들 왜 기쁘지 않겠니? 물론 다 이해한다. 특히나 '왕따' 같은 말은 할아버지만의 애증 표현이다. 혹시 어른답지 못한 반감反感 표현으로 이해한다면 그건 잘못된 생각이다. 손자들 신나는 마음조차 이해 못한다면 그런 할아버지를 어찌 어른다운 할아버지라 할 수 있겠니?

아이들 마음을 잃지 않고자 늘 애쓰는 할아버지 심정을 한 번 헤아려 보렴. 물론 기대가 크면 실망도 큰 법 아니겠니? 실은 손자들 다 모이면 할아버진 엄청나게 즐거우리라 싶었다. 그런데 막상 만나고 보니, 함께 놀 수 있기는커녕 도리어 눈길조차 한 번 맞추기도 어렵구나. 떡 줄 놈은 생각도 않는데 김칫국부터 마신 꼴이 됐지 뭐냐? 그쯤 되면 성인군자나 부처님인들 왜 화가 나지 않겠니?

재밌는 건, 할아버진 성인군자도 부처님도 아니다. 그러니 저희들끼리만 똘똘 뭉쳐 노는 걸 보고 서운히 여긴다는 건 당연지사當然之事다. 녀석들에게 같이 놀자며 은근슬쩍 암만 아양(?)떨어도 결국 함께 어울리려던 기대는 접어야만 했다. 그렇다고 허전함을 못 이겨 어린애처럼 섭섭함만 자초할 수는 없는 노릇 아닌가? 난 나대로, 이번엔 벼루를 열고 먹을 간다. 화선지를 펼치고 붓을 휘두른다. 어느새 화선지 위엔 장난삼아 그려낸 손자 얼굴들이 그들을 끌어 모은다.

우르르 할아버지 곁으로 말이다. 장난감은 지천至賤으로 널브러진 채다. 너도나도 붓 달라, 먹 달라, 종이 달라 아우성치는 꼴들이 나를 웃겨도 되게 웃긴다. 병아리 손 붓질은 되는 대로다. 이리저리 찍어대고 그어대고 삐치는 붓털 끝이 진저리를 내는 것 같구나. 그래도 제 얼굴이라 뽐내며, 박장대소拍掌大笑하는 웃음소리가 꽤나 천진스럽다.

아이들에게 중요한 건 스스로 배우고 깨치고 즐기는 일이다. 가정이건, 학교건, 사회건 어디서든 다 그렇다. 스스로 배우고 깨닫고 즐겨하지 않으면 어른들이 아무리 가르치려 들어도 소용없다. 그 때문에 어른들 역시 평생 스스로 배우고 깨닫고 즐기지 않으면 안 되는 까닭이 여기에 있다. 집에선 부모를 배우고 학교에선 스승을 배우고 사회에선 어른들을 배우는 게 아이들 아닌가.

바람직한 학습은 자기 자신이 자발적으로 노력하는 거다

현수야, 네가 5학년 된 지 두 달이 다 되었구나. 4학년 때보다 더 재미있지? 커 가면서 배우는 것보다 더 재미있는 일이 뭐 있겠니? 배우고 깨닫고 익혀가면서 크는 게 신나는 일 아니겠니? 큰다는 의미를 생각해 보렴. 느낌도 크고 마음도 크고 생각도 크고, 커가는 게 어디 한두 가지겠냐? 자기가 커가는 걸 어떻게 알 수 있냐고? 그렇겠구나. 눈으로는 볼 수 없을 테니까.

옛날 '공자'는 그랬다. "어떻게 하지, 어떻게 하지, 하며 스스로 알려고 애쓰지 않는 제자는 어떻게 할 수가 없다"고. 애태우며 스스로 알고 싶어 하는 의욕을 갖지 않는 사람은 어떻게 가르칠 방법이 없다는 얘기다. 바람직한 학습學習은 자기 자신이 자발적으로 노력하는 거다. 누가 이거 해라 저거 해라, 강요해서 하는 게 아니다. 어떻게든 자기 스스로 애쓸 일이다. 그래야만 마음, 생각, 느낌으로도 볼 수 없는 걸 볼 수 있게 되는 거다.

시인 구상(1919~2004)은 한 알의 사과 속에는 구름, 대지, 강, 태양, 달과 별, 우리의 땀과 사랑이 영생永生한다고 했다. '한 알 사과'는 대지大地가 가져다 준 가을 선물이다. 너무너무 고맙고 기쁘다. 그런데 흔히들 고마움은 안 느낀다. 아삭아삭 새콤하고 달콤한 맛에 빠져들어 다들 정신없이 먹기만 한다. 그러니, 고마움을 느낄 여유가 있겠니? 먹어도 정말 멋없이 먹을 수밖에. 왜냐고? 시를 또다시 읽고 한 번 더 생각해 보렴. 할아버지 얘기가 맞나 틀리나 금방 알게 될 거다.

읽어봤니? 생각해 봤어? 어떠냐? 사과 맛이 180도 달라질 걸. 구름이 보이고, 대지의 숨소리가 들릴 텐데. 상상해 봐! 흐르는 강물의 시원함, 불타는 태양의 정열이 느껴지지 않니? 달과 별이 속삭이는 밤에 농부의 땀과 사랑을 먹고 자란 그 빨간 사과가 마냥 고마워진다. 한 알 사과 속에서도 시인詩人은 구름, 대지, 강물, 태양, 달, 별, 땀, 사랑을 다 보고 느끼고 상상하는데 누구는 멍청하게도 맛 좋다고 먹기만 하니, 후회막급後悔莫及이 아닐 수 없다.

뇌腦는 쓰면 쓸수록 더 좋아진다고 한다. 아는 사람은 다 안다. 내비게이션이 없던 시절, 택시 운전사는 시내 곳곳을 정확하게 찾아내는 훈련을 일정기간 받았다. 그리고 그들의 뇌를 MRI로 찍었더니 기억력을 담당하는 뇌 속 부위가 더 커졌단다. 양손으로 공 여러 개를 돌려받는 운동을 석 달 동안 시켰더니 뇌 피질이 커졌고, 반대로 석 달 동안 쉬게 했더니 뇌 피질 크기가 다시 원상으로 돌아갔단다.

박식博識하기를 바라는 사람은 머리를 많이 쓸 수밖에 없다. 머리 쓰는 덴, 취미생활이 무척 효과적이란다. 음악, 미술, 체육 등 각종 관심 분야를 택해 여가餘暇를 즐기는 까닭이 여기에 있지 싶다. 특히, 취미 생활은 전문적인 일과도 깊은 연관성이 있단다. 높은 IQ나 시험점수보다도, 오히려 취미생활이 일의 성공 여부와 연관성이 더 깊은 것으로 나타났다.

비디오 작품제작, 각종 디자인개발, 컴퓨터 프로그래밍들이 취미 생활과 연계되는 그 관련성은 좋은 예가 될 거다. 이는 전문분야의 종사자들, 기업가, 화가, 학자, 예술인 등 모든 이에게도 마찬가지다. 배우가 조각을 좋아하면 동작의 틀을 바로 잡으려 하고 조각가가 연극을 좋아하면 배우의 생명력을 불어넣으려 한다. 화가는 시를 그림으로 변형시키려 하고 음악가는 그림을 통해 예술성을 높이려 한다.

세계는 넓다. 그만큼 머리 써서 배울 일도 많다. 폭넓은 지식은 깊은 상상력想像力을 수반隨伴한다. 시詩, '한 알 사과' 속에도 깊은 상상력과 폭넓은 지식이 공존共存한다. 시, 음악은 뿌리가 같다. 그래서 어떤 사람은, 시를 모르는 사람과는 아예 음악을 얘기하지 말라고도 했다. 그만큼 일과 예술사이의 연관성이 깊다는 얘기다. 각 분야의 폭넓은 소양과 상상력을 중시하는 까닭도 바로 여기에 있지 싶다.

눈 감으면 사람들은 다들 갑갑하게 여긴다. 현수야, 너도 아직은 그렇지? 허기야 지금은 어리니까 어쩔 수 없겠지. 무척 답답할 거다. 하지만 오늘부터는 학교 공부나 취미 활동이 모두다 연관성이 깊다는 걸 좀 더 폭넓게 이해토록하자. 그래서 눈 감고도 사과 속을 훤히 들여다보는 혜안慧眼 즉 높은 상상력을 가지도록 신나게 크자꾸나. 오늘은 여기서 줄인다.

잘 있어라. 현수야, 안녕!

오늘 배우지 않고 내일이 있다고 말하지 말라

엊그제, 절기 '백로'가 지났다. 아침저녁으론 선선하다. 한낮은 햇볕이 따갑다. 본격적인 가을 날씨다. '백로'하면 목이 긴, 흰 새白鷺를 떠 올리기 쉬울 거다. 그러나 여기서 말하는 '백로白露'는 '하얀 이슬'이란 뜻이다. 낮보다 밤이 길어지다 보니, 밤 기온이 뚝 떨어져 풀잎에 이슬이 맺힌다. 아침 햇살이 퍼지면 풀잎이슬은 진주보다도 더 곱고 영롱하다. 가을 정취情趣를 돋우는 보배 중 보배다.

햇벼 타작한 논바닥엔 이른 아침부터 기러기들이 무리지어 향응饗應을 즐긴다. 언제 왔을까? 봄이면 추운 북녘으로 갔다 가을이면 다시 돌아오는 철새다. 제비는 오히려 기러기와는 반대다. 가을이면 따뜻한 남녘으로 멀리 갔다 겨울을 나고 봄에 다시 돌아온다. 남녘 어디일까? 동남아시아, 호주 지역이란다. 새들도 춥고 따뜻한 절기를 잘 맞춰, 참 멀리도 잘들 날아다닌다.

역시 자연 섭리는, 때를 잘 맞춰 운행된다는 사실이다. 밤과 낮도 때를 맞추고 봄, 여름, 가을, 겨울도 때를 맞춘다. 먹고 배설하는 것도 때가 있고 쉬고 활동하는 것도 때가 있다. 학교 공부인들 왜 때가 없겠니? 현수야, 너는 지금 6학년이다. 프라이머리스쿨에서 미들스쿨로 넘어가기 전, 큰 길목에 있다. 그 길목은 아주 중요한 시기다.

"오늘 배우지 않고 내일이 있다고 말하지 마라. 올해 배우지 않고 내년이 있다고 말하지 마라. 날日과 달月은 쉬지 않고 간다. 나 때문에 세월이 늦춰질 리 없다. 아, 나는 나이만 먹는구나. 이 또한 누구의 허물인가?"

헛되이 시간 보내는 걸 강력히 꾸짖는 옛 사람의 권학문勸學文이다. 혹여나, 어느 한쪽으로 치우치는 과욕過慾과 '편벽偏僻'도 일절 용납할 수 없다는 의미가 담겨 있다.

정약용(丁若鏞, 1762~1836) 선생의 「격몽정지擊蒙正旨」란 글이 있다. '애들의 어리석음을 깨우치는 바른 지침'이란 뜻이다. 독서일월讀書日月 즉 책 읽을 시기에 대한 언급이 인상적이다.

"사람이 평생 책 읽기에 몰입할 수 있는 시간은 모두 합쳐 5~6년 정도에 그친다. 11살 이전에는 독서 맛을 잘 모른다. 17살 이후로는 사춘기에 접어든다. 갖가지 기호와 욕망이 생겨나, 책을 읽어도 그다지 깊은 이해가 따르질 않는다. 11살부터 16살까지 그 5~6년 동안이 독서할 수 있는 가장 좋은 시기이다. 그런데 한여름은 무더워 책 읽기가 마땅치 않고 봄, 가을은 화창和暢하고 청명淸明한 날이 많아 즐겨 노는 걸 온전히 금하기 어렵다. 거기다 병으로 눕거나 집안에 큰일이라도 생기면 책 읽을 날이 줄어들게 되니, 다 합쳐 봤자 연중 100일 정도도 채 안 될 거다. 1년 100일을 잡으면 5년 500일이 계량된다. 책 읽을 이 시기야말로 지극히 귀중한 시간이 아닐 수 없다. 500일! 이 시간을 어찌 아끼고 아끼지 않을 수 있겠는가? 나이 11~12살에 이르면 총명과 지혜가 마구 솟아나 마치 우후죽순雨後竹筍 같으니 이 시기가 보통 16살까지 간다."

집중할 때를 놓치지 말아야 하는 까닭이 바로 여기에 있다. 특히나 인지 발달 과정에선 11살에서 16살까지 책을 얼마나 깊이 읽느냐가 인생 성패를 가르는 관건이라는 것이다. 요즘으로 치면 초등학교 6학년에서 고등학교 1학년까지다. 이때 익힌 공부습관이 평생을 좌우한다. 이 얼마나 중요한 시기냐? 공부에 대한 자각이 없는 때나 취향과 고집이 생겨나는 사춘기 때는 사실 공부에 전념키가 그리 쉽지 않다. 하지만 11~16살 5~6년간은 총명과 지혜가 죽순처럼 자라는 때인지라, 그 기간을 헛되이 보낸다면 나이 들어선 몇 배의 노력으로도 회복하기가 어렵다는 얘기다.

이익(李瀷, 1681~1763) 선생이 집안 손자한테 준 얘기가 생각난다. 손자에게 물었다. "너, 요즘 무슨 책을 읽느냐?" "『상서尙書』를 읽습니다. 그런데 바쁜 일에 휘둘려 온전히 집중하지 못하고 있습니다." 선생이 타일렀다. "몸이 한가해서 일 없을 때만 기다려 책을 읽겠다면, 그러면 죽을 때까지 책 읽을 여가는 없을 거다. 일을 만들면 일은 자꾸 생기지만(생사사생生事事生), 일을 줄이면 일은 자꾸 줄어드는 법(생사사생省事事省)이다. 유념토록 해라."

요즘은 뭐가 그리들 바쁜지 대부분 책 읽을 시간이 없단다. 핑계는 간단하다. 시간을 '돈'으로만 계산하려는 과욕過慾과 편벽偏僻 때문이지 싶다. 그렇다. 시간을 돈으로만 따지자니 바쁘고 바쁜 척할 수밖에 없다. 안타깝기 그지없다. 왜일까? 그건 역시 돈에 쫓기는 마음속에 정신적 여유가 없기 때문이다.

터전에 국화를 심는 것은 꽃을 감상하자는 데 있다. 터전에 감자를 심는 것은 먹을거리를 얻자는데 있다. 그 쓰임새의 허실虛實은 차이가 현격하다. 하지만 터전을 넓혀 국화를 심는 집안은 반드시 번창하고 국화심을 터전을 줄여 감자 심는 집안은 반드시 쇠미해진다. 그건 왜일까? 집안 형세가 흥하고 쇠하는 것은 바로 인품人品의 빼어나고 잔약함에 연계돼 있기 때문이다. 소소한 이해쯤은 깊이 따질 일이 못된다. 다산 선생의 얘기다.

실속만 따지자면 열심히 농사나 지으면 됐지, 시 같은 건 왜 짓고 책 같은 건 왜 읽느냐고 투덜댈 것이다. 때 맞춰 국화 심고 좋은 책 읽어 마음을 살찌워야 할 이유가 바로 여기에 있다. 명심할 일이다. 오늘은 여기서 줄인다.

잘 있어라. 현수야, 안녕!

처음 배울 땐, 기초가 참으로 중요하다

현수야, '이솝우화' 얘기 하나 할까?

살찐 사슴 한 마리가 숲속에서 재밌게 살았다. 온종일 뛰어 다니며 놀았다. 목이 탔다. 호숫가에 이르렀다. 물 마시는 데 마침 물속에 비친 자기 모습이 보였다. 그림 같이 뻗어난 여러 갈래 뿔 모양을 보고는 무척 신났다. 그런데, 물속에 비친 다리를 보고는 "내 다리는 왜 이렇게 보기 싫지? 볼품없는 다리는 차라리 없는 것만도 못해!" 하고는 화내며 한탄했다.

바로 그때다. 밀림의 왕자라는 사자 한 마리가 힘차게 나타났다. 순간 사슴은 잡혀 먹힐까 두려웠다. 그러자, 볼품없는 제 다리로 온 힘을 다해 줄행랑쳤다. 도망치다 결국 뻗어난 뿔들이 큰 가지에 걸려 쓰러지고 말았다. 늪 속에 빠진 사슴은 눈물지으며 외쳤다.

"보기 싫던 다리 덕분엔 목숨을 구했건만, 좋아하던 뿔 덕분엔 요 모양 요 꼴 고통만 받게 됐구나!"

토마의 '염소농장' 얘기도 들려줄까?

농장 염소들이 자고나면 아침마다 통나무더미에 올라가 놀았다. '힘겨루기'다. 바보스럽게도 뿔을 맞대고는 누가 더 셀까, 덥다 밀어붙이는 놀이다. 그런데 놀이 때마다 번번이 아래로 밀려 떨어지는 '겁쟁이 염소'가 있었다. 힘에 밀리자, 늘 화를 냈다. "난 내일도 또 지겠지? 해보나 마나야. 뻔해!" 나약한 염소는 이튿날 아침 몰래 농장을 빠져나갔다.

해가 중천中天에 올랐다. 숲속을 걷는데, 개미떼가 집 짓고자, 작은 나뭇가지를 치우느라고 낑낑댔다. 새까맣게 붙어 뻘뻘 땀 흘리는 모습이 너무나 안쓰러웠다. 겁쟁이 염소는 힘껏 도와주고 싶었다. 개미들 의중意中대로, 나뭇가지를 입에 물고 성큼 옮겨줬다. '와, 되게 힘세다!' 좋아하며 춤추는 개미들 환호성이 이만저만 요란한 게 아니었다. 자기가 자랑스럽게까지 여겨졌다. 되게 기분 좋아진 염소는 석양 무렵 농장으로 되돌아왔다.

다음날 아침, 겁쟁이 염소 역시 또 전과 같이 힘겨루기에 참여했다. 그런데 힘겨루기가 절정에 이르자 그만 통나무를 굴려 떨어뜨리고 말았다. 힘세다는 염소들이 암만 구슬땀을 쏟아 봤자, 일의 진척은 어림도 없었다. 그때, 겁쟁이 염소가 개미떼를 연상聯想하고는 점잖게 의견을 제시했다.

"우리가 다 함께 힘을 합치면 쉽게 통나무를 올려놓을 수 있다. 그렇게 하자!" 겁쟁이 염소 말대로 힘을 합치니, 통나무를 거뜬히 올릴 수 있었다. 다들 자기 공을 떠벌였다. 태연스레, 겁쟁이 염소 왈, "너희들 말이 맞아. 너희가 힘을 합치지 않았다면 우리가 어찌 저 무거운 통나무를 올릴 수 있었겠나?"

옛 어른들은 '사리事理의 깨달음'을 무척 중시했다.

"사리를, 어떤 사람은 나면서부터 깨닫는다. 어떤 사람은 배워서부터 깨닫는다. 어떤 사람은 노력해서부터 깨닫는다."고 했다. 하지만 어떻게 해서든 '사리를 깨닫게 된다.'는 건, 결과적으로 '안다'는 점에선 매한가지다. 그러니, 타고난 게 없는 우리는 애써 배우고 노력하는 길밖엔 별다른 방법이 없지 않는가?" 따라서 중요한 건, 누구든 배우고 노력하면 다 똑똑하고 훌륭해진다는 이치理致다. 배우고 노력하면 다 같이 똑똑하고 훌륭해질 수 있다는 게 얼마나 매력적인가. 희망을 갖지 않을 수 없는 까닭이 바로 여기에 있다.

사슴이 뿔과 다리의 신체적 조화를 깨닫고 염소가 힘셈과 나약함의 기능적 조화를 깨닫는다. 사슴, 염소처럼 신체적 조화, 기능적 조화를 깨닫는다는 게 얼마나 소중한 일인가? 그렇다. 쉬운 일도 해봐야 어려움을 알게 되고 어려운 일도 해봐야 쉽다는 걸 알게 된다. 그러니 쉬운 일을 얕볼 것도 아니고 어려운 일을 포기할 것도 아니다. 그래서 누구든 많이 알고 깨닫는다는 게 참으로 중요한 문제다.

현수야, 테니스도 배운다고? 네 엄마한테서 들었다. 할아버진 또 놀랐다. 까닭은 능력도 능력이지만 뭐든 배우고자 하는 너의 강인한 의지력 때문이다. 벌써 세 번째 레슨을 받았다면서? 그래, 잘했다. 할아버지도 해봐서 알지만 처음 배울 땐, '기초基礎'가 참으로 중요하다. 기초가 제대로 잡히지 않으면 제대로 힘을 쏟을 수가 없게 된단다. 힘을 제대로 쏟을 수 있어야 기술을 향상시킬 수 있지 않겠니?

할아버진 편지 쓰면서, 네가 일 년 동안 얼마나 성장成長했을까를 곰곰 생각한다. 한 살을 더 먹었잖니? 때로는 몸집, 기능, 의지를 그려보곤 한다. 네 성장과정은 너 스스로가 엮어내는 너만의 보람이요 발전이다. 결국 네 노력 여하如何에 따라 체력, 능력, 정신력의 조화를 일궈갈 수 있다. 현수야, 그날그날의 깨달음을 신나게 누리도록 애쓰자꾸나.

오늘은 여기서 줄인다. 현수야, 잘 있어라. 안녕!

외국어능력이 곧 실력이요, 능력이다

5월 하순인데 낮 기온이 벌써 불볕더위다. 34도를 오르내린다. 오후, 막내 손자한테 전화했다. 징징거리는 소리가 들려온다. 후덥지근한 날씨 탓인가 보다. 밭곡식도 걱정이다. 정원 오른쪽, 채마전 푸성귀들이 몹시 힘겨워 한다. 잎이 시들시들하다. 물을 흥건히 줬다. 고추, 상추, 쑥갓, 치커리, 토마토들이 금방 씽씽해진다.

인심 탓일까? 요즘은 하늘도 굉장히 냉정하다는 생각이다. 지진, 태풍, 폭우, 가뭄, 이상기온, 세계 곳곳에서 들 난리들이지 뭐냐? 아무래도 근심 없이 산다는 건 힘들지 않나 싶다. 더구나 가족들이 다들 멀리 살다 보니까 지구촌 여기저기서 일이 터졌다 하면 마음이 덜컥덜컥 내려앉곤 한다. 그래도 늘, 할아버지 소망은 손자들이 뜻을 갖고 공부 잘하는 거다.

'젊어서 고생은 사서라도 한다.'는 말이 있다. 사서라도 고생할 거라면 어떤 일들일까? 좀 더 일찍이 사서라도 고생했더라면 얼마나 좋았을까 하는 일들이, 할아버지에겐 한두 가지가 아니다. 이를테면 일본어, 중국어를 안 해둔 게 제일 후회막급이다. 이번에 다시 백두산 관광을 위해 대련, 단동, 여순, 통화, 연변 등지를 여행하려고 한다. 그런데, 또 졸졸 따라 다니기만 하다 돌아오게 생겼으니 이 얼마나 재미없는 노릇이냐?

현수야, 이참에 우리나라 초대 대통령 이승만 박사 영어 실력 얘기 좀 할까? 이승만李承晩은 1875년~1965년 인물이다. 여섯 살에 『천자문』을 떼고 과거를 준비하다 구한말, 열아홉 살 때 배재학당에 입학한다. 신학문을 접하면서 그는 '영어' 실력 향상에 전력을 기울인다. 일 년 반 만에 배재학당 영어교사로 발탁됐을 정도다. 삼 년 뒤엔, 아펜젤러 교장, 미국 공사 등 600여 귀빈이 모인 졸업식장에서 '한국의 독립'이란 제목으로 영어 연설까지 해 큰 박수갈채를 받는다.

스물두 살에 '독립협회' 및 '독립신문' 창간에 가담하고 '황국협회'와 맞서다 7년간 옥고도 치른다. 1904년 스물아홉 살 때, 비밀리에 고종황제 밀서密書를 갖고 미국으로 건너가 루즈벨트 대통령에게 전달한다. 그 뒤, 이승만은 '조지워싱턴'대, '하버드'대, '프린스턴'대에서 5년 동안, 학사·석사·박사 학위까지 차례로 받는다. 그의 학구열정은 역시 탁월한 영어 실력이 뒷받침되지 않고서는 도저히 상상조차 못할 일이다.

"1904년 12월 6일. 오후 3시, 샌프란시스코 하선下船. 더블베드가 있는 방은 1박 50센트, 식사는 제일 싼 것이 10센트." "1933년 9월 12일. 덴버에서 자동차를 수리하느라 경비를 많이 써, 휘발유 값도 없다. 덴버를 떠난 뒤로 하루 종일 굶었다. 나이 든 여인숙 주인과 방값을 놓고 흥정을 벌였다."

1944년까지 미국, 유럽, 중국을 무대로 독립운동하면서 그때그때 일들을 적어 논 영문일기 얘기다. 지금까지 공개되지 않았던 이 일기를 연세대 '이승만연구원'이 완역해서 곧 출간한다는 소식이다. 나라를 잃고 이역만리 타국에서 벌인 독립운동의 고된 일상이 낱낱이 담겨져 있다니, 당시 목숨을 건국지사들의 활동이 보지 않았어도 눈에 어른댄다.

허기야 지금도 유학하기가 힘든 건 마찬가지겠지만 옛날이야 더 말해 뭣 하겠니? 그런데도 그토록 그 큰 어려움들을 이겨내고 구국救國의 발판까지 마련토록 애쓴, 당시 지사志士들의 면면面面을 보면 정말 머리 숙여 경의敬意를 표하지 않을 수 없다. 그렇다. 큰 각오가 있지 않고서는 공부나 구국이 어찌 쉽다 하겠니? 큰 인물들을 보면 사실은 거의가 다 배움의 어려움을 이겨내고 그 학구 열정들을 구국일념으로까지 승화시켜 산 사람들이다.

현수야, 너도 외국어에 대한 능력만큼은 최대한 키워야 좋지 싶다. 영어로 일기, 편지, 다른 글들도 막 쓸 수 있도록 실력을 높였으면 한다. 이승만은 1941년 66세 때, 『일본의 가면을 벗긴다(Japan Inside Out)』를 미국에서 출간했다. 군국주의軍國主義의 야심을 조목조목 진단하고 머지않아 일본이 미국을 공격할 것이라는 예언까지 서슴지 않았다. 이 책 서평을 쓴 이는 『대지大地』로 노벨문학상을 탄 펄S.벅(Pearl Sydenstricker Buck, 1892~1973) 여사다. 그녀는 '이 책은 무서운 책이다. 모든 미국인이 읽어봐야 한다'고까지 밝혔다.

요즘은 UN 사무총장 '반기문(潘基文, 1944~)'이 매우 부럽다. 명실 공히 국제적으로도 잘 통하는 그의 외국어실력이 샘날 정도다. 세상엔 못 오를 태산泰山이 없다. 못 건널 바다大河도 없다. 문제는 뜻을 갖고 즐겁게 노력하는 거다. 많이 읽고 쓰고 듣고 얘기해 봐라. 좀 더 크면 외국어 능력이 곧 실력이요, 외국어 실력이 곧 능력임을 알게 될 거다. 알게 되면 좋아하게 되고 좋아하게 되면 즐기게도 된다. 실력 향상을 스스로 즐길 수만 있다면 뭇사람들로부터 온통 샘날 정도의 부러움을 한 몸에 받게 될 것이다.

할아버진 이제 지금까지의 네 능력, 네 실력을 인정한다. 하지만 네 엄마나 아빠도 네 능력, 네 실력을 인정하는지는 잘 모르겠다. 그건 네가 직접 물어 보렴. 그리고 뜻을 키워라. 잘 있어라. 현수야, 안녕!

한자 학습, 학습 효과의 극대화의 길

현수야, 너 네 살 때, 한자漢字를 공부하던 모습이 생생하구나. 할아버지가 일상생활 대화對話 속에 나타나는 한자 낱말들을 골라, 붓으로 습자지習字紙에 정자正字로 일일이 썼었다. 습자지 한 장에 보통 72자를 적는다. 너에게 한 자 한 자씩 음音과 훈(訓: 뜻)을 일러줘 익히도록 했다. 이를테면 '天地' '하늘 (천), 땅 (지)' '東海' '동쪽 (동), 바다 (해)' '西山' '서쪽(서), 뫼(산)' '水石' '물(수), 돌(석)' 하고 말이다.

할아버지가 놀라서 입이 딱 벌어져 몇 번이고 말 못했던 거, 너 기억하지? 습자지 넉 장이면 한자 288자가 들어간다. 그 글자들의 음音과 훈訓을 익히는데 정말 며칠밖에 안 걸렸다. 한 번은 한 주일인가를 공부하고 나서 만두 할머니 댁宅으로 가, 보란 듯이 놀라게 해 드렸다는 것도 생각난다. 그때, 그렇게 익혀서 700여 자까지 종잘거리며 잘도 따라했었다. 집중력이 대단한 편이었다. 『마법천자문』 실력은 지금도 여전하겠지? 참으로 잊을 수 없는 추억追憶이다.

오늘 그 추억을 떠올리니, 새삼스럽게도 안타까운 마음이 든다. 만약에 미국에 안 가고 지금도 할아버지 가까이 있다면 한자漢字 공부의 진도進度가 꽤나 많이 나가 있지 않을까 하는 아쉬움 때문이다. 미국에서도 꾸준히 국어를 학습學習하고 있으니까 하는 말인데, 사실 한국 교육의 가장 큰 문제는 '한자를 제대로 가르치지 않는 데'에서 비롯되고 있다.

무슨 과목이든 새로운 낱말들을 대할 때, 무슨 뜻인지 알지 못하면 외국어처럼 무조건 외울 수밖에 없게 돼 있다. 마치 영어 단어 외듯, 한자어 낱말도 외워야 하니 공부가 자연히 어렵고 싫어질 수밖에. '우리말사전'에 수록된 어휘 중, 70퍼센트 이상이 한자어 낱말이다. 그 중 전문용어만 따진다면 90퍼센트 이상이 한자어다.

한자 학습 전문가의 말을 빌리면 참 재미있다. "과학시간에 선생님이 '파충류는 뱀, 양서류는 개구리'라고 가르친다. 학생들은 그 한자어가 왜 그리 된 뜻인지도 모르고 그냥 밑줄쳐가며 외운단다." 그런데 한자를 가르치며 '파충류爬蟲類'는 '땅을 기어 다니는(파爬) 벌레(충蟲)같은 무리(류類)', '양서류兩棲類'는 '땅과 물 양兩쪽에서 다 살(서棲) 수 있는 무리(류類)'라고 일러주면 학생들은 무릎을 탁 친다는 얘기다.

무슨 과목이든 새로 나온 한자어는 그 한자의 의미를 알고만 나면 무조건 쉬워진다는 뜻이다. 그 말이 무슨 뜻이고 왜 그런지 속 시원하게 깨쳐지기 때문이다. '해일海溢'이란 말을 다시 보자. 국어사전엔, '바다 속의 지각변동이나 해상의 기상변화에 의해 바닷물이 갑자기 크게 일어나 육지로 넘쳐 오는 일'이라고 장황하게 설명되어 있다. 하지만 이 말이 '바다 해海' '넘칠 일溢'이라고 의미를 일깨워 '바닷물(해海)이 넘침(일溢)'이라는 뜻으로 일러주면 함박웃음을 짓는단다.

어려서부터 이렇게 한글과 한자교육이 자연스레 이뤄지면 얼마나 좋을까? 한자가 어려워 아이들에게는 무리라고? 천만에 그렇지 않다. 한자가 무리라면 한글도 매한가지다. 처음 배운다는 건 역시 무엇이든 어려운 일이다. 어렵기 때문에 아이들도 노력의 투자는 필수적이다. 노력을 기울여 글자를 익히게 하면 금방 재미있어 한다. 왜일까? 그만큼 소통의 기미氣味를 은근히 깨쳐가기 때문이다. 배움과 기쁨은 떼려야 뗄 수 없는 관계가 아닌가.

우리 어문학계의 엇갈린 고집이 결국 학교교육의 백년대계에 크나큰 혼란만 가중시키는 꼴이 아닌가 걱정이 아닐 수 없다. 이젠 연구를 위한 연구 고집은 접어야 할 때도 되었다. 한글전용이냐, 국한문혼용이냐 장단점이 밝혀질 만큼 밝혀진 이상, 계속 각자의 고집만으로 평행선을 달리는 건 곧 역사문화의식의 정체성만을 자초하려는 어리석음이나 다름없기 때문이다.

소리를 나타내는 표음문자表音文字 한글과 의미를 나타내는 표의문자表意文字 한자漢字는 우리 어문생활의 양 날개다. 양 날개의 문자혼용은 우리 어문교육의 특성상 필요불가결의 숙명적 요구가 아닐 수 없다. 그런데 한자 교육의 경시 때문에 어문교육의 어려움이 커진다면 더 이상 한자문맹漢字文盲에 대한 개탄만 하고 있을 계제階梯가 아니다. 아이들이 재미있게 배울 수 있는 교육 방법을 개발해 시급히 한자를 가르치는 것만이 학생들 학습효과를 극대화시킬 수 있는 최선의 길일 것이다.

현수야, 왜 한자를 익혀야 좋을까? 대답은 아주 간단하다. 익히기만 하면 "말하기, 듣기, 읽기, 쓰기"가 아주 수월해지기 때문이다. 특히나 앞으로 학문을 깊이 하는 데는 더 말할 것도 없다. 네가 이 정답을 깊이 이해할 수만 있다면 미국에서 너의 영어 실력도 날로 달로 발전(일취월장日就月將)할 수 있을 것이다. 발전하는 까닭을 엄마 아빠와 얘기 나눠 보렴. 그러면 재미가 훨씬 더 쏠쏠할 것이다. 오늘은 이만 줄인다.

잘 있어라. 현수야, 안녕!

3장

삶에는 나름의 기술이 필요한 거란다

부지런함과 게으름의 판단

'동지冬至' 절기가 지나면 '소한小寒' '대한大寒' 절기가 뒤를 잇는다. '동지'는 겨울이 왔다는 뜻이다. '소한'은 본격적인 추위가 시작된다는 뜻이다. 그리고 '대한'은 가장 추운 때'라는 뜻이다. 바로 내일이 1월 21일, 가장 춥다는 '대한' 절기다. 지금까지 통보된 기상예보론 앞으로는 큰 추위는 없을 것이라 예상했다. 그런데 웬걸, 갑자기 오늘 기온이 영하 15도로 뚝 떨어졌지 뭐냐. 체감온도는 영하 25도란다.

아침에 늦잠을 잤다. 7시가 돼서야 눈이 뜨였다. 평소보다 두어 시간 이상 늦어졌다. 전기밥솥 코드를 꽂고 할머니를 깨웠다. 할머니도 놀란다. 우리 생활에서 게으름은 질색이기 때문이다. 기온의 급강하가 핑계다. 결국 강추위를 게으름의 핑계로 삼자는 암묵적인 심사였지 뭐냐. "아휴 추워! 춥다. 되게 추워!" 눈치 보며, 서로 이불 속으로 파고들었다가 그만 깊은 잠에 깜빡 빠졌던 탓이다.

새해를 맞으면서 네 할머니와 함께 다짐한 게 있었다. "나이 들수록 더 부지런히 생활합시다.” 하고 말이다. 건강을 위해서다. 그 새해 다짐이 엊그제 일인 듯싶은데, 작심삼일作心三日도 유분수有分數지, 그새 벌써 게으름이 도진 셈이다. 실은 새해 다짐이 너무 빨리 무너지고 마니, 허탈감이 이만저만 큰 게 아니다. 어찌 그리 새해 다짐을 잊을 수가 있나? 나이 값도 못하나 싶어 경거망동에 대한 가책苛責이 더 크게 가슴을 짓눌러 온다. 어른 노릇을 빌미삼아 손자 녀석들로부터도 새해 다짐을 받았던 터였는데 어렵사리, 우리 스스로가 이젠 자식들의 힐책詰責을 자초한 꼴이 됐으니 마음이 무거워지는구나.

노후 죄책감이 이토록 후회막급後悔莫及일 줄은 미처 몰랐다. 새해 아침 다짐을 그토록 쉽게 져버리다니, 그렇다고 그 잘못을 우리 부부가 서로 떠넘기며 감정까지 상할 수는 없는 노릇 아닌가? 부부의 자중지난自中之亂은 금기사항이다. 더구나 게으름엔 말이 필요 없다. 필요한 건 오직 다짐에 대한 실행뿐. 다짐과 실행의 일치 즉 언행일치言行一致가 가장 바람직한 생활 본보기다.

성실한 삶은 언행일치로부터 이뤄진다. 성실하고 부지런한 삶이란? 이를테면 일찍 일어나기, 청소하기, 신문 읽기, 시간 맞춰 식사하기, 할 일 열심히 하기, 여가선용, 생활반성, 토론하기 등등이다. 살아가면서 부지런함보다 더 바람직한 생활지침이 뭐겠니? 게으름은 빨리 빨리 떨쳐버리지 않으면 안 되는 까닭이 여기에 있다. 단언컨대, 조령모개朝令暮改 식의 나쁜 습관을 모른 체 생활화시켜 가면 바람직한 삶의 즐거움이나 성취감은 결코 누릴 수 없다.

할아버지, 할머니는 평생토록 신문구독을 즐겼다. 그런데 귀촌하면서 석 달 동안이나 묵은 신문을 얻어다 읽을 수밖에 없었다. 여주지국으로부터 배달이 안 됐기 때문이다. 백방으로 수소문한 끝에 결국, 인접 경계인 홍천 지국으로부터 배달이 가능하다는 연락을 받았다. 배달 시간은 새벽 세 시 반 전후. 비가 오나 눈이 오나, 덥거나 춥거나를 막론하고 배달시간이 한결같다. 고맙기 이를 데 없다. 벌써 구독한 지 4년 7개월째다. 배달 시간쯤엔 어김없이 눈이 뜨인다. 너무 좋은 습관이다. 새까맣게 이른 새벽, 조간신문을 손에 들 수 있었으니 말이다. 부지런한 삶은 보람이 크다. 70여 호 마을에서, 다들 깊은 잠 속에 빠져 있을 때 매일매일 세상 소식들을 우리 부부만 먼저 깨어 접한다는 자부심도 마음을 한껏 부풀게 한다.

그런데 신문구독의 보람, 자부심도 아랑곳없이 지난 연말 느닷없이 배달 두절杜絶 통보가 닥쳤다. 홍천 지국장이 건강상의 이유를 들어, 본사에다 신문지국을 반납시켰다는 소식이다. 새로운 인수자가 나타나지 않는 한, 신문 배달은 더 이상 책임질 수 없겠단다. 어쩔 수 없는 사정이니 부디 양해를 해달란다. 며칠 뒤, 여주지국으로부터 연락이 왔다. 직접 배달은 어렵고 우편배달만큼은 책임지겠다는 소식이다.

배달 시간이 정오쯤 된다니까 이해해주면 고맙겠단다. 신문구독에 대한 어려운 사정을 할머니와 나눴다. 요는 배달 시간이 좀 늦더라도 계속 구독하느냐 마느냐 하는 결정 문제 때문이다. 결론은 당연히 구독 쪽이다. 그동안 새벽 신문은 우리 두 사람에게 더 없이 좋은 친구였다. 따지고 보면 노후, 그 같은 신문 친구를 가까이 한다는 건 매달 여러 권의 책을 읽는 거나 다름없는, 구독량에 해당하는 셈이다.

시골에선, 늘그막에 신문보다 더 좋은 읽을거리는 그리 쉽지 않다. 할머니인들 왜 모르겠니? 신문구독에 대한 나의 머뭇거림을 무 자르듯, 단칼로 잘라내는 할머니의 속내를 보면, 할아버지인들 어찌 반기지 않을 수 있으랴? 스티브 잡스의 조언助言이 생각난다. '늘 주려 있으라. 늘 우직하게 살아라(Stay hungry. Stay foolish).' 신문을 읽고 싶은 마음이 여기에 있다.

읽고 배운다는 건 바로 부지런한 삶이다. '부지런함'과 '게으름', 공부할 명제는 너무나 '명약관화(明若觀火: 불 보듯 빤함)하다. 평생 부지런히 힘쓸 일이다.

꾸준함이 삶의 무기다

겨울에서 봄으로 바뀌어가는 춘분春分 절기다. 밤 길이가 짧아지고 낮 길이가 길어지면 따뜻해진다. 계절이 바뀌는 건 자연의 순리다. 우주의 질서는 어김이 없다. 자강불식自彊不息, 쉬지 않고 스스로 굳세게 활동한다.

온기溫氣의 근원은 햇빛이다. 햇빛이 없다면 만물은 소생蘇生할 수 없다. 우리가 몸을 움직일 수 있는 것도 햇빛 에너지 덕분이다. 환자에게 의사가 권한다. 시간 나는 대로 햇볕 쐬며 땀 흘리라고. 건강 유지에 운동보다 더 좋은 비결이 없단다. 하지만 운동도 양과 시간 조절이 필요하다. 갑자기 과격해지면 건강에 무리가 온다. 운동 양과 시간은 점차 늘려가는 게 좋겠지?

봄볕을 쬐고 싶구나. 열 살 때 추억이 떠오른다.

"내가 놀던 정든 시골 길 소달구지 덜컹대던 길~~~"

노래 '시골길'(노래 임성훈)이 떠오른다. 고향마을, 논밭 길, 길천吉川물가, 백사장, 갈대밭, 하천둑길이 바로 어린 시절 놀이터다. 달리고 공차고 소, 풀 뜯기고 물고기 잡고 멱 감고 노래하며 땀 쏟던 터전이다.

이미 64년 세월이 흘렀다. 그래도 햇살은 그 때의 그 햇살이다. 가슴이 뛴다. 마음이 설렌다. 온몸으로 땀 쏟던 달리기 때문이다. 누가 시켜서 한 것도 아니다. 내가 좋아서 뛰고 나를 이기기 위해서 달렸다. 내 운동 감각의 기초도 달리기로부터다. 지금도 각종 스포츠 선수들의 발 빠른 경기를 보면, 마치 내가 뛰듯, 숨차고 가슴이 뛴다.

음악, 미술 분야인들 왜 아니 그렇겠냐? 어렸을 적 접한 예술적 소양은 소중하다. 나이 들수록 아쉽게만 여겨지는 감각들이다. 할아버지의 어린 시절은 고난시대였다. 예술적 감각들은 엄두도 못 냈다. 미술, 음악 시간도 아예 없었다. 너무너무 속상하다. 중, 고 교직생활 십여 년이 그나마 다행이다.

현수야, 네 아빠가 할아버지한테 그랬다. '오래달리기' 대회에서 네가 금메달 땄다고. 첼로, 피아노 연습도 꾸준히 해, 일등 했다고. 네 소식 들으면 할아버진 너무너무 신난다. 넌 내 손자야. 너 대리만족代理滿足이란 말 알지? 모두 다 네가 잘 해내니까 너무 좋다. 거기다가 꾸준하니까 너무 기쁘다.

좋아서 잘 해내는 건 능력이다. 능력을 갖추기 위해 노력하는 건 경쟁競爭이다. 단, 경쟁은 선의善意의 경쟁이어야 한다. 공부하는데, 활력을 불어넣는 키Key로 경쟁만한 게 또 있겠니? 어디, 오래달리기나 첼로 피아노 분야뿐이겠냐? 경쟁할 건 엄청 많다. 기초체력이나 예술 감각은 즐겁고 행복한 삶의 필수요건들이다. 그러나 지나친 욕심은 금물이다. 과유불급過猶不及, 지나침은 미치지 못함과 같다.

너는 나이가 이제 십대다. 십대는 왕성한 성장기다. 그런데도 치열한 경쟁을 요하는 시기다. 어쩌면 십대 성장기가 가장 고달프고 괴로운 바쁜 시기가 아니겠냐 싶다. 육체적으로도 그렇고 정신적으로도 그렇다. 그만큼 선의善意로 경쟁할 일이 많기 때문이다. 그래도 누구나가 거치고 이겨내야 할 과정 아니더냐?

하지만, 하나도 어렵다거나 힘들어 할 것 없다. 네 기초적인 능력과 꾸준한 노력이 곧 믿음직한 무기 아니겠니? 그 무기들이 네 십대 생활을 무난히 꾸려갈 수 있도록 힘을 실어줄 것이다. 그날그날 할 일들을 즐거운 마음으로 해가면 된다. 어느 한쪽으로 치우칠 것도 없고 어느 한쪽으로 빠져들 것도 없다. 모자람과 넘침을 절제하면서 잘잘못을 반성하고 바로잡아갈 수 있으면 아무 걱정 없다.

오늘도 너에게 편지 쓰면서 할아버진 많은 걸 배운다. 현수야, 고맙다. 잘 있어라. 안녕!

세상에 '노력' 없이 이루어지는 건 아무 것도 없다

현수야, 잘 있었니? 너, 요즘 더 컸지? 십대가 되면 쑥쑥 큰단다. 육체적으로도 잘 자라지만, 정신적으로는 더 잘 자라는 때거든. 계절로 따지면 넌, 봄과 여름에 해당하는 거야. 사방 여기 저기, 치솟는 풀싹들을 봐라. 어제, 여기는 봄비가 왔다. 봄비의 혀가 파란 싹에 불을 지른 듯, 새싹들이 짐승처럼 잘들 올라오는구나. 금년엔 벚꽃도 예년보다 두 주일 정도나 빨리 피었단다. 3월 개화開花는 98년만이란다.

농구는 할 만하니? 힘 안 들어? 할아버지도 해봐서 알지만, 보통 힘드는 운동이 아니다. 하여튼, 현수야 무리는 하지마라. 무리한다는 건 다른 게 아니라, 힘에 부치는 과욕過慾을 얘기하는 거다. 자기 체력에 맞춰 최선을 다하면 된다. 프로와 아마추어는 다르잖니? 허기야, 다르다 하더라도 팀플레이를 잘하려면 그래도 많은 '노력'을 기울여야 하겠지. 문제는 바로 거기에 있다. '체력과 노력의 상관관계'를 아는 것. 모든 배움에는 남다른 '노력'이 있어야 하고 남다른 노력은 그 노력을 뒷받침할 '체력'이 따라야 한다. 노력에 체력이 보태지면 능력이 향상되겠지.

십대는 호기심이 강할 때다. 강한 호기심은 중요하다. 가고플 곳도 많고 놀고플 때도 많다. 즐길 놀이도 많고 하고플 운동도 많다. 의욕이 왕성한 탓이다. 그렇다고, 다 가보고 다 놀아보고 다 즐겨보고 다 해낼 수 있다면 얼마나 좋겠냐? 가능할까? 그건 어디까지나 희망사항이다. 단, 자기 계획과 능력을 잘 설정하고 추진해간다면 걱정 없다. 거기에 필요한 '노력' '체력'을 끌어낼 수 있을 테니까.

요즘은 어느 나라건, 상술商術을 통한 호기심 유발이 매우 저돌적이다. 아주 과격하고 자극적이기도 하다. 그래서 애들이, 잘잘못을 판단할 겨를 없이, 호기심 유발에 빠져들기 쉽다. 시간에 쫓기게도 되고 혹은 잘못된 길로 접어들게도 된다. 좋다, 나쁘다 따질 줄만 안다면 얼마나 좋을까? 대개는 따지기도 전에, 유혹에 빠져, 나 몰라라 하면서 헤어나기 쉽지 않다. 빠지고 보면 시간낭비도 속수무책이다. 전자기기 작동으로 인한 게임중독 같은 게 좋은 예일 거다.

현수, 넌 그래도 절제를 아주 잘하는 편이다. 누구 때문이겠니? 할아버지가 너뿐만 아니라, 네 아빠, 엄마를 믿고 사랑하는 까닭도 바로 너의 절제력 때문이다. 사실, 빠지면 안 될 일에 빠져서 시간 낭비하는 건 딱 질색이거든. 시간낭비에 빠지면 진짜 머리 쓰길 싫어하게 된다. 책 멀리하고 노는 일만 자꾸 하고 싶어 해봐라. 안 배워도 될 일만 골라 하게 되겠지. 노는 게 습관이 되면 정말 구제불능이 된다. 나쁜 습관도 제2의 천성이니까.

누구나 재능은 있다. 그러나 숨은 재능 즉, 타고난 재능일수록 당근이 필요하다. 당근은 끈질긴 노력의 채찍이다. 어렸을 땐, 흔히 선부른 재주를 자랑한다. 별 노력 없이도 너무 잘 한다고, 다들 곁에서 추켜세운다.

그래서 애들이 노력 같은 건 '그까짓 것' 하고 우습게 여긴다. 이를테면, 남 애가 한 달 걸리는 곡을 내 애가 보름 만에 해치운다 치자. 그럼 가르치는 이도, 재능이 뛰어나다 싶어 다음 단계로 곧장 넘긴다. 다음 단계도 역시 남 애보다 절반 만에 해치운다. 그렇게 되면 또 잘했다고 그대로 다음 단계로 넘긴다.

그쯤 되면, 그 애가 '노력'의 중요성을 알 턱이 있을까? 남다른 노력이 왜 중요하고 필요한지도 알지 못한 채, 잘한다고 쉽고 빠르게만 해간다 치면 앞으로 정작 더 어렵고 힘든 일도 잘 해낼 수 있을까? 끈질긴 '노력'이 인간 형성에 필요불가결한 요소라면, 당근 없는 재능이 어찌 빛을 낼 수 있을까? 똑똑한 사람은, 쉽고 편하고 달콤한 일만 선호選好하지 않는다. 아무리 어렵고 힘들어도 해야 할 일, 보람 있는 일을 열심히 찾고 꾸준히 노력한다.

이제 너는 앞으로 네가 하고자 하는 일에 많은 '노력'을 기울여야 한다. 농구도 힘든 노력이 필요하다. 음악이나 미술도 다를 바 없다. 연구, 발명, 창작들도 다 한 가지이다. 세상에 '노력' 없이 이루어지는 건 아무것도 없다. 노력이 성공의 어머니란 말은 누구에게나 유효하다. '노력' '체력'의 상관관계와 그 중요성을 얘기한 까닭도 바로 여기에 있다.

훌륭한 사람이 되려면 역시 해야 할 일, 보람 있는 일을 가려서 해야 한다. 너한테 편지 쓰는 일이 할아버지한텐 해야 할 일이요, 보람 있는 일이다. 눈 침침, 귀 먹먹해도, 적당히 운동하면서 책 읽고 글 쓰고 서예書藝를 할 거다. 사랑하는 손자 때문에 훌륭한 할아버지가 되고 싶구나.

사랑한다. 현수야, 잘 있어라. 안녕!

부지런함은 삶의 근본이다

아차, 몇 시지? 눈 뜨고 벽시계를 봤다. 벌써 아침 여덟 시가 넘었다. 늦잠을 잔 것이다. 방 안이 놀랄 만큼 환하다. 완전 대낮이다. 내가 이러면 안 되는데. 옷을 입는데도 자책감自責感이 든다. 침구 정돈에도 죄책감罪責感이 든다. 뜻하지 않게 벌어진 늦잠 실수라도 그 실수를 쉽게 용납할 수 없다.

생활방식은 사람마다 다르다. 일터나 일하는 시간이 다르면 어쩔 수 없다. 그래서 자기 방식대로 살게 마련인가 보다. 자기 방식대로 오래 살다보면 삶의 틀이 짜이고 생활의 리듬이 마련된다. 각자 좋아하는 생활 규칙이 만들어지는 것도 이 때문이다. 그러나 부지런한 삶의 근본은 누구나 같다.

내 경우도 내 방식대로 부지런히 살려고 애쓴다. 저녁 열 시 이전에 잠을 청한다. 새벽 다섯 시경이면 눈이 뜨인다. 오래도록 지녀온 내 생활 방식이다. 이젠 이상할 정도로 시간 맞춰 졸음이 오고 눈이 뜨인다. 나름대로 옳다고 여겨 체질화된 탓이다. 수면 시간은 다른 사람과 비슷하다. 자고 깨는 시차時差가 남과 다를 뿐이다.

그런데 오늘따라 내가 느닷없이 늦잠에 빠졌다. 사실은 있어선 안 될 늦잠이다. 늦잠 잘, 이렇다 할 이유도 전혀 없다. 지극히 정상적인 생활이었으니까. 그럼에도 불구하고 일어날 시간에서, 세 시간 가까이 더 잔다는 건, 정말 이해가 안 간다. 후회스럽기 짝이 없다. 어떻게 삶의 틀과 리듬이 그렇게 바뀔 수 있을까? 의지가 약한 것도 유분수지. 아무리 생각해도 내가 나의 늦잠을 용납할 수 없다. 내 오랜 삶의 틀을 무너뜨린 큰 실수이기 때문이다. 이런 실수가 앞으로 자주 있게 된다면 할아버지 인생이 어찌 되겠니?

실수의 원인은 '게으름'이다. '게으름'. 이것이 바로 오늘 실수의 큰 원인이다. 혹시, 자기 실수에 관대하다면 달리 생각할 수도 있을 거다. "늦잠 좀 잔 걸 가지고 뭐가 그리 큰 문제 된다고 그토록 좀스럽게 부산을 떠나? 남에게 폐될 일도 아닌데." 하고. 물론 남의 일이니까 그렇게 쉽게 말하겠지 라고 이해할 수도 있다.

그러나 나는 내 스스로에게 한 치도 너그러울 수 없다. 오늘 내 생활은 한마디로 엉망진창이다. 생활의 규칙적인 틀이 모두 무너져버렸다. 하루 톱니바퀴가 제대로 돌아갈 리 없다. 아침 운동도 빼먹고 세 끼 식사도 늦춰졌다. 신문 읽기도 건너뛰고 정원 정리, 나무심기도 미뤄졌다. 독서, 서예 의욕도 없어졌다. 더구나 오늘은 사랑하는 손자에게 편지 쓸 엄두도 못 냈으니 더 말해 뭣하겠니? 결국 하루의 리듬이 완전히 틀어지고 만 셈이다.

'게으름'과 '부지런함'은 무섭도록 대조적이다. '부지런함'은 규칙적인 생활을 원만하게 이끄는 성정性情이요, '게으름'은 규칙적인 생활을 파탄破綻으로 이끄는 성정이다. 한 번 실수가 큰일을 망칠 수 있다는 말은 곧 한 번의 게으름도 예외가 될 수 없다는 말과 같다. 생활을 파탄으로 이끄는 게으름의 결과를 어찌 개인적인 일로만 국한시킬 수 있겠는가? 나아가 집안일, 회사일, 국가대사까지도 파탄으로 이끌 수 있다는 걱정 역시 내내 한 가지가 아니겠는가?

나는 늘, 규칙적인 삶의 틀과 리듬을 중시한다. 평생 학교에 몸담았던 탓도 있다. 그러나 더 근본적인 까닭은 어려서부터 몸에 익힌 생활습관 덕분이다. 일찍 자고 일찍 일어나는 건, 바로 내 생활 리듬의 보루인 셈이다. 계획적인 삶은 곧 규칙적으로 시작된다. 아침에 일어나 계획 세우고 그 계획을 추진, 점검, 확인해가는 과정으로 일관한다. 일과를 매듭짓고 매듭지은 그 결과를 반성함으로써 하루생활이 마무리된다. 그날 쓸거리를 찾아 일기장에 기록해두면 더할 나위 없이 좋다.

계획적인 생활이 부지런한 삶 아닐까? 일찍 일어나 일과를 짜고 추진하고 점검하고 확인, 반성하는 생활이 결국 부지런한 삶이라는 게 나의 지론持論이요 삶의 철학哲學이다. 그날그날 일기를 쓰면서 즐겁다, 행복하다, 뿌듯하다, 욕심난다, 보람차다, 상상력, 창의력, 발명, 슬기, 의욕과 같은 동기유발들이 어떤 삶의 결과이겠는가?

현수야, 게으른 삶과 부지런한 삶 가운데 어떤 삶이 좋을까? 그 구별은 어렵지 않다. 중요한 문제는 바로 '실천實踐'이다. 할아버지가 한국에서나 미국에서 너와 생활할 때, 늘 일찍 일어나려고 애썼지? 물론 잠자리에 드는 시간은 일정하기가 쉽지 않다. 그러나 일어나는 시간은 거의 같다. 이게 바로 부지런한 삶의 잣대다. 일찍 일어날수록 더더욱 부지런해지니까. 우주 만물의 운행運行도 부지런한 우리의 삶과 조금도 다를 바 없다.

오늘 할아버지의 늦잠 실수는 후회막급後悔莫及이었다. 늦잠에 대한 자책감, 죄책감을 엄마 아빠와 함께 토론해 보렴.

부지런하고 재미있게 일찍 자고 일어나자.

현수야, 안녕!

성실한 삶이란 서로 믿고 사랑을 베푸는 삶이다

시골생활 한 지 5년째다. 나이 탓일까? 빠른 느낌이다. 행랑채가 너무 낡아, 헐어내고 마당엔 잔디를 깔았다. 뜰 앞으론 영산홍, 국화, 장미, 소나무, 보리수, 구절초, 모과나무를 심었다. 잔디밭 양쪽으론 배, 감, 사과, 앵두, 매실, 살구, 복숭아 등 유실수有實樹를 심고 사이사이엔 벚꽃, 목련, 은행나무도 심었다. 뒷담은 측백나무로 울타리를 둘렀다.

올 봄은 철이 이르다. 4월 초순인데 벌써 꽃나무 가지마다 흐드러지게 핀 꽃잎이 다닥다닥 붙어있다. 잔디 꽃도 정원 오른쪽 두어 평을 불타 듯 달구고 있다. 꽃 잔치가 마치 한 폭 그림 같다. 거기엔 민들레도 봄 색깔을 한껏 보태고 복숭아, 배꽃도 봄 향내를 한껏 거든다. 벌 나비 꽃 잔치는 이제 어디서나 한창이다.

그런데, 한 가지 예상치 못한 일이 터졌다. 지난해 심은 라일락나무 한 그루가 영영 잎과 꽃이 피어나질 않는 것이다. 긴 겨울 모진추위를 견딜 수 없었나보다. 집 앞이 너무 썰렁했던 탓일까? 그래도 그렇지, 서울서 사다가 귀촌歸村 기념으로 심은 나무인데. 그 정성을 생각해서라도 목숨을 부지할 일이지, 어쩜 그렇게 아무 미련도 없이 포기할 수 있었단 말인가? 야속하기 짝이 없다.

20여 년 전 일이다. 서울 집을 신축하기 전, 앞뜰 마당에 라일락 한 그루가 있었다. 거실 창문을 가릴 정도로 몸집이 좋았었다. 청명(淸明: 4월 5일)이 지나고 곡우(穀雨: 4월 20일)가 가까워오면 연분홍 꽃망울을 일시에 터뜨렸다. 향내가 온 집안을 가득 메워 진동했다. 라일락 향내는 봄꽃들 중 압권壓卷이다. 지금도 그때 그 짙은 꽃향기를 잊을 수가 없다.

그런 추억과 기대 속에서 사다 심은 나무인데, 채 일 년도 못살고 목숨을 버렸다. 때론 척박한 땅을, 때론 부족한 거름을 탓하기도 했다. 때론 나의 돌봄이 부족했나 싶어 마음 아파하기도 했다. 특히나, 유실수 관리 문제가 라일락 나무에 대한 기대를 더더욱 부추겼다. 과수果樹 관리는 보통 어려운 게 아니다. 벌레가 열매를 파먹는 건 말할 것도 없고 아예 나무 밑동부터 갉아먹으며 파고든다. 그러면 과실나무 자체가 볼썽사납게 된다. 그렇다고 농약을 마구 쳐댈 수도 없는 노릇이다. 농약을 칠 바엔 열매는 다 포기하고 꽃만 감상하는 게 훨씬 복 받을 일 아닌가? 그토록 과수 관리가 어렵다 보니, 라일락 꽃 향기가 더더욱 그리워질 수밖에.

식목일이 엊그제 지난 탓으로 당장 집을 나섰다. 산림조합 나무시장을 묻고 찾아, 라일락 묘목을 사고, 대추나무 한 그루도 간 김에 더 샀다. 대추나무는 아직 한 폭도 울안에 심지 않은 탓도 있었지만 그보다도 묘목을 보는 순간, 읽었던 시詩 한편이 떠올라 함께 사게 됐다. "저게 저절로 붉어질 리는 없다~"라고 읊은 시인 장석주의 '대추 한 알'이 생각이 난 것이다.

라일락은 현관 앞 가운데 쪽으로, 대추나무는 라일락 오른쪽 옆으로 자리를 마련했다. 이번엔 땅을 깊게 팠다. 물과 거름도 듬뿍듬뿍 안겨줬다. 흙을 꾹꾹 밟고 누르면서 온 정성을 쏟았다. 묘목은 아직 어린 존재들이다. 이 어린 묘목들에게 내가 뭘 어떻게 해줘야 잘 클까? 묘목을 심으면서 이 어린 것들이 가장 필요로 하는 게 무엇인가를 끝없이 고민하게 된다.

시선을 돌려보면 사람도 마찬가지다. 인간은 무엇으로 살까? 인간이 완전한 존재라면 어떻게 될까? 서로가 사랑을 베풀면서 불만 없이 잘 살까? 아니면, 기어코 제 욕심만 더 챙기면서 이기적으로 살까? 성실하게 살지 않으면 만물은 존재할 수 없다고 했다(불성무물不誠無物). 『중용中庸』이라는 책에 나오는 말이다. 성실한 삶은 서로 믿고 서로 사랑을 베푸는 삶이다. 선善과 덕德을 베푸는 삶이 성실한 삶이다. 베푸는 까닭은 역시 완전치 못하기 때문이다.

왜, 사람이 나무에게 사랑을 베풀면 나무가 더 잘 자랄까? 왜, 나무가 사람에게 사랑을 베풀면 사람이 더 행복할까? 공생共生의 원리이다. 자연과 인간의 공생이 바로 천인합일天人合一의 경지가 아니겠는가?

현수야, 라일락과 대추나무를 심고 나서, 할아버지가 나무에게 사랑한다고 뽀뽀를 해줬다. 잘 크라고. 씩씩하게 잘 크라고 할아버지가 너에게 뽀뽀해주는 것과 하나도 다를 바 없다. 우리 모두가 사랑과 덕을 베풀면서 성실하게 살면 어찌 너나 나무의 행복에만 그치겠냐? 그 대상을 한번 넓혀서 상상해 보렴. 물아일체物我一體, 즉 자연과 네가 바로 한 몸이니까.

내년, 후년, 아니면 그 후년 봄쯤이면 라일락 향기에 취할 수 있겠지. 또 가을쯤이면 대추 속에 숨어든 태풍, 천둥, 벼락, 무서리, 땡볕, 초승달까지도 느낄 수 있겠지. 봄, 가을바람과 함께 속삭일, 그 라일락의 추억과 짙은 향기, 그리고 그 대추 속 신비神秘의 맛까지 떠올리니, 벌써부터 잠을 설칠 것만 같구나.

할아버진 설렘 속 기다림이 마냥 행복하다. 그 기다림 속 설렘을 너와 함께 늘 나눌 거야. 알았지?

현수야, 잘 있어라. 안녕!

열심히 노력하는 삶에는 샛길이 없다

할아버지가 너에게 가끔 물었었다. "공부하는데 요즘, 뭐 어려운건 없느냐?"고. 실은 너 6학년 되고선 궁금했었다. 저低 학년보다는 배우는 양이나 배우는 질이 훨씬 많고 높아졌을 테니까. 하지만 너는 늘 어려운 게 없다고 대답했었다. 그러다가 지난번 전화에선 처음으로 어려운 게 많다고 네 입으로 털어놨다. 그때, 할아버지는 놀랐고 기뻤다.

현수가 이젠 많이 컸구나! 하는 생각 때문이었다. 마음이 놓이더구나. 그 동안 할아버진 현수 네가 너무 여리고 약하게만 커가고 있는 게 아닐까 해서 걱정했었다. 여리고 약하게만 자라는 아이들을 많이 봐 온 터다. 그런 애들은 대부분 모르는 거 없이 다들 잘 안다고 한다. 또 힘든 것도 없이 다들 쉽다고 한다. 생각해 봐라. 그렇다면? 잘 알고 쉬운 것들만 골라 공부한다는 얘기가 아니겠니? 결국 엄청난 반문反問에 반문이 이어질 수밖에 없다.

공부한다는 건 모르는 걸 찾고 힘든 걸 찾아 열심히 풀어가려고 노력하는 과정過程이다. 게다가 노력할수록 더 힘들어지는 게 공부라는 거다. 그러니 여리고 약하게만 자라는 아이들이 그 힘든 공부를 제대로 해낼 수가 있겠니? 가끔 할아버지가 네 친구나 아니면 선생님께 모르는 걸 잘 질문質問하라고 권했던 까닭도 그 때문이다. 흔히들 남과 달리 힘든 자신을 받아들이기 어려워하고 늘 평범한 사람들 속으로 들어가 편하게만 지내고 싶어 하기 때문에 힘들게 공부하기를 꺼려들 한다.

그러나 창의적으로 공부하는 아이는 평소 생활을 통해, 늘 새로운 마음으로 힘들게 배워가는 자세를 중시한다. 기존의 상식이나 공부하는 방법 또는 질서의식이나 생활관습 등 모두가 창의적인 배움의 대상들이다. '어떻게 공부해야 앞으로 더 발전적이고 효과적일까.' 같은 의문들을 종종 가져보는 태도가 바람직하다. 흔히들 창의력은 선천적인 재능으로만 여기곤 한다. 하지만 지금은 후천적으로도 얼마든지 창의력을 훈련할 수 있고 또 그런 환경을 조성하기 위해 교육적으로도 많이 노력하는 추세다.

'콜럼버스'에 대한 상식 얘기 하나 할까? 크리스토퍼 콜럼버스(Christopher Columbus, 1441~1508) 위인전 작가는 '워싱턴 어빙(Washington Irving, 1783~1859)'이다. 어빙은, 콜럼버스의 모험, 개척정신을 강조하기 위해 전기를 쓰면서(1828년) '지구가 둥글다'라는 사실을 맨 처음 주창한 인물도 바로 콜럼버스라고 창작했다. 그러니까 문제는 "'지구가 둥글다'라는 지리적 사실을 최초로 주창한 인물이 콜럼버스다."라고 창작된 내용이 지금까지 계속, 전해져 내려와 하나의 '상식'으로 굳어졌다는 점이다.

그러나 이런 사실이 '잘못된 상식'이라면 바로잡혀져야 되지 않겠는가? '잘못된 상식'에 대한 핵심은 바로 콜럼버스가 지구가 평평하다고 믿고 항해를 시작한 게 아니라 그 당시 유럽인들은 이미 '지구가 둥글다'라는 사실을 벌써부터 널리 알고 있었다는 얘기다. 그 근거는 콜럼버스가, 이탈리아의 지리학자 파올로 달 포초 토스카넬리(Paolo dal Pozzo Toscanelli, 1397~1482)6)와의 서신을 통해 '지구가 둥글다'는 사실을, 항해 이전에 이미 확신하고 탐험을 시작했다는 것이다.

이 같은 잘못된 상식들을 알게 되면 지금까지 당연하다고 믿었던 많은 이론들이나 역사적 사실들에 대한 내용들도 "정말일까? 왜 그럴까? 믿어도 될까?" 같은 질문들을 한 번쯤 다시 던져볼 수밖에 없는 입장이 되고 만다. 따지고 보면, 우리가 '알고 있는 것'들은 사실 아주 미미하다. 우리가 '할 수 있는 일'들도 아주 미미하다. '미지의 세계' '미완의 일'들은 참으로 넓고 참으로 많다. 그 때문에 자기가 하고 싶은 공부, 마음 끌리는 일들을 스스로 찾아 열심히 노력하고 연구해가게 마련 아니겠는가.

"현수야, 테니스 실력이 많이 늘었지?" "하하, 할아버지도 문제없이 이길 수 있어요." 너와 얘기를 하다보면 할아버진 덩달아 신이 난다. 신나게 운동하는 모습이 눈에 선하게 잡혀오기 때문이다. 그렇다. 계속하면 실력이 는다. 실력이 늘수록 점점 더 힘들어지는 것도 알게 될 것이다.

---

6) 파올로 달 포초 토스카넬리(Paolo dal Pozzo Toscanelli, 1397~1482)는 이탈리아 수학자, 천문학자, 천지학자이다. 토스카넬리는 의사인 도메니코 토스카넬리의 아들로 피렌체에서 태어났다. 파도바 대학교에서 수학을 배운 뒤, 1424년 의학 박사 학위를 받았다. 토스카넬리는 혜성에 대한 관찰과 그 궤도의 계산에 공을 들인 것으로 알려져 있다. 그 중 하나는 1456년의 핼리 혜성이다. 토스카넬리는 포르투갈의 리스본 궁정에 지도와 서한을 보내, 향료 제도를 향해 서쪽으로 항해하는 계획안을 기술했다. 이 서한과 지도의 사본은 크리스토퍼 콜럼버스에게 보내져 콜럼버스의 첫 번째 신세계 항해 때 함께 가져갔다. 토스카넬리는 지구의 크기를 잘못 계산하여 결과적으로 콜럼버스는 자신이 신세계를 발견한 것을 알지 못하게 되었다.

어찌 운동뿐이겠냐? 만사萬事가 다 그렇다. 모든 일이 다 힘들다는 걸 알면 마음의 흔들림이 적다. 열심히 노력하는 삶에는 샛길이 없기 때문이다.

공부든 운동이든 예술이든 앞으로 어떤 난관들이 닥쳐올지는 아무도 예측할 수 없다. 그 때문에 우리는 늘 조심해야 한다. 항상 감사感謝하는 마음을 갖고 최선을 다하는 거다. 교만驕慢하고 잘난 척하는 아이들을 보면 대개가 실패하고 만다. 교만한 아이들은 다리가 한 개뿐인 의자에 앉아 있는 것과 같다고나 할까. 흔들흔들하다가 결국엔 자빠지고 만다. 그러나 겸손하고 감사할 줄 아는 아이는 절대 자빠지지 않는다. 역시 겸손히 노력할 수밖에 없는 까닭이 여기에 있다.

영화 '엑스 맨'에 이런 대화가 있다. 잔당들이 몰려와 내일 할 일을 걱정할 때, 자비에르가 말한다. "날씨는 항상 변하기 마련이다." 다음 날을 보고는 "글쎄 오늘은 그렇게 나쁘지 않겠군." 하고는 소신껏 추진해간다는 얘기다. 사시사철, 별별 날씨가 다 있다. 날씨조차 예측이란 쉽지 않다. 공부도 그렇다. 힘든 것도, 어려운 것도 많을 수밖에. 그러나 힘들고 어려울수록 공부하는 재미도 보람도 더 크고 많다. 자기 자신을 믿고 열심히 노력하고 또 노력할 일이다. 오늘은 여기서 맺는다.

잘 있어라. 현수야, 안녕!

부지런한 삶의 즐거움

4월, 완연한 봄이다. 낮 기온이 20도를 웃돈다. 배, 모과, 라일락 나무가 꽃망울을 부쩍 부쩍 터뜨린다. 눈이 부시다. 남쪽부터 시작해 북쪽으로 번지는 벚꽃 축제도 곳곳마다 벌써 한창이다. 바쁜 건 꽃만이 아니다. 자연自然만물이 다 바쁘다. 바쁜 삶이 정상 아니겠니? 축제로 바쁘고 봄맞이 일으로 바쁘고 나들이로 바쁘다.

"약동躍動의 계절, 만물이 생기를 띠면 내 마음 뛰나니, 나 젊어서 그러했고 나이 든 지금도 그러하거늘 나 더 늙어서도 그러할지어다. 봄은 싱그러움의 계절, 원願하노니 내 생애生涯 하루하루가 평생토록 경건한 마음으로 이어질지어다." 윌리엄 워즈워스(William Wordsworth, 1770~1850)의 '무지개'를 변용變容시켜 떠올렸다.

마음 뛰는 봄날, 그끄제는 마을 노인들을 모시고 온종일 봄철 관광을 즐겼다. 그제 어제 이틀 동안은 집 안팎 봄맞이 청소 때문에 많은 땀을 흘렸다. 오늘은 손자에게 부칠 편지 때문에 또 바쁘구나. 그끄제 노인들 관광지는 강원도 영월, 충북 단양이었다. 영월엘 가면 꼭 들르는 곳 '청령포'가 있다. '단종(端宗, 1441~1457)' 유배지流配地다. 슬픈 사연의 사적지다. 단종은 열두 살 나이에 왕위에 올랐다. 그런데 숙부 수양首陽이 측근들과 결탁해 충신이었던 황보인(皇甫仁, ?~1453), 김종서(金宗瑞, 1390~1453), 사육신死六臣들을 암살 혹은 참형하고 왕위를 찬탈했다. 어린 단종은 결국 청령포로 추방돼, 사약賜藥을 받는다.

점심은 '김삿갓 송어회집'에서 즐겼다. 송어양식장과 오리사육장을 직영하는 업소다. 싱싱한 활어회와 오리훈제가 일미다. 송어매운탕과 오리매운탕도 식욕을 돋운다. 34명 노인들이 술과 오찬을 신나게 즐겼다. 마침 손님이 우리뿐이라, 분위기 조성은 우리 마음대로다. 술기운이 거나해졌다. 할아버지가 일어나 노래 한 곡을 선사하겠다니까 우레 같은 박수가 터졌다. 가수 박인희의 '모닥불'을 불렀다. 분위기가 금방 무르익는다. 재청을 거절할 수가 없었다. 이은상의 '가고파'를 선사했다. 가사가 좀 길다. 그래도 끝까지 부르는 할아버지 모습에 다들 넋을 잃듯 신나했다.

오찬 후에는 소백산 계곡으로 들어가 높이 세워진 '천태종' 기념관을 돌아봤다. 꼭 종합대학 본관 같이 설계된 6층 건물이다. 그 큰 건물 3층엔 절반은 천태종 『묘법연화경』 전문全文을 쓴 서예 병풍을, 또 절반은 대·중·소형 불화佛畵 백여 점을 전시했다. 게슴츠레한 눈빛을 보이던 노인들께서 전시장엘 들어서더니 금방 밝은 모습으로 변하더구나. 관람객들 모두가 크게 놀라는 눈빛이었다. 그만큼 전시된 작품들이 거창하고 웅장雄壯한 때문이다.

다음은 '온달溫達'공원으로 향했다. '온달'은 『삼국사기』에 나오는 전설적인 인물이다. 6세기 후반, 고구려인이다. 집안이 찢어지게 가난했다. 하지만 효성이 지극했다. 부모를 봉양키 위해 늘 구걸 다녔다. 남루한 옷차림에다 용모容貌마저 괴상해, 다들 '바보 온달'로 불렀다. 당시, '평원왕(平原王, 재위: 559~590)'에겐 딸이 있었다. '평강공주平岡公主'다. 그런데 고집불통의 울보였다. 임금이 화날 때마다 야단쳤다. "그렇게 울어대면 넌 '바보 온달'한테나 시집보낼 거다" 하고. 드디어 성혼成婚의 나이로 자랐다, 공주는 부왕父王이 약속한 대로 바보 온달한테 시집가겠노라고 막무가내로 떼를 썼다. 부왕이 암만 달래도 말을 듣지 않았다. 그러자 공주를 궁궐 밖으로 내쫓아 버렸다.

궁궐에서 쫓겨난 공주는 즉시 파발擺撥을 놓아 온달을 찾게 했다. 온달을 만나자, 공주는 자초지종을 털어놓고 으르고 달래고 사정해 결국 부부의 연을 맺는다. 그리고는 몸에 지녔던 보물들을 팔아 주택, 몸종, 가재, 논밭, 가축들을 사들이고 온달에겐 특별히 최고로 야윈 말을 사서 기르도록 했다. 그 야윈 말은 곧 준마駿馬가 된다. 준마를 타며 열심히 무술을 연마한 온달은 얼마 안가 천하제일의 장수로 성장한다. 그 뒤, 왕이 주최하는 무술대회 때마다 제일인자로 뽑힌다. 거기다 부마(駙馬: 임금의 사위) 신분까지 밝혀지고 혁혁赫赫한 전공戰功마저 세우게 되니 드디어 대형(大兄: 9등급의 관계官階 중 제5품관)이라는 벼슬에도 오른다. 공주가 훌륭할까? 온달이 훌륭할까? 아니다. 사실은 두 사람이 만나 하나된 웅지雄志와 노력努力이 훨씬 더 값지다는 얘기다. 귀로歸路엔 단양의 도담삼봉島潭三峰, 충주호의 청풍명월淸風明月까지 서둘러 소풍逍風했다.

긴 겨울 찌들었던 으스스함을 화창한 봄볕으로 씻어낼 수 있고 보니 머릿속이 다 맑고 시원하다. 이젠 집 안팎 봄맞이 대청소 때문에 바쁘다. 낫, 톱, 삽, 호미, 갈퀴를 동원해, 뒷담과 정원수들을 베고 파고 긁고 메우고 자르고 모으는데 힘이 부치는구나. 그래도 봄맞이 일손은 서두를 수밖에. 긁어모은 것들을 비 오기 전, 말끔히 태워야 한다. 그리고 한식寒食 성묘, 산소 정리, 공덕비功德碑 주변 청소, 식목일 묘목 심기 등도 모두 서두를 일들이다.

사계절 중, 봄은 가장 바쁜 계절이다. 연중 새로운 시작이기 때문이다. 사람도 그렇다. 젊은 시절이 가장 바쁘다. 바쁘다는 건, 그만큼 때맞춰 할 일이 많다는 얘기다. 오죽하면 주경야독(晝耕夜讀: 낮엔 일, 밤엔 공부)까지 강조했을까. 낮엔 땀 흘려 일해야 하지만 밤엔 땀 흘려 공부해야 한다는 얘기다. 때맞춰 해야 할 일을 게을리 하면 역시 뒤쳐질 수밖에 없지 않겠는가?

품위는 각자의 몫, 잣대는 소통능력이다

봄이 깊어진다. 꽃향기가 짙다. 배, 사과, 복숭아꽃이 지더니 영산홍이 제철이다. 진홍색이 압권이다. 붉은 꽃잎이 참 곱다. 화사한 꽃잎에 정이 끌린다. 그윽한 꽃잎, 송이송이 영산홍도 되고 라일락도 되어본다. 착각인들 어떠랴. 생명이 꽃이듯, 꽃이 생명이듯, 나 또한 붉은 꽃, 흰 꽃이 아니던가. 풍성한 꽃들, 꽃들과 소통하니 마음 한결 넉넉해지는구나.

전에 읽었던 『노년의 풍경』(김미영 외 지음, 글항아리, 2014)이 생각난다. 핵심 내용은 옛 노인의 삶과 지혜다. 눈길을 끈 건 단연 농암 이현보(聾巖 李賢輔, 1467~1555) 선생이다. 벼슬을 내려놓고 낙향하자 임금이 계속 복직을 청한다. 그러나 농암은 꿈쩍 않고 사직을 고수한다. 그리곤, 산수자연을 즐기며 어부가를 읊는다.

"근심 걱정 없으니 어부 생활 최고로다.
일엽편주一葉扁舟를 만경파萬頃波에 띄어 두고

인간 세상 다 잊었거늘 날 가는 줄 어찌 알랴."

욕심 없이 산 삶이다. 여든여덟 살까지 살았다. 당시 평균 수명은 서른다섯 살이던 시대다. 자연과의 소통이 부럽다. 퇴계 이황(退溪 李滉, 1501~1570) 선생은 농암을 두고 노선(老仙: 늙은 신선)이라고까지 추켰다.

실학자, 성호 이익(星湖 李瀷, 1681~1763) 선생은 여든 중반까지 살았다. 기름진 주지육림酒池肉林 대신, 소찬素餐을 즐겨 평생 생활한 걸 장수비결로 들었다. 말년엔 몇 십 년 전 일은 기억해도 눈앞 일은 깜빡깜빡 잊는다고 웃었다. 그러면서도 눈앞 거슬림은 참질 못했다. 젊은이들이 부모를 업신여기고 노인들을 경멸한다고까지 탄식했다. 실학적 가르침 역시 남달랐던 셈이다.

지금은 참 살기 좋아졌다. 수명도 백 살 장수 시대다. 노인복지도 활발하다. 그럴수록, 어른다운 어른이 아쉬워지는 세상이다. 어른다운 어른노릇하기가 어디 그리 쉬운가? 농암 선생처럼 임금의 부름도 마다하고 그렇게 허심탄회虛心坦懷하게 살 수 있을까? 성호 선생처럼 진수성찬珍羞盛饌을 멀리하고 소찬素饌을 즐기며 그렇게 검소히 살 수 있을까? 쉬운 일이 아니다. 어른답게 살기 어려운 까닭이 여기에 있지 싶다.

욕심 내려놓기가 얼마나 어려운가? 귀촌한 지 4년째다. 선후배 노인들과 정을 나눈다. 다들 걱정이 이만저만 큰 게 아니다. 자식 걱정, 건강 걱정, 돈 걱정, 걱정들이 태산이다. 걱정이 클수록 소통 또한 힘들다. 다들 독불장군獨不將軍 같이 걱정으로 살아가는 셈이다. 허기야 마을서도 그런데 도시선들 왜 안 그렇겠나? 역시 위, 아래 소통이 쉽지 않다.

사욕私慾 앞에선 공익公益과 사익私益도 구별이 버겁다. 왜냐고? 다

지나친 욕심 때문이다. 덕德, 법法에 의존하면 얼마나들 좋을까. 욕심들만 내다보니 공짜들만 고집한다. 소통이 절벽이니 고집불통일밖에. 병중 큰 병이다. 땅덩이가 좁고 자원이 모자란 탓일까? 아니다. 스스로 품위를 잃어가는 탓이다. 자존심도 없어지지 싶다. 제대로 어른노릇 못하는 탓에 공분公憤마저 사라지는 세상이다. 어른노릇 둔화가 걱정되는 까닭이다.

가난한 대통령 얘기 하나 들까. 주인공은 우루과이 대통령 '호세 무하카(José Alberto Mujica Cordano, 1935~)'다. 2009년 대통령 당선, 2015년 임기를 마쳤다. 1987년식 승용차 한 대가 그의 총 재산이다. 월급 90퍼센트를 기부하고, 대통령궁을 모두 노숙자에게 개방했던 그다. 퇴임 후, 허름한 농가에서 월 80만 원으로 다달이 살고 있다.

세상에서 가장 가난한 대통령이라고 불러줄 때마다 '호세 무하카'는 대답한다. "나는 가난하지 않다. 인생을 검소하게 살 뿐이다. 많은 것을 소유하는데 시간을 낭비하고 싶지 않다. 심플하게 살고 싶다. 사람이 사는 데는 그다지 많은 것이 필요치 않다." 한 나라 대통령이었건만, 직업은 '농부'로 일관한다. 외곽 허름한 농가에서 몸소 농사지으며 살고 있기 때문이란다.

전직 대통령으로서 어쩌면 그리 살 수 있을까? 단언컨대, 사욕 없는 소통의 달인達人이 아닐 수 없다. "인생은 짧다. 우리는 행복하기 위해 지구에 산다. 이 세상에 생명보다 더 소중한 건 없다." 2년 전, 유엔총회 때 행한 그의 연설이다.

지금 내 앞에서 꽃들이 웃고 있다. '호세 무하카'에게 묻고 싶다. "꽃 생명도 소중할까?" 그의 힘찬 대답이 들려오지 싶다. "소중할 수밖에. 생명체는 모두가 하나도 다를 바 없다"고. 꽃들이 대답한다. "꽃 생명生命

은 짧다. 우리도 행복하기 위해 지구에서 산다. 세상에 생명보다 더 소중한 것은 존재치 않는다."라고. 느낌의 소통이야말로 얼마나 값진 삶일까?

품위品位는 각자의 몫이다. 잣대는 소통능력이다. 나이를 먹어도 공부를 게을리 할 수 없는 까닭이다. 영산홍도 되고 라일락도 될 수 있는 느낌의 소통, 그 소통능력은 곧 자기 노력일 수밖에 없다. 현수야, 즐겁게 소통하며 값지게 노력하자. 행복의 비결은 늘 곁에 있다. 오늘은 여기서 줄인다.

현수야, 잘 있어라. 안녕!

경청과 몰입은 훌륭한 사람의 기본 태도

다들, 훌륭한 사람 똑똑한 사람이 되려고 애쓴다. 공부하고 유학하는 것도 까닭이 다 훌륭한 사람 되려는데 있지 않겠냐? 그렇다면 똑똑한 사람으로 성장해 가는 덴 어떤 태도가 필요한 걸까? 물론 사람마다 생각하는 기준은 다 다를 거다. 할아버지 경우는 열심히 남의 목소리에 귀 기울이고 몰입할 줄 아는 태도다. 그러니까 훌륭한 이의 인격을 존중하고 덕德을 본받기 좋아하는 태도가 정말 훌륭한 사람 똑똑한 사람으로 커가는 데 필요한 요소가 되지 싶다.

현수야, 한국 역사상 누가 가장 뛰어난 임금일까. 너도 생각해 보면 알겠지만, 세종 임금을 꼽는 데는 별 이의가 없을 거다. 한글 창제뿐만 아니라 학문, 과학, 예술, 국방 등 각 분야를 두드러지게 발전시켰기 때문이다. 많은 이들이 질문을 던진다. 어떻게 세종 임금은 그토록 훌륭한 인재들을 곁에 두고 그 큰 업적들을 남길 수 있었는가 하고 말이다.

형·동생을 넘어서 임금이 된 세종 임금은 남다른 경청傾聽과 몰입 태도沒入態度를 지녔다. 그 누구보다도 더 애써 잘 배우려고 했다. 잘 배우려 하자니 더 잘 들어야만 했다. 잘 들으니 판단이 옳게 서고 판단이 옳게 서니, 해야 할 일에 몰입할 수 있었다. 심리학자들은 말한다. '몰입'은 "고도의 집중력을 갖고 자기가 하는 일을 충분히 즐기는 상태"라고. 이를테면 물아일체物我一體, 무아지경無我之境, 몰아경지沒我境地를 즐겼다는 얘기다.

한글 반포 후, 최만리(崔萬理, ?~1445)나 고약해(高若海, ?~?)의 반대 상소는 세종 임금의 경청, 몰입 태도를 입증하는 좋은 예이다. 훈민정음 반포 2개월 뒤, 최만리가 상소를 올린다. "이제 여럿의 의논도 듣지 않고 옛 사람이 이미 이뤄낸 운서韻書를 터무니없게 언문으로 짜 맞추고 공장장이 수십 명을 모아 인각印刻해서 급히 세상에 펴내셨으니, 후세의 공론이 어떻겠습니까?"

'고약해'는 사람 이름이다. "참 고약한 사람이로군!" 그가 임금으로부터 먹은 욕이다. 이 욕은 '고약해' 때문에 만들어진 말이란다. 세종 임금은 반기를 드는 신하를 모두 '고약해 같은 놈'이라고 했단다. 실록을 보면 고약해의 상소는 그 내용이 상당히 과격했단다. 심지어는 눈까지 부라리며 임금을 노려보는 행동까지 서슴지 않았다고 전한다. 거기다가 보란 듯이 휑하니 나가기도 했다는 거다.

세종 임금은 최만리나 고약해의 상소 때문에 화가 머리끝까지 치밀었겠지만 죄를 묻는 방식은 특이하게도 관대했다는 기록이다. 최만리는 상징적으로 하루 동안만 감옥에 가두고 다음 날 빼내 줬다. 그 뒤엔 청백리淸白吏로까지 선발했다. 고약해 역시 '고약한 놈'이라고까지 욕을 해줬지만, 나중엔 오히려 그를 '대사헌(大司憲: 사헌부의 장관, 정2품)'이라는 직책까지도 올려주었다. 왜일까? 까닭은 한 가지다. 신하들로 하여금 용기를 내 말문을 열도록 하고 또 신하들에게 말문을 틔워줘야 오히려 더 많은 진실을 '경청'할 수 있었기 때문이다.

평생 '몰입' 연구에 몰두한 미하이 칙센트미하이(Mihaly Csikszentmihalyi, 1934~2021)는 '몰입 조건' 세 가지를 제시한다. '명확한 목표 설정' '적절한 난이도 유지' '결과의 피드백(feedback) 확인'이 그것이다. 이런 조건으로 몰입하는 날은 유난히 신나고 즐겁단다. 이를테면 몇 시간 씩 읽고 쓰고 일을 많이 했는데도, 오히려 몸이 가뿐하고 피곤하지 않다는 거다. 도리어 가슴이 벅차고 느낌도 뿌듯하단다.

왜일까? 집중 탓이다. 몰입하면 주위에서 어떤 일이 벌어지는지 잘 인식하지도 못한다. 대표적인 건, 시간의 흐름이다. 한참을 몰입하다 보면 지금이 낮인지 밤인지, 4시간 아니면 5시간이 지났는지 모를 때가 많다. 이같이 몰입하고 나면 같은 일이라도 스트레스 덜 받고 오히려 결과에 대한 충만감, 행복감을 더 갖게 된다는 것이다.

세종 땐, 유독 창의적 인물人物이 많았다. 학문적으로는 성삼문(成三問, 1418~1456) 박팽년(朴彭年, 1417~1456) 같은 집현전 학사들, 관리로는 황희(黃喜, 1363~1452) 정승 같은 사람들, 국방으로는 대마도 여진족 정벌에 성공한 최윤덕(崔潤德, 1376~1445), 육진을 개척한 김종서(金宗瑞, 1383~1453) 같은 장군들, 과학으로는 이천(李蕆, 1376~1451) 장영실(蔣英實, ?~?), 음악으로는 박연(朴堧, 1378~1458) 같은 인재人材들이 나타나 뛰어난 업적을 수두룩하게 남겼다.

하늘은 어떻게 유독 세종 때에만 인재를 그토록 많이 모아낼 수 있었을까? 세종 임금의 위대함을 밝힐 수 있는 동인動因은 바로 여기에 있지 싶다. 훌륭하고 똑똑한 인재들로부터 남다른 '경청'과 '몰입'이 없었다면 과연 그러한 인적자원의 발굴이나 위대한 업적 수행이 가능했었을까?

현수야, "어떻게 공부해야 더 훌륭한 사람, 더 똑똑한 사람으로 성장해 갈 수 있을까?" 앞으로 더 깊이 생각해 갈 과제다. 오늘은 여기서 줄인다.

잘 있어라. 현수야, 안녕!

대화에는 진심의 교감이 제일이다

2월 달이다. 해가 퍽 길어졌다. 저녁 6시가 돼도 훤하다. 그러니 한낮 기온이 올라갈 수밖에. 입춘立春이다. 봄의 시작이다. 한겨울이 제아무리 춥다 한들 봄이 오지 않을 리 없다. 남쪽 어디선가, 매화나무 꽃망울 틔웠다는 소식이 분명 올 거다. 그러면 또 온갖 봄꽃 열기가 뜨거워지겠지.

요즘은 할아버지가 노인들과 얘기를 많이 나눈다. 시市 노인대학을 운영하는 입장이기 때문이다. 그런데 때로는 나보다 훨씬 더 연세 높은 분들이 앉아 계셔서, 퍽 조심스러워진다. 윗분들에겐 예를 갖춰 공손히 대할 수밖에 없다. 부드럽고 듣기 좋게 얘기 하려면 말의 성량도 내용도 가다듬지 않으면 안 된다.

말을 가다듬는다는 건 대화의 기술적 문제와는 별개다. 어디까지나 화자話者의 '태도' 즉, '말씨'와 관계되는 문제다. 언어가 문화라고 하는 까닭도 여기에 있다. 말씨가 고우면 문화가 우아하고 말씨가 사나우면 문화가 거칠다. 말씨가 난폭하면 어떤 결과가 올까? 목청 높여 말막음

센 사람들이 결국 흥겨운 자리를 망치는, 소통부재疏通不在의 난장판만 초래할 뿐이다.

말씨가 난폭하면 괜스레 짜증이 난다. 어이된 일인지, 난폭한 말씨는 듣는 이의 인격이나 교양 같은 건 아예 아랑곳없지 싶다. 조근 조근 설득시켜도 들어주질 않는다. 그러면서도 남의 말 자르기, 끼어들기, 가로채기, 목소리 높이기가 일쑤다. 마치 의외意外의 결과라도 끌어내려는 듯, 스스로의 억지만 과시하는 저만 잘났다는 멋대로의 태도가 너무나 마음을 아프게 한다.

대화에는 진심眞心의 교감交感이 제일이다. 진심이 결여된 대화는 시간만 낭비할 따름이다. 노인들과 문제를 논의하다 보면 아주, 쉽게 언쟁言爭이 인다. 언쟁이 일면, 곧 으름장이 오가고 분위기는 금방 싸움판 기세다. 그쯤 되면 논의의 초점은 원점으로 되돌려지고 만다. 사소한 생활 문제도 그런데 하물며 사회적 문제들이야 더 말해 무엇 하랴.

삶이 재밌게 들썩거리면 얼마나 좋을까? 사람 사이에 오가는 말이 얼마나 귀한 선물인지, 말을 왜 소중히 다루지 않으면 안 되는지, 상대방의 말을 왜 잘 들어줘야 하는지, 내 마음을 상대방에게 어떻게 전달해야 하는지, 그 근본적인 까닭들을 알고 깨달아 얘기 나눌 수 있다면 얼마나 값질까? 진심의 대화가 아쉬울수록 소통의 아쉬움 역시 클 수밖에 없다.

어려서부터 배움을 가장 소홀히 한 게 뭘까 하고 돌아보면 단언컨대 '말'이 아니었던가 싶다. '신언서판身言書判'이란 말을 배웠다. 옛날 참신한 인재人材를 선발하는 과정에서 인물 평가기준으로 삼았던 네 가지 조건이다. 신수, 말씨, 문필, 판단력이 그것이다. 옛 사람들도 말씨에 대한 노력이 제일 부족했던 게 아니었나 생각된다. 까닭은 당시에도 '말씨' 교육이 지금과 같이 그다지 중시되지 않았다는 것이다. 이를테면 '눌변

訥辯'을 중시한 게 그 좋은 예다.

현수야, 할아버지도 요즘 스트레스가 많은 편이다. 그건, 바로 다른 이들을 포용하는 나의 '태도' 때문이다. 쉽게 언성言聲이 격해지고 고집스러워지고 소통부재에다 내 생각만 옳다고 내뱉는 경우가 종종 있다. 다툼이 많아지는 게 그 증거다. 물론 성격 탓이다. 다른 사람 잘못하는 걸 그냥 못이기는 체하고 넘어가기가 정말 쉽지 않은 성격 말이다.

그들을 일깨울 방법은 없을까? 때론 고심한다. 어려운 문제다. 나 스스로가 스스로를 고치지 못하면서 남 걱정하는 것도 참 웃기는 일이다. 그렇지 않니? 현수야. 남 스승 되기를 좋아하는 게 사람들의 큰 병病이라고 옛 분들은 호통쳤다. 저 잘 났다고 누굴 가르치려 들다니? 말도 안된다. 그래서 얘긴데, 중요한 건 나이 들었다고 그러려니 하고만 말할 게 아니라 나이 먹을수록, 스스로 자꾸 더 배워야 한다는 생각이 드는구나. 어린 너야 왜 더 아니 그렇겠니? 그런 생각이 할아버지의 '진심'이란다.

현수야, 영어에도 분명 '말씨' 즉 '태도'가 있다. 특히 외국어는 많이 듣고 많이 떠들어야 한다. 머리로만 하는 게 아니다. 분명 몸으로도 익혀야 한다. 하지만 잘 떠들어도 중요한 건 역시 '진심'이다. '배우려는 진심'이 없으면 상대방을 움직일 수 없다. 어느 나라 말이건 다 같다. 자신감 갖고 씩씩하게 해라. 조금도 위축될 필요 없다. 어쩌면, 얼굴이 두껍도록 떠드는 게 좋을 수도 있다.

옛날 생각이 난다. G·I(미국인 병사)들과 얘기할 때 '발음이 느리다. 히어링이 부족하다' 등등 지적하면 입을 닫는 친구들이 꽤나 있었다. 그러나 내 경우는 그런 소리 들을 땐 더 떠들려고 했었다. 물론 발음이 유창하고 문법능력이 뛰어나면 좋겠으나, 다 완벽할 수는 없지 않는가? 재미있게 배우면, 모두 잘 해낼 수 있다는 것이 예나 지금이나 할아버지의 변함없는 소신이다.

다음에 또 얘기 나누자꾸나. 현수야, 잘 있어라. 안녕!

잘 묻는다는 건 소통의 지름길이다

현수야, 학교생활 재미있지? 숙제는 많지 않니? 요즘, 첼로나 피아노 실력도 많이 좋아졌을 걸? 참, 네 엄마 걷기운동 한다고 했지? 열심히 하시니?

어바인 생활이 새록새록 그리워지는구나. 할아버진 딱 아침 여섯 시만 되면 너의 집을 나섰었지. 71번가 보도步道를 두 바퀴 돈 뒤, 메추라기 언덕(Quail Hill)으로 올라 산등성이(Ridge)를 타고 힘차게 걸었다. 네가 다니는 오리나무숲(Alder Wood) 초등학교 정문을 지날 땐, 너 때문에 미소를 머금기도 했었지.

"여기가 바로, 내 손자가 유학하는 미국 학교야. 평생 공부할 배움의 기초를 닦는 곳. 좋은 추억들을 많이 쌓아야 할 텐데. 전학이 몇 번짼가? 서울서 몇 달 다니다가 LA로 옮겼지? LA에서 한 일 년 반 가까이 다녔나? 그리고는 또 어바인 학교로 전학했겠지? 그렇다면 세 번째가 아닌가? 어린 게 적응해가는 데 얼마나 힘들었을까?"

만나기 전엔, 마음이 편할 수 없었다. 그런데, 거기 가서 내 두 눈으로 확인하고 나니까, 걱정이 싹 가셨다. 손자가 전학의 어려움을 잘 이겨내고 있었기 때문이다. 어린 시절 추억은 오래 간다. 그 추억들 중, 어느 한 가지인들 쉽게 잊을 수 있으랴? 단언컨대, 쉽게 잊을 수 있는 건 하나도 없다.

학교에선, 스티븐슨 선생님이나 학우들과 얘기 많이 나누니? 할아버지가 말했었지? 묻기를 잘하라고. 잘 사귀고 잘 묻고 잘 가르쳐 주라고. 차별 없이 잘 어울릴 수 있는, 원만한 품성을 기르는 덴 잘 묻고 잘 답하고 잘 듣는 것보다 더 좋은 방법이 없거든. 네게 절실한 소통疎通을 생각해 보렴. 영어 실력이 하루이틀에 갖춰질 수 있다면 얼마나 좋겠니? 끙끙 앓다가 물어서 알게 되면 속이 다 후련해진단다.

나는 네가 겸손하고 용기 있는 소년으로 커가길 바란다. 그 때문에 질문도 잘 했으면 한다. 잘 어울리고 잘 놀 줄도 알아야 한다. 할아버지가 어바인 너의 집에서 가곡 부르던 모습 생각나니? 잘 부르디? 너와 함께 다니면서 지껄이던 브로큰 잉글리쉬를 떠올리면 웃음 나오지? 그뿐이 아니다. 아리조나주, 유타주, 네바다주로 돌아다닐 때도 할아버진, 꽤나 떠들어댔다. 영어가 통하면 통할수록 너무나 즐거웠기 때문이다. 잘 모르면서도 혼자 암만 빼기고 난척하고 젠체 해봐야 소용없다. 배우려고 애쓰면 애쓴 만큼 보람 또한 크지 않겠니? 아는 것이 힘이다. 아는 게 많을수록 용기 있는 자가 된단다.

묻는다고 선생님이나 학우들이 싫어할까? 그렇지 않다. 더구나 묻는 넌 어린 학생 아니냐? 거기다 유학생이다. 어린 유학생이 모르는 걸 진심으로 알고자 묻는다면, 답을 알면서까지 대답해주지 않을 사람, 이 세상엔 아무도 없을 게다. 하물며 너를 잘 아는 선생님이나 학우들에 있어서라?

"선생님, 잘 알겠습니다. 고맙습니다."

"대단히 고마워, 넌 참 좋은 친구야."

선생님께 인사 올릴 수 있고 학우에게 시새움 없이 묻고 답할 수 있는 겸손과 용기가 있다면 얼마나 좋겠니? 누구와도 원만하게 잘 어울릴 수만 있다면 학교생활이 신날 수밖에.

언어 장벽과 현실 안주 너머의 삶을 살자꾸나

미국 인구에, 2퍼센트도 안 되는 유대계 미국인이 노벨상 수상자의 3분의 1을 차지한다. 그 이유는 뭘까? 가난한 중국계 미국인 자녀들이 학업 성취도가 높다. 그 이유는 뭘까? 이 흥미 있는 질문에 대한 답이 궁금했다. 그 답을 중국계 미국인 에이미 추아(Amy Lynn Chua, 1962~?, 예일대 교수)가 유대계, 중국계 등 8개 민족 집단의 성공 요인을 분석해서, 책『트리플 패키지』를 펴냈다.

미국에서 월등히 성공한 민족 집단들을 표준으로, 그들 성과를 분석한 내용이다. 성공요인은 세 가지다. '우월감優越感' '불안감不安感' '절제력節制力'이다. 결국 이 세 가지 패턴이 상호 견제牽制와 균형均衡을 유지할 때 성공 확률이 높단다. 세 가지 중, 어느 하나가 지배적이면 문제가 생긴단다. 이를테면 우월감이 지나치거나 또는 불안감이 크게 나타날 때 절제력이 따르지 않는다면 성공을 기대할 수 없다는 것이다.

특히 강조하는 것은 현실에 안주하지 않고 항상 미래를 향해 정진한다는 점이다. 물론 현실에 만족하며 즐기고 싶어 하는 게 인지상정人之常情이다. 하지만 앞으로 더 높이 무언가를 성취하기 위해선 현재를 희생하지 않으면 안 된다는 것이다. 이는 개인이나 기업이나 국가도 마찬가지란다. 표준대상 8개 집단은 모두 문화적, 민족적 자부심이 강한 반면, 미국 주류사회에 속하지 못한다는 불안감도 강하다. 그런 약점들을 극복하지 못하고서야, 아웃사이더인 마이너리티가 어찌 미국 사회에서 성공할 수 있겠냐는 반문反問이다.

한국계系 미국인은 '트리플 패키지' 사례로선 완벽하지만 표준대상에선 빠졌다. 한국계의 성공률이 8개 집단 성공률보다 평균 이하라는 게 그 이유다. 한국계 미국인은 학교성적도 우수하다. 수천 년 일궈온 문화유산도 찬란하다. '우수한 민족이다'라는 '우월감'도 크다. 외세의 침략, 일제의 치하를 거치며 '불안감'도 이겨냈다. 근면한 민족으로의 긍지도 높다. '절제력'도 그만큼 강하다.

그런데도 한국계의 성공률이 평균이하인 까닭은 뭘까? 추아 교수는 크게 '언어장벽言語障壁과 현실안주現實安住'를 꼽는다. 아무리 똑똑하더라도 언어장벽을 극복하지 못하면 미국에선 제대로 된 일자리조차 구하기 어렵단다. 그리고 더 큰 성공을 위해선 현실안주가 가장 큰 장애요소일 뿐이란다. 울림이 클 수밖에 없다.

그의 초등학교 4학년 때 일화가 재미있다. 자기 반에서 자기가 유일한 아시아계系 여학생이었다. 같은 반 남자애들이 자기의 영어 발음을 흉내 내며 놀렸다. 중국식 억양이 그대로 묻어났기 때문이다. 울면서 엄마에게 일러바쳤다. 엄마가 오히려 화를 냈다. "왜 바보 같은 남자애들 때문에 우냐? 우린 중국에서 왔다. 중국은 세계에서 가장 오래된 문명을 가진 자랑스러운 나라다. 그딴 문제에 신경 쓰지 마라." 호령號令이 단호

했다. 엄마에게서 배운 이런 민족적 자부심이 다른 아이들의 놀림을 막아내는 방패막이 됐다는 것이다.

이 같은 내용들을, 한 일간지를 통해 접하면서 할아버진 언뜻, 미국에서 공부하는 어린 너를 떠올리지 않을 수 없었다. 너는 이제 막 5학년 된 학생이다. 학년이 높아갈수록 공부의 난도難度도 깊어갈 건 당연하다. 결국 어려움의 핵심은 언어 장벽 아니겠니? 정말 영어 문제가 가장 큰 문제다. 앞으로 그 문제만 자신 있게 해결될 수 있다면 할아버진 아무 걱정 없을 것 같다.

할아버지도 석·박사과정 때, 전문서적을 많이 읽어야 했다. 역시 영어 문제가 가장 큰 핸디캡이었다. 연구방법이나 논거 인용에 따른 정확성 여부與否들을 가려낼 수 있어야 했기 때문이다. 국역본도 일단 의심하고 확인하지 않으면 안 될 처지였으니, 할아버지 속이 왜 답답하지 않았겠니? 해결책은 역시 노력뿐이었다. 물론 너도 앞으로 네 능력이나 노력으로 얼마든지 그런 어려움을 극복해 가리라 믿는다.

현수야, 피아노, 첼로 실력이 갑자기 궁금해지는구나. 많이 좋아졌겠지. 그렇지? 이젠, 힘든 고비는 어느 정도 넘겼을 거다. 사실 힘들지 않는 공부가 어디 있겠니? 그래도 열심히 노력하다 보면 공부 방법이 생긴다. 요령을 익히다 보면 한 단계 더 발전할 수 있고 그렇게 발전하면 할수록 성취감도 훨씬 커진다. 너도 요즘 스스로 실력 좋아지는 걸, 엄마 아빠로부터도 확인해 보렴. "엄마 아빠, 정말 내 실력 좋아지니까, 그렇게 기뻐?" 하고 말이다.

영어로도, 신나게 얘기할 줄 알아야 하고, 신나게 노래할 수 있어야 한다. 스포츠도 즐길 줄 알아야 하고, 음악 미술도 듣고 보고 감상할 수 있어야 한다. 그런 게 참 중요하다. 어린 시절, 그런 소양들이 앞으로 네가 공부하는데 큰 힘이 될 것이다. 그렇다고 잘난 척하고 거만 떨고 게으름 피며 현실現實에 안주하는 일은 절대 안 된다. 오늘은 여기서 줄인다. 다음에 또 얘기 나누자.

자신감을 키울 수 있는 가장 큰 통로로는 '질문'과 '토론'이다

2016년, 새해가 밝았다. 금년은 원숭이 해다. 원숭이는 사람과 가장 많이 닮은 동물이다. 우리나라에선 영리하고 재주 많고 흉내 잘 내는 동물로 알려져 있다. 원숭이는 모성애도 강하다. 자식 사랑이 이만저만 아니다. 도자기나 회화에도 잘 나타나 있다. 새끼를 포옹하고 있는 청자연적이 대표적이다.

사람들은 원숭이가 『서유기』의 '손오공'처럼 잡귀雜鬼를 물리치는 힘까지도 가졌다고 믿는다. 궁궐이나 사찰 지붕에 세운 원숭이 상이 그 좋은 예다. 그렇다고 원숭이에게 좋은 점만 있는 건 아니다. "원숭이도 나무에서 떨어질 때가 있다"는 속담만 봐도 안다. 영리하고 재주는 많지만, 재주만 믿고 까불다가 오히려 제 발등을 찍는다는 얘기다. 겸손의 중요성을 강조하는 말이다.

현수야, 넌 네 아빠와 함께 같은 원숭이 띠다. 같은 띠 나이를 '띠 동갑'이라고 한다. 원숭이에 얽힌 얘기들을 적용시켜 보면 무척 재밌지 않을까 싶다. 영리하고 재주도 많고 흉내도 잘 내고 부성애도 강하다니 말이다. 어찌 생각하니? 너희도 그렇다할 만하지 않냐?

새해가 밝으면 마음이 경건해진다. 그래서 떠오르는 붉은 해를 우러르며 소원을 빈다. 올해 소망은 뭘까? 자문자답自問自答이다. 스스로 묻고 스스로 답하는 것이다. 다들 제각각이지만 바라는 대상은 대부분 행복과 건강이다. 이를테면 할아버지가 손자 녀석들이 건강하게 편안하게 씩씩하게 자라기를 두 손 모아 간절히 바라는 것과 같다.

지난밤, 제야의 종소리에 귀를 기울였다. 너희도 함께 들었으면 하는 마음 간절했다. 가부좌를 하고 새해의 '각오'를 깊이 다졌다. 한 살 더 먹는다는 게 참 기쁘고 거룩하다는 느낌이었다. 어려선 그런 마음을 너무도 몰랐다. 나이들만 따졌기 때문이다. "올해 너, 몇 살이지?" "열두 살!" 그러면 선배가 한두 살 더 먹었다고 굉장히 으스댔다. '나이로 치면 넌 한참 내 아래야. 앞으로 까불면 알지?' 하고 주먹을 불끈 쥐어 보이면서 장난 쳤다. 힘자랑 하려는 의도였단다.

그럴 때마다 "빨리 커서 어른이 돼야지!" 하곤 바랐었다. 해가 바뀌는 걸 은근히 기다렸던 것도 바로 그런 이유에서였다. 하기야, 어린 마음으로는 나이 들고 키 크고 힘 세지길 바라는 게 '아이들다움'이었는지도 모른다. 그땐 애 어른 위계질서로도 '나이'와 '완력'(腕力: 주먹심)보다 더 좋은 수단은 없었지 싶다. 결국 벼슬 노릇은 나이로만으로도 넉넉했던 거다.

현수야, 넌 이제 반년 정도 있으면 중학생이 된다. 할아버진 본격적인 노후생활로 접어든다. 그런 의미에서 너나 내겐 새로운 각오가 필요하다. 우리가 다져야 할 공통적인 각오를 대라면 할아버진 주저 없이 '자립심自立心'과 '자신감自信感'을 내세우고 싶구나. 누구나 할 일(과제)이 있다. 너는 너대로 할 일이 있고 할아버진 할아버지대로 할 일이 있다. 너 할 일은 네가 알아서 할 줄 알고 할아버지 할 일은 할아버지가 알아서 할 줄 아는 것이 곧 '자립심'이다.

'자신감'은 자립의 절대적인 요건이다. 자신감이 없으면 자립하기가 쉽지 않다. 너 할 일은 너만의 몫이다. 어떤 어려운 일도 너만의 몫이라면 네가 알아서 스스로 해내지 않으면 안 된다는 기세氣勢가 바로 너의 '자신감'이다. 혹시라도 네가 네 자신감을 키우는데 그 어떤 도움이 필요하다면 혼자 끙끙대지 말고 과감히 엄마나 아빠, 할아버지나 선생님과 의논하면 된다. 그러니까 자신감을 키울 수 있는 가장 큰 통로로는 바로 '질문'과 '토론'이라는 걸 명심할 일이다.

현수야, 올해 재밌는 일들을 설계해 봐라. 그러면 '그 계획들을 어떻게 실천 할 것인가'는 네 자신의 과제들로 자리매김 될 것이다. 그 과제들을 해결하기 위해선 때론 누구에게 도움도 청할 거고 때론 혼자라도 해결하려고 애쓸 거다. 한 살을 더 먹는 보람들이란 바로 누구에게 도움도 청해보고 혼자라도 해결해 보려고 애쓰는 그런 과정 속에서 얻어지는 결과물이다.

금년엔 현수가 지나간 그 어느 때보다도 더 성장하리라 믿는다. 초등학교를 졸업하고 중학교를 입학할 때 많이들 성장하기 때문이다. 너는 올해 중학생이 된다는 기쁨을 너 스스로 크게 느껴볼 일이다. 사실 너는, 너의 의지와는 달리 아빠 엄마 따라 그 먼 미국으로까지 갔다. 거기 가서 외국어로 공부한다는 것이 얼마나 힘들었을까를 곰곰 따져보면 참으로 너는 내 손자라서가 아니라 정말 대견스럽고 자랑스러운 아이이다. 그 동안 네가 어려움들을 이기고 얻어낸 그 '자립심'과 '자신감'들이 너에게 얼마나 소중한 자산인가를 할아버지는 새삼스레 감사하지 않을 수 없다.

이제 미국 생활의 초보적인 단계는 잘 넘겼다. 그건 바로 네 육체적인, 정신적인 성장 균형이 말해 준다. 기초적으로 다져진 성장 균형, 즉 너의 그 '자립심'과 '자신감'은 앞으로 공부해 가는데 더 큰 활력으로 작용하리라 믿는다. 그래서 초등학교 6학년 때 부쩍 성장한 모습은 아마도 중학교에 입학하면 쉽게 입증될 것이다.

현수야 아빠, 엄마와 함께 새해에 복 많이 받아라. 그리고 하고 싶은 일들을 열심히 하자. 늘 감사하는 마음으로 근검절약하며 건강하게, 편안하게, 씩씩하게 커 가자. 오늘 새해 인사는 여기서 줄인다.

잘 있어라. 현수야, 안녕!

계획수립은 시간절약의 최선책이다

기온이 섭씨 35도 이상까지 오른다는 예보다. 금년 들어 가장 더운 날씨다. 내일부턴 10호 태풍(찬홈) 영향권에 든단다. 그래도 경기도 여주 지방 강우량은 아주 적겠다는 관측이다. 아침부터 더위가 물큰다. 한 시간 걸었는데 러닝셔츠가 흠뻑 젖었다. 깎아 들인 정원 잡초들을 바짝 말려, 모두 태우는 게 오늘 계획한 일이다. 9시에 널고 12시에 뒤집고 15시에 더 뒤집어 말린 뒤, 17시부터 태워버려야 한다.

금주 노인들께 들려 줄 강의록도, 어바인 손자에게 보낼 편지도 오늘 겸사겸사 손댈 계획이다. 한낮이다. 땀방울이 이마에도 뚝뚝, 척추에도 흥건히 흐른다. 벗어부친 어깨에 물수건을 얹는다. 반바지 차림이다. 컴퓨터 자판도 헉헉 거리는 느낌이다. 노인들께 드릴 강의 주제는 '더 즐겁게 살려면?'이고 편지 내용의 핵심은 '취미활동의 계획성'이다.

'더 즐겁게 살려면?'은 노인들 '취미생활'에 대한, 나의 주관적인 안목이다. 요약하자면 평소, 언어예술인 '시詩적 정서'들을 대화삼아 활용토록 해보자는 의도다. '언어예술'은 감동적인 분위기 조성에 매우 필요한 요소로 작용한다. 그러나 이렇다 할 관심이나 교육이 거의 없다. 그 때문에 유머나 위트 있는 언어활동은 실은 그리 쉽지 않다. 그만큼 노인들 생활언어가 딱딱하고 건조하다는 얘기이기도 하다.

따져보면, 물론 노인들 불행 원인은 '육체적 노화 현상'이 절대적이다. 귀가 어두워지고 눈이 흐려진다. 치아가 망가지고 코 기능이 떨어진다. 뇌신경이 쇠퇴하고 팔다리 기능이 저하된다. 몸 구석구석이 아파오면 그 아픔과 맞서 싸우지 않을 수 없다. 헌데 육체적 한계에 맞서 싸우려는 노인들의 최선책이란 결국 병원의사에게 항복할 수밖에 없는 처지들 아닌가? 아프다는 게 그 얼마나 가혹한 서글픔인가? 역시 의사에게 매달려도 치유의 길은 멀다. 그 때문에 스트레스는 물론 무기력無氣力, 불안감不安感, 우울증憂鬱症까지 가중돼 더 큰 고통을 감내해야 할 뿐이다.

그렇다면, 육체적 한계를 마주하기 전, 자신의 육체적 노화를 인정하고 그 노화의 불편을 긍정적으로 이겨내기 위한 심신수련이 필요하지 않겠는가? 나이 들어 어떻게 하면 "좀 더 즐겁고 재미있게 생활할 수 있을까?" 그 한 가지 방편으로 떠오른 것이 바로 "언어생활에서의 시적 정서 활동"이다. 언어생활이 즐거워야 심신건강을 누릴 수 있다는 생각 때문이다.

할아버지는 늘 즐겁게 생활하고 싶은 마음이다. 많은 시, 많은 시조, 많은 한시, 많은 소설, 많은 노래들을 읽고 외고 즐기는 까닭이 여기에 있다. 오래도록 즐겁게 살아야 할 명분이 뚜렷하다면 더 건강한 심신을 누리지 않을 이유가 없지 않는가? 예술은 미美를 창조하고 표현하고 기뻐하고 즐기는, 가장 순수하고 근본적인 수단이다. 문학, 음악, 회화, 조각, 연극, 영화, 서예, 스포츠 등을 즐길 줄 알면 예술적 취미활동을 어찌 멀리 할 수 있을까?

어렸을 땐 흔히 취미활동을 재미있는 놀이로만 즐겼다는 생각이다. 그래서 그 놀이에 빠져들면 다른 일과를 계획하기가 어려웠다. 이를테면 TV가 그렇고 카드, 스마트폰이 그러했다. 만화나 게임에 빠지다 보면 시간 가는 줄을 모른다. 그리 되면 결국 또 다른 취미활동을 계획하기가 참으로 힘들다. 왜 그럴까? 그 이유는 이성적인 판단이 뒤따르지 못하기 때문이다. 따라서 옳고 그름을 분별할 수 있도록 성장하기 전에는 정말로 취미활동에 대한 신중한 계획수립이 절대적으로 필요하다.

매사 계획수립은 시간절약의 최선책이다. 계획수립의 중요성은 바로 시간절약으로부터 비롯된다. 취미활동은 자기 인생목표 추진의 최대 '활력소'다. 말하자면 자동차의 윤활유와 같은 거다. 피아노를 치고 첼로를 켜는 데도 계획이 있어야 한다. 동화책이나 역사책을 읽는 데도 계획이 있어야 한다. 수영, 농구, 테니스를 하는 데도 계획이 있어야 한다. 만에 하나 이렇다 할 스케줄이 없다면 무슨 일이든 성취감은 반감될 수밖에 없다.

윔블던 테니스 챔피언십 중계를 쭉 봤다. 준결승전에서 랭킹 3·4위인 페더러와 머레이, 랭킹 1·21위인 조코비치와 가스켓이 붙었다. 결승전까지 페더러는 참 신나게 올라왔다. 반대로 조코비치는 참 힘겹게 올라왔다. 결승에선 페더러의 우승이 크게 점쳐졌다. 그러나 결과는 완전 딴판이다, 조코비치의 일방적 완승(3:0)이었기 때문이다.

역시 조코비치는 세계 랭킹 1위다웠다. 예선전부터 결승전까지 계획이 철저한 셈이었다. 체력, 정신력, 경기력, 기술력 안배가 문외한인 내 눈으로도 역력히 확인됐다. 랭킹 세계 1위를 지킨다는 게 얼마나 힘든 일인가? 그런데도, 그는 조금도 불안해하거나 서두르거나 욕심내거나하는 기색 없이, 아주 확신에 찬 느긋한 태도로 우승컵을 치켜 올렸다.

계획적인 생활과 무계획적인 생활은 천지天地 차이差異다. 자연 순리가 다 그렇다. 인간생활인들 왜 안 그렇겠나? 취미활동과 인생목표가 유기적으로 계획되고 추진될 때 그 결과는 더할 나위 없이 좋을 수밖에 없다. 오늘은 여기서 줄인다.

잘 있어라. 현수야, 안녕!

계획 세워 일하는 사람은 그다지 바쁠 게 없다

현수야, 명절이면 다들 바빠한다. 괴롭다고 여긴다. 올 추석 출국자 수가 기록을 깬 것만 봐도 알 수 있다. 할아버지 역시 작년까지만 해도 그렇게 힘든 줄은 느끼지 못했었다. 그런데 금년엔 힘이 부치는구나. 매년 하던 일이건만, 즉 시장 보기, 대청소, 제사음식 준비, 제사상 차리기, 온가족 식사 대접, 제사 뒤처리 등 일들이 만만찮다. 나이 탓일까?

그런 건 아니다. 무슨 일이든 힘들지 않은 일이야 없을 수 있겠냐만, 그래도 자꾸 '힘들다' '힘들지 않다'라고 느끼게 되는 건 아무래도 각자 마음먹기에 달려 있지 않겠는가 하는 생각이다. 실은 힘 부칠 만큼 열심히 매달려도 알아주고 즐거워하는 대상이 적으면 적을수록 힘이 더 부친다는 느낌이 들 수 있을 테니까 말이다.

한낮 볕이 뜨겁다. 30도를 웃돈다. 어차피 내가 할 일들이기에 늘 땀 흘려야 한다고 마음먹는다. 추석 연휴 전날 오전, 할머니는 미장원으로 머리 다듬으러 가고 할아버진 대청소와 어물거리 메모지를 들고 시장을 본다. 오후 계획은 대추 따기, 감 따기다. 장비는 쇠파이프와 쇠갈퀴다. 손에 잡힌 장비가 닿는 데까지만 감 대추를 딸 수밖에 없다. 수확한 걸 고르고 씻고 다듬는 건 할머니 몫이고 말리고 저장하는 건 할아버지 몫이다.

다들 모였을 때를 놓치면 할아버지 혼자 해내야 한다. 여러 식구가 자리를 같이 했을 때, 손 모아 정리하는 게 편리하다. 미루다간 할아버지 일들을 계획대로 해가기가 어려워진다. 사실, 할 수 있는 만큼 계획 세워 일하는 사람은 그다지 바쁠 게 없다. 계획 없이 일하는 사람들이 오히려 일 많다고 괜히 바쁜 척 호들갑을 떤다.

연휴 첫날은 미리 맞춰 놓은 송편, 두부를 찾아오는 날이다, 어제 딴 감, 대추를 정리한다. 땀 흘린 뒤, 목욕재계沐浴齋戒를 한다. 지방을 모신다. 축문祝文은 예년처럼 한글로 작성한다. 윤수네 식구가 오면 돼지전, 호박전, 동태전을 부치고 밤을 까놓는다. 저녁 식사 뒤엔 내일 추석 상차림을 챙긴다. 병풍, 자리, 제기祭器들까지 전부 점검한 뒤 잠자리에 든다.

추석날 기상시간은 여섯 시다. 이미 만반 준비가 이뤄져 있는 이상, 마음 편하다. 차례는 여덟 시에 시작한다. 오늘은 일요일이다. 현수에게 전화할 것도 계획돼 있다. 작은댁 식구들이 다 참례參禮한다. 아직까지는 할아버지가 차례 절차를 총괄한다. 재미있는 건 어린 손자들에게 첨작添酌 잔을 올리게 하는 거다. 제사의 즐거움과 참여의식參與意識을 불어넣기 위함이다.

여덟 시 정각, 차례 시작을 선언하고 촛불을 막 댕길 때다. 네 아빠 전화가 걸려왔다. '현수야!' 네 이름부터 불러대는 할아버지, 너 알지? 네 아빠 인사가 들려온다. 인사를 나누고 나니, 너희 세 식구도 전원 참석한 거나 다름없이 됐다. 너희들이 바로 옆에 있는 듯 반가웠다. 그 오고가는 반가움이 바로 이심전심以心傳心이란다. 마음이란 그런 거다. 서로가 힘을 북돋는 특효약이 아닐 수 없다. 특효약의 속성을 깊이 느낄 수 있을 때 삶의 행복이 바로 이런 거로구나 하고 깨닫게 된다.

물론 너희의 전화가 없었다 해도 추석 차례는 진행됐겠지. 이렇든 저렇든 조상에 대한 예의를 갖추고 참례자들이 덕담을 나누면서 화목을 다지다 보면 추석연휴는 절로 끝난다. 하지만 멀리 있다 해서 '잘 계시겠지' 하고 참여의례는 뒤로 한 채, 안부조차 잊고 넘기기보다는 직접 전화음성이라도 나눌 수 있다는 게 얼마나 아름다운 정감情感이더냐? 넉넉한 마음의 여유를 공감할 수 있다는 건 참으로 삶의 큰 기쁨이 아닐 수 없다.

흔히들, 요즘 생활이 바쁘다는 핑계로 책 읽기는 고사하고 전화조차 하지 않는 사람이 태반이다. 정말 눈코 뜰 새 없이 바빠서 전화 걸 시간마저 아깝다고 여기기 때문일까? 우리는 왜 그토록 바보 같이 책 읽는 기쁨이나 전화 걸 여유까지도 자꾸 잃어가고 있는 걸까? 미하일 엔데(Michael Andreas Helmuth Ende, 1929~1995)가 쓴 동화童話 『모모』(1973)가 생각난다.

어느 날 갑자기 '회색 신사'가 나타나 평화롭던 마을에 큰 회사를 설립한다. 그리고는, 짧은 시간에 가능한 한, 많은 일을 하는 것, 그것만을 강요한다. 그래서 공장과 사무실에는 예외 없이 이런 간판들이 걸린다. "시간은 귀중한 것, 잃어버리지 마라! 시간은 곧 돈이다. 그러니 절약하라!" 그 때문에 사람들은 날마다 시간을 아끼기 위해 바쁘게 산다. 얘기 나누며 여유를 즐기던 이들이 오히려 얘기 나누는 것조차 귀찮아하기까지 한다. 그렇다면 이러한 회색 신사로부터 시간을 지켜낼 방법은 뭘까?

미하엘 엔데는, 동화 『모모』를 통해 현대인의 바쁜 생활을 질타한다.

'나'라는 인간은 이 세상에서 다른 어느 누구와도 대체할 수 없는 오직 하나뿐인 존재다. 그런데 '회색 신사' 곧 '돈'이 자기들을 온통 다 앗아 간다. 자기 자신을 소중히 여긴다면 그 무엇에게도 자신을 빼앗길 수는 없다. 결국 잃어버린 자기 시간, 즉 자기만의 여유를 되찾는 것은 오로지 자신만의 몫이라는 뜻이다. 자기만의 시간을 누릴 수 있을 때 꿈꿀 수 있는 시간도 늘고 삶을 스스로 깨달을 수 있는 기쁨도 그만큼 많아질 수 밖에 없지 않겠는가?

금년 추석은 아주 즐거이 보냈다. 너희들과의 때맞춤 통화로 넉넉한 마음의 여유를 나눌 수 있었기에 더없이 기뻤다. 대단히 고맙다. 오늘은 여기서 줄인다. 잘 있어라. 현수야, 안녕!

계획하는 것이 있으면 변화는 반드시 따라온다. 그 변화가 '법고창신'이다

'법고창신法古創新'.

'법고창신'이 새해 을미년乙未年, 할아버지의 화두話頭다. 옛것을 모범 삼아 더욱 새로워져야 한다는 뜻이다. 옛 분들도, '법고지신知新', '법고지변知變', '온고溫古지신' '온고지변'을 '법고창신'과 같은 뜻으로 많이들 즐겨 썼다. 모든 것은 변한다. 모든 것이 늘 변한다는 사실만은 변하지 않는다. 변하면 반드시 변화가 따라야 하고 변화가 따르면 반드시 새로워져야 한다.

연말年末이다. 며칠 있으면 새해다. 새해는 연말의 미래다. 해가 바뀌면 연말은 과거다. 과거, 현재, 미래를 따져보자. 과거는 지나간 옛날 그대로일 까? 아니다. 모든 과거는 다 현재 속에 수용된다. 현재 속에 담겨있는 그 과거는 미래의 이정표다. 그 때문에 과거, 현재, 미래는 결코 분리될 수 없다. 따라서 현재는 과거를 수용해 새로운 미래를 지향해야 한다.

'새로워짐'의 의미는 뭘까? 새로운 걸 새로이 깨닫는 거다. 뭘 깨달아야 할까? 삶의 이치는 끝이 없다. 하지만, 함께하는 삶의 이치는 더 새로워져야 한다. 옛 분들이 가르쳤다. 자식 사랑하고 어버이께 효도하며 나라에 감사하고 본분本分을 잘 지키란다. 형제兄弟 우애友愛하고 나이 적고 많은 자, 서로 존중하며 두터운 믿음으로 높은 덕을 벗하란다. 영원한 승자 없으니, 저만 잘났다 고집피지 말란다. 분수껏, 넉넉하면 욕됨 없고 그치면 위태롭지 않단다.

베풀면 왜 행복할까? 성내고 질투하고 증오하면 왜 불행할까? 왜 악惡이 선善을 몰아낼까? 왜 정의正義가 멀어지고 불의不義가 판칠까? 기계화 속 인간미는 왜 자꾸 메말라 갈까? 대가 없는 노동은 왜 난폭해질까? 그토록 살신성인殺身成仁, 홍익인간弘益人間이 요구되는 까닭은 뭣 때문일까? 한 해 동안 나라 안이 소란했다. 연말 인심이 냉랭하다. 겪은 일들을 돌아보면 모두가 동병상련同病相憐이다. 신입생 환영행사 중, 쌓인 눈을 이기지 못해 경주 리조트 강당이 무너졌다. 힘들게 살던 송파구 세 모녀가 동반자살 했다. 세월호가 바다에 침몰했다. 295명 시신 수습, 9명은 시신도 찾지 못했다. 판교 환풍구 붕괴 사건, 대한항공 땅콩회항 사건도 시끄러웠다.

옛날엔 덕德, 의義, 법法을 욕심냈다. 요즘엔 땅, 돈, 이利만 욕심낸다. 예전엔 수양修養에 힘썼다. 근래엔 수양은 '오불관언吾不關言'이다. 남 알아줄 줄은 모르고 자기 알아주기만 바란다. 상대방 원하는 건 묻지 않고 자기 일만 강요한다. 감사, 축복의 동반관계는 상관 않고 축복만 요구한다.

현수야, 커가면서 많은 것들을 상상하는 건 참 재미있는 연구대상이다. 스티브 잡스, 아인슈타인, 피카소, 다빈치, 뒤샹 등, 이들은 어떻게 새로운 아이디어를 떠올려 세상을 바꾼 걸까. '생각의 탄생'(박종성 옮김, 에코의서재, 2007)을 쓴 로버트 루트번스타인(Robert Root-Bernstein, 1953~)은 "그들은 세상을 '있는 그대로' 보지 않고 '어떻게 달라질 수 있는지'를 고민했다"며 "머릿속으로 끊임없이 무언가를 생각하는 습관이 곧 혁신적인 결과물을 만들어 냈지 않았겠냐?"고 힘줘 말한다.

할아버지가 버스 리무진을 타고 미 서부대륙을 여행할 때, 앞좌석에 주로 앉았다. 그때, 나는 잠을 통 자지 않았다. 왜냐고? 많은 생각을 통한 즐거움 때문이었다. 40명 이상의 승객들 거의가 다 잠 속에 빠져들기 일쑤였다. 가이드가 얼마나 짜증과 화를 냈는지 아니? 짐작이 갈 거다. 그러나 할아버진 가이드가 꼭 나만을 위해 열을 올리지 싶어 무척 고마웠다. 그뿐 아니다. 드라이버가 졸음을 못 이겨 고개를 끄덕일 땐, 할아버지의 '큰기침' 사인이 얼마나 주효했는지 아니? 그가 무엇 때문에 저녁식사 때, 술까지 권해왔었겠냐?

하루건 일 년이건, 각기 할 일을 계획해 잘 해낸다는 건, 참 중요하다. 계획하는 것이 있으면 변화는 반드시 따라온다. 그 변화가 '법고창신'이다. 올해보다 내년이 더 기대되는 까닭은? 그 까닭은 바로 '법고창신' 때문이다. 할아버진, 새해에도 꾸준히 글을 쓸 거다. 계속 쓰면서 계속 교정해 갈 거다. 자꾸 쓰고 교정하다 보면 글이 자꾸 더 새로워지지 않겠니?

오늘은 이만 줄인다. 송구영신送舊迎新! 새해엔 너희 세 식구 더 건강하고 씩씩하게 생활하기 바란다.

현수야, 잘 있어라. 안녕!

계획은 '질의' '반성'을 전제로 한다

가을걷이도 끝나 간다. 들판이 텅텅 빈다. 새봄을 기약하자는 의도다. 마음이 여유롭다. 서리가 내린다는 절기 '상강霜降'이다. 십여 일 있으면 입동立冬도 닥치겠지. 이젠 추위 대비도 본격적으로 서둘러야 할 때다. 김장 통이 냉장고에 저장되는 그때쯤이면 아마 흰 눈 쌓이는 깊은 겨울 속으로 빠져들게 될 거다.

국화黃菊꽃이 노란 잎을 활짝 열었다. 국화 이외, 다른 꽃들은 이미 싸악 다 졌다. 할아버지도 역시 요즘 밤잠을 자주 설친다. 계절 탓에 좀 예민해지는구나. 밤잠을 설치면 낮에 졸음을 이겨내기 힘들다. 나는 낮잠을 의도적으로 피한다. 그런데, 오늘 낮엔 졸음이, 꾸뻑꾸뻑 꽤나 나를 괴롭히지 뭐냐? 만에 하나 졸음이 좀 쏟아진다고 해서 잠 속으로 깊이 빠져든다면 아마 오늘 계획은 모두 수포로 돌아가는 꼴이 되고 말 거다. 그래서 되도록이면 오수午睡를 멀리하는 입장이다. 거기다 낮잠은 습관성이 강해 아예 멀리 하는 터다. 물론 멀리 하는 주요 원인은 따로 있다.

그건 바로 밤잠을 깊이, 그리고 더 달게 자자는 까닭이다.

누구나 뭔 일이든 좋아하면 잘하게 된다. 잘하게 되면 더 열심히 한다. 열심히 한다는 건 실은 생활이 바빠진다는 거다. 바빠진다는 건 결국 일이 많아진다는 얘기이기도 하다. 그렇다고 무리하는 건 절대 질색이다. 무리가 따른다면 그건 '욕심慾心'이다. 욕심이 지나치면 차라리 좋아하지 않음만도 못하다. 욕심을 부리지 않기 위해서는 가능한 한 일정 계획이 상책上策이다. 계획 수립이 확고하면 꾸뻑꾸뻑 쏟아지는 졸음쯤은 얼마든지 쉽게 떨쳐버릴 수 있을 거다.

현수야 오늘 편지 쓰기 전, 엊그제 너에게 전화를 걸었었다. 그런데 너를 바꿔주기 어렵다는 거다. 이유는 네가 '과제'를 열심히 하고 있기 때문이란다. "아니, 전화 받을 시간도 낼 수 없다니? 이 전화가 얼마나 멀리서 걸려간 전화인데." 그 순간 할아버진 많은 생각을 했었다. 생각 중, 중요한 거는 바로 "네가 혹시라도 공부하는데 너무 무리하게 욕심내는 건 아닐까"였다. 언젠가 편지에서도 얘기한 적이 있다만, 주말 계획으로 꼭 추진할 일이 예정돼 있다면 주중 계획을 모두 마무리 짓는 게 좋다는 건 두말할 필요도 없을 거다. 하지만 크게 걱정했던 건 예상치 못했던 주말 계획 때문에 주중 일들을 갑작스레 댕겨서 무리하게 끝내려고 낑낑대는 게 아닌가? 해서였다.

물론 무리해서라도 끝내야 할 일들이 왜 생기지 않겠니? 그러나 문제는 혹시라도 만부득이 한 경우가 아니라면 어떤 일이든 즉흥적으로 계획되고 무리하게 추진되는 건 바람직하지 않기 때문이다. 그래서 늘 일일 계획, 주중 계획, 월중 계획, 학기 계획, 연중 계획 등등을 얘기하는 까닭이 여기에 있다. 특히나 타국他國 땅에선 더 없이 계획적인 생활이 요구되지 않을까 여겨지기도 한다.

'계획計劃'은 '질의質疑' '반성反省'을 전제로 한다. 특히나 경쟁 사회에선 계획, 질의, 반성은 필수적인 생활 덕목이다. 생활의 발전 상황도 계획, 질의, 반성을 통해 얻어지는 결과물의 다름 아니다. 학교 수업시간이나 진도내용들을 살펴봐도 그렇다. 다 예습과 질의와 복습을 필요로 한다. 계획은 예습이요, 질의는 수업이요 반성은 복습이다. 계획, 질의, 반성은 비단 학교생활뿐만이 아니다. 사회, 공공기관, 재벌회사 어디서나 공통적으로 요구되는 필수요소다.

루이스 캐럴이 쓴 동화 '거울 나라의 앨리스'가 생각난다. 앨리스가 붉은 여왕의 손에 이끌려 달리는 장면이 나온다. 한참을 달렸는데도 이들은 제자리에 서 있다. 숨을 할딱이며 앨리스가 질의한다. "아까부터 계속 달렸는데도 왜 제자리죠? 오래도록 달렸다면 다른 곳에 이르러야 하는데 말이에요." 붉은 여왕이 대답하고 묻는다. "여기서는 힘껏 달려야, 지금 그 자리에라도 있을 수 있단다. 만약 다른 곳에 이르고 싶으면 아까보다 최소한 두 배 이상 더 빨리 달려야만 하지 않겠니?" 경쟁 시대에 대한 '역설'이지 싶다.

현수야, 너는 일기를 쓰니까 앨리스 얘기를 금방 이해할 거다. 달려야 할 계획, 시간, 방향, 지점이 계획돼 있었다면 계획한 목표지점 도달 여부는 쉽게 확인할 수 있을 거다. 그러나 그 어떤 계획도 없이 달렸다면 제자리건 다른 자리건 별로 확인할 필요성이 없지 않겠니? 확고한 계획, 질의, 반성을 요하지 않는 한두 배건 세 배건 빨리 달렸다 한들 무슨 의미가 있겠는가.

학교수업의 방법이나 내용도 계속 진화해 간다. 따라서 예습(계획), 질의, 복습(반성)이 얼마나 중요한가를 깊이 새겨볼 일이다. 쑥스럽지만 할아버진 너에게 전화하는 것도 계획적이라는 걸 얘기하고 싶구나. 매주 보내는 편지도 언제 한 번이라도 거른 적이 있었나를 체크해 보렴. 이렇게 당당히 말하는 할아버지의 생활이 얼마나 재밌니? 오늘은 여기서 줄인다.

잘 있어라. 현수야, 안녕!

긍정적인 열정은 활기찬 생활의 활력소

유학儒學의 비조鼻祖 '공자'가 살다가 떠난 나이(B.C.552~B.C.479)는 일흔세 살이다. 인격의 완성을 위해 평생 공부한 이다. "칠십대 나이에선, 마음먹은 대로 행한 일들이 하나도 법도에 어그러짐이 없었다."고 했다. 이천 오백 년 전 그 오랜 옛날, 세상 이치에 얼마나 도통했으면 행한 일들이 그토록 어그러짐 없는, 노년老年의 장수長壽를 누릴 수 있었을까?

옛날에는 칠십대 수명이 희귀稀貴했던 듯싶다. 그 때문에, 칠십 나이를 '고희古稀'라는 말로 칭했다. 그런데 요즘은 평균수명이 팔십대 중반 나이이다. '칠십 고희七十古稀'란 의미의 뉘앙스는 이제 멀어져도 한참 멀어졌다. 까닭은 그만큼 수명이 길어진(장수화長壽化) 때문이다. 그렇다면 칠십 고희는 옛말로 치고 아예, 나이 칠십을 아흔아홉으로 바꿔 '백수白壽 고희'로 대접하면 어떨까?

현수야, 할아버지도 요즘 노인 대열에 끼어 나이를 먹고 있다. 따져보니, 열 살인 너보다 예순세 살이나 더 위다. 그렇지만 너처럼, 아무 거라도 뭐든 자꾸 더 배우고만 싶어진다. 이상스럽게도 '백수 고희'까지 은근히 샘이 나는구나. 성인聖人으로 추앙받는 공자는 성격이 그 누구보다도 긍정적肯定的이었다. 그는 노후에, 사람 목숨은 하늘에 달렸다고 느긋해했다. 그리고 하는 일에 몰두했다. 부지런했다. 겸손했다. 많은 저술을 남겼다. 순리로 법도를 지켰다.

철학자 키르케고르(Kierkegaard, 1813~1855)는 '절망絶望'을 '죽음에 이르는 병'이라 했다. 이해할 만하다. 절망과 희망은 극과 극이다. 절망은 부정적이요, 희망은 긍정적이다. 늙으면 자연히 육체적으로는 기력이 떨어지고 정신적으로는 유약柔弱해진다. 거기다가 몸 아프고, 돈 없고, 외로우면 절망적인 노후가 되기 십상이다. 긍정적인 생각을 중시하게 되는 까닭이 여기에 있다.

나이와는 상관없이 절망을 극복한 이들을 부러워하게 된다. 왜일까? 까닭은 그들의 '긍정적인 열정' 때문이다. 악성樂聖 '베토벤(Ludwig van Beethoven, 1770~1827).' 그는 이십대 때 이미 세계 최고의 피아니스트가 되었다. 잘 나가던 그가 스물여덟 살 때, 귓병을 얻어 마흔일곱 살 땐 청력을 완전히 잃는다. 청력이 사라지자 절망적인 유서까지 남겼었다. 그런 베토벤이 긍정적인 성격으로 선회한다. "나를 지탱할 수 있는 건 음악을 향한 열정뿐이다. 창작을 다하기 전에는 이 세상을 떠날 수 없다. 앞으론 그 어떤 고통도 다 견뎌낼 거다."라고.

중증 장애인 '닉 부이치치(Nicholas James Vujicic, Nick Vujicic, 1982~).' 그는 태어날 때부터 희귀병으로 팔다리가 없었다. 그런데도 그는 누구보다 행복하게 산다. 사지四肢가 없어도 스케이트보드도 타고 서핑도 하고 드럼도 연주한다. 그것도 수준급이다. 사실 그건 정상인도 생각조차 하기 힘든 일이다. 누가 보아도 절망적이다. 그 역시, 자살까지 생각한

게 한두 번이 아니었단다. 하지만 그는 긍정적인 열정과 굳은 의지로 절망을 보란 듯이 이겨냈다.

현수야, 할아버지도 이젠, '긍정적인 열정'을 부러워한다. '공자' '베토벤' '닉 부이치치'같은 사람 탓으로 돌려도 좋다. 역시 배우고 익힌다는 건 늘 기쁜 일 아닌가? 긍정적인 열정은 희망적인 삶의 모태母胎랄 수 있다. 한세상 살다보면 누구나가 뜻하지 않은 사고나 질병이나 재난 같은 고난苦難을 만날 수도 있다. 부정적인 생각 앞에선 고난이 절망적이겠지만 긍정적인 열정 앞에선 고난도 희망적이기 때문이다.

앞으로 26년만 있으면, 할아버지 나이가 아흔아홉 살 '백수 고희'가 된다. 그 땐, 네 나이가 몇 살 될까? 삼십대 중반이다. 사랑하는 삼십대 중반의 손자와 아흔아홉 살 '백수 고희'를 맞는 할아버지가 얼싸안고 감격해하는 모습. 아, 상상만 해도 가슴이 마구 뛴다. 현수야, 네 가슴은 안 뛰니?

할아버지의 의욕이 지나친 걸까? 아니다. '긍정적 열정'의 소산일 뿐이다. 순리가 상책이다. 낙천적樂天的이어야 한다. 볼 수 있는 눈, 들을 수 있는 귀, 씹을 수 있는 입, 맡을 수 있는 코, 걷고 잡을 수 있는 손발, 이 사소한 모두를 축복으로 느끼면서 겸손하게 즐길 거다. 일찍 자고 일찍 일어나 쓸고 닦고 땀 흘릴 거다. 열심히 읽고 메모하고 외우고 분류하고 정리할 거다. 생각하고 전달하고 글, 일기, 편지도 부지런히 쓸 거다.

현수야, 힘찬 생활 활력의 키는 뭘까? 바로 '긍정적인 열정'이다. 할아버진, 매사每事에 최선을 다할 거다. 묵묵히 집중하고 몰입할 거다. 그리고 26년 후, 손자와의 감격적 포옹은 어디까지나 희망 사항이다. 오늘은 여기서 줄인다.

현수야, 잘 있어라. 안녕!

몰입나 진력 없이 이룰 수 있는 일이란 아무것도 없다

현수야, 요즘 세계인의 관심은 노벨상 수상자들에게 집중되고 있다. 화학, 문학, 의학, 평화, 물리학, 생리학 등 수상자가 속속 밝혀진다. 그 가운데 노벨평화상 수상자는 열일곱 살짜리 소녀 '말랄라 유사프자이(1997~)'다. 까닭이 뭘까? 그녀는 2007년 열 살 때부터 현지 영국 BBC 방송 사이트에 탈레반의 만행을 필명으로 고발하는 데 힘썼다. 그의 고발이 큰 반향을 불러일으키자 BBC방송도 그 사실을 영어로 번역해, 온 세계에 알렸다.

그 때문에 유사프자이는 2012년 10월 파키스탄 북서부 스와트에서 학교 끝나고 버스로 귀가하던 중, 탈레반으로부터 왼쪽 눈 옆과 어깨를 관통하는 보복성 총격을 당한다. 인근 병원서 응급처치를 받은 뒤, 영국으로 옮겨져 가까스로 목숨을 건진다. 병상에서 일어난 그녀는 2013년 7월 12일(16번째 생일날), 뉴욕 유엔총회 연단에서 '여자도 남자처럼 배워야 한다.'는 자기의 소신所信을 역설力說한다. "총탄은 우리를 침묵시키지 못합니다. 한 명의 어린이, 한 권의 책, 한 자루의 펜으로도 세상을 바꿀 수 있습니다." 어린 그녀는 지금도 자기 소신껏, 계속 인권운동에 진력盡力하고 있다.

'마리 퀴리(Maria Skłodowska-Curie, 1867~1934)' 전기는 읽어 봤을까? 여인 최초로 노벨물리학상, 노벨화학상을 받은 여인이다. 여자가 한 번도 아니고 그것도 두 번씩이나 노벨상을 받았다. 그녀는 1867년 폴란드 출신이다. 당시 러시아의 지배를 받던 폴란드는 형편이 어려웠다. 고등학교는 졸업했지만 대학 진학은 금지돼 있었다. 가정교사로 돈 벌며 입시준비를 한 뒤, 프랑스로 건너가 소르본대학에 입학한다. 그리고 여성 최초로 박사학위를 받고 그 대학의 최초 여성교수로 임용된다.

'마리 퀴리'는 남편 '피에르 퀴리'와 함께 '방사능'이라 불리는 우라늄 연구로 '토륨' '폴로늄'을 발견한 공로를 인정받아, 부부가 공동으로 최초 물리학상을 받는다. 그 후, 계속 진력해, 마리 퀴리는 1911년 '라듐 분리'에 관한 연구와 그 결과를 공개함으로써 두 번째 노벨화학상까지 수상한다. 성별, 환경, 부의 유혹에도 굽힘없이 자신의 길을 꿋꿋이 개척한 결과다.

세계 최고령 여교수 얘기도 나눠볼까? 캐나다 맥길대학 '몬트리올 뇌신경학 연구소'의 '브렌다 밀너(Brenda Milner, 1918~)' 교수다. 현재 나이가 96살(2014년 기준)이다. 과학자만 받을 수 있는 '카블리'상을 올해엔 그녀가 수상했다. 50년 전, 측두엽(머리 한쪽 옆) 안쪽 해마(海馬: 뇌세포의 한 부분)가 모든 일상 기억을 담당한다는 사실을 밝혀내고 계속 몰두해, 치매와 뇌 손상 환자가 기억력을 상실해 가는 과정까지 알아낸 연구다.

그녀가 이뤄낸 성과는 기존의 기억작동 원리를 송두리째 뒤엎는 뇌 연구의 전설과도 같은 성과란다. '카블리'상도 노벨상 버금가는 상이다. 백 살 가까운 나이이지만 현역으로 여전히 연구논문을 쓰는 현직 교수다. 매일 연구소에 나가 실험을 챙기고 후학들의 논문을 지도하고 있다. 요즘은 왼쪽과 오른쪽 뇌가 어떻게 상호작용하는지를 집중 연구하고 있단다.

노벨상이나 카블리상 탄 사람들을 보면 재미있게도 나름대로의 공통적인 본보기가 있다. 뜻(의지), 열정, 용기, 도전, 극복, 가치관 들이 그것이다. 그들의 역정歷程 속에 깃들여져 있는 강인한 의지, 넘치는 열정, 겁 없는 용기, 불굴의 도전, 고난의 극복, 올바른 가치관들은 사실, 하나같이 정말 놀랍다. 누구든 배우고 본받아야 할 마음가짐들이다.

공부하는 방법은 책에 이미 다 나와 있다. 방법을 몰라 공부 못하는 경우는 없다. 그러나 가장 중요한 건 바로 자기가 해야 할 일에 '몰두沒頭' '진력盡力'해야 한다는 것이다. 물론 뜻, 열정, 용기, 도전, 극복, 가치관도 중요하지만 '몰두' '진력' 없이는 아무것도 이룰 수 없다는 걸 알 수 있다. 훌륭한 스승도 있어야 하고 좋은 환경도 필요하겠지만 몰두나 진력하지 않고는 그 무엇도 성공시킬 수 없다.

'유사프자이' '마리 퀴리' '브랜다 밀너'도 그렇다. 그들이 자기 일에 몰두하고 진력하지 않았다면 과연 그 큰 성과를 이뤄낼 수 있었을까? 자기가 자기 마음의 주인이 되어, 몰두, 진력할 수 없었다면 어찌 자신의 의지, 열정, 용기, 도전, 극복, 가치관 들을 이끌 수 있었겠는가?

현수야, 할아버진 오늘 아침부터 노벨상, 카블리상 수상자에 빠져 하루를 신나게 보냈다. 왜냐고? 그들로부터 '몰두' '진력'하는 삶의 기쁨을 공감할 수 있었기 때문이다. 몰두나 진력 없이 이룰 수 있는 일이란 아무것도 없다. 할아버지 역시 너에게 글 쓰는 것 자체가 좋아서, 쓰지 않고는 견딜 수 없어서 몰두, 진력한다. 그토록 몰두, 진력하는 일이 얼마나 즐겁고 기쁜 일인가를, 너도 좀 더 성장하면 알게 되리라 믿는다.

오늘은 여기서 줄인다. 잘 있어라. 현수야 안녕!

남들이 한 번에 잘할 수 있다면 부족한 나는 열 번이라도 노력해야 한다

어제 오전엔 눈보라 길을 걸었다. 혼자 걷고 싶었다. 매일 걷는 길이건만 느낌은 유달랐다. 눈송이와 내가 하나가 된 느낌이었다. 함께 만나 함께 날며 함께 노닐고 함께 춤추며 내가 눈인지 눈이 난지 다 잊은 채 산천이 온통 하얗게 물들어, 수놓아지는 기쁨에 가슴 설랬다.

밤사이 기온이 뚝 떨어졌다. 영하 9도다. 낮 기온도 영하권이란다. 금년 들어 첫 추위가 매섭다. 현관 밖으로 나섰다. 아침 햇살도 싸늘하다. 정원 잔디도 꽁꽁 얼어붙었다. 울안도 써늘하다. 감나무 밑엔 불긋불긋 떨어진 홍시紅柿가 꽁꽁 얼어, 돌덩이처럼 누워 있다. 늦가을 내내, 홍시 향연饗宴에 참여하던 주인공들은 다들 어디 갔을까. 대롱대롱 매달려 떨고 있는 홍시가 애처롭다.

춥다. 으스스 떨린다. 쓸쓸하다. 금년 마지막 달, 마무리하는 달이다. 마무리는 묵은해의 정리과정整理過程이요, 새해의 준비과정準備過程이기도 하다. 그래서 12월, 연말연시年末年始는 더 바쁘다. 작년 이맘 땐, 한 달 작정으로 LA 어바인 생활이 시작됐었다. 벌써 일 년 전이다.

그런데 작년 12월 6일, 그때가 바로 엊그제만 같구나. 재미있다. 생생하다. 달력과 메모 때문일까? 달력, 메모가 없었다면 작년 이맘때를 기억하기란 쉽지 않을 수도 있다. 허기야, 아무리 그렇다 한들 일 년 전 추억追憶도 기억記憶할 수 없다면 얼마나 삭막할까. 15시 30분 LA 공항 도착, 두 시간 걸려 어바인 도착, 손자와의 감격스런 포옹, 첫날 만찬 와인 맛은 지금도 또렷하다.

옛 사람들 지혜가 놀랍다. 하루 24시간, 한 주일 7일, 한 달 4주, 일 년 52주, 12달 날수를 365일로 구분했다. 시간, 날짜를 그렇게 나눠놓으니 하루, 일주일, 한 달, 한 해가 늘 새 마음으로 시작되는 느낌이다. 게다가 아침, 점심, 저녁, 춘하추동, 24절기 같은 것도 반복되게 구분해놨으니, 그 얼마나 슬기로운 삶인가? 이같이 우리는 매일, 매주, 매달, 매 계절, 매년마다 새 마음, 새 느낌으로 정리하고 설계할 수 있어 참 좋다. 이는 우리에게 큰 축복祝福이 아닐 수 없다.

날씨가 영하권이라고? 춥다 해도, 편지 쓰는 할아버지 마음은 마냥 따사롭다. 왜냐고? 편지 쓰는 보람과 즐거움 때문이다. 묵은해를 정리하고 새해를 설계한다 해서, 누구라도 마음이 다 따사로울까? 아니다. 생활의 보람과 즐거움이 따르지 않는다면 그 누구든 다 따사로울 리 없다. 그래서 우리는 보람과 즐거움을 누려, 지난 삶을 정리할 수 있어야 하고 오는 삶을 설계할 수 있어야 한다.

옛날 인도 얘기 하나 할까. '아크바르'라는 황제가 있었다. 황제 곁엔 아홉 명의 현인賢人들이 함께 생활했다. 현인들의 임무는 힘껏, 황제를 가르치는 거다. 그러나 임무를 수행할 수가 없었다. 까닭은 황제가 배우기는커녕 놀기 바빴기 때문이다. 그렇다 보니, 황제는 현인들을 귀찮게까지 여겨 자신에게 아무런 도움도 되지 못한다 생각하고는 오히려 없는 게 낫다고 역정까지 드러냈다.

바로 그때, 현인들을 좇아 황궁을 구경하던 한 어린아이가, 황제가 역정 내는 모습을 보고 환하게 웃으면서 엎드려 아뢰었다. "황제 폐하, 현인들로부터 아무 도움도 받지 못하는 까닭을 알고 싶사옵니까?" 황제가 놀라 즉시 말해보라고 호통쳤다. 어린아이가 대답했다. "그렇다면 폐하께서 제가 있는 이 자리로 내려오십시오. 왕좌에는 제가 앉겠습니다. 그 뒤, 폐하께서는 제자로서 배우고 싶은 걸 무엇이든 질문하시면 됩니다."

순간, 황제가 번쩍 정신을 차렸다. "아차, 내가 그동안 현인들로부터 배우고자 하는 마음을 눈곱만치도 갖추질 못했었구나." 그 뒤 황제는 열심히 계획하고 준비하고 노력해, 황제다운 황제로서의 큰 보람과 즐거움을 역사적으로 오래도록 누렸다는 얘기다. 그렇다. 배우고 깨닫는다는 건 돈, 명성, 권력 가졌다고 저절로 얻어지는 게 아니다. 바로, 스스로 계획하고 준비하고 노력하는 자에게만 허락되는 것이란 걸 알 수 있다.

배움의 이치가 다 그렇다. 스승은 훌륭한 제자를 만나는 게 가장 큰 보람이요, 즐거움이다. 반대로, 제자는 훌륭한 스승을 만나는 게 가장 큰 보람이요, 즐거움이다. 맞다. 그렇다면 노력밖엔 없다. 늘 새 마음으로 철저히 계획하고 준비하고 노력해야만 만날 수 있다. 남들이 한 번에 잘할 수 있다면 부족한 나는 열 번이라도 노력해야 한다. 남들이 열 번에 잘할 수 있다면 부족한 나는 백 번이라도 노력해야 한다. 계획, 준비, 노력에 있어서야, 어찌 스승이나 제자인들 다를 게 뭐 있겠는가?

현수야, 언제나 늘 새 마음으로 신나게 정리하고 신나게 준비하자. 새

로워지는 게 곧 너의 발전이요, 미래다. 오늘은 여기서 줄인다. 잘 있어라. 현수야, 안녕!

손자의 첫 답장

할아버지 할머니께

오늘은 학교에서 수학, 농구 그리고 기타 등등을 했어요. 학교가 끝난 뒤에 친구들과 집으로 걸어가면서 수다를 많이 떨었어요. 집에 가서 간식을 간단히 먹고 농구 연습을 하러 갔습니다. 농구 연습에서는 1대1 연습과 2대1 연습을 했습니다.(1대1 연습은 말 그대로 나와 같은 수준의 농구 실력이 있는 친구와 짧은 게임을 하는 것이다.)(2대1 연습은 나와 같이 1대1 연습을 했던 친구와 내가 한 팀이고, 코치가 우리 둘을 상대하는 연습이다.) 연습이 끝난 후, 엄마와 같이 차를 타고 집에 갔습니다. 아빠가 회사에서 퇴근해서 집에 오신 다음에 저역을 먹었습니다. 저녁은 쌀국수입니다. 내일은 50개 주(캘리포니아California, 유타Utah, 기타 등등) 하고 50개 주도(사크라멘토, 리틀록, 기타 등등)를 다 외우는 테스트입니다. 그래서 아빠랑 같이 대부분 외웠습니다. 그 다음엔 아빠랑 카드게임(원 카드)을 했습니다. 마지막으로 잘 준비를 하고 잠을 잘 거예요.

할아버지, 편지 많이 보내주셔서 감사합니다!!!

11/4/2014(미국 날짜)